El exilio voluntario

Premio Casa de las Américas 2009

El exilio voluntario

Claudio Ferrufino-Coqueugniot

Novela

Premio Casa de las Américas 2009

ARS
COMMUNIS
EDITORIAL

El exilio voluntario

Claudio Ferrufino-Coqueugniot

ISBN 13 978-0997289077

Library of Congress Control Number: 2019952109

Diseño: Franky

Imagen de portada: www.shutterstock.com

ARS
COMMUNIS
COLECCIÓN RIOLAGO

A Alicia y Emily, mis hijas
A Alicia y Joaquín, mis padres

I

Con sorpresa veo que el escripto, guión dirán, de la película checa *Éxtasis,* 1932, lo hizo Viteszlav Nezval, mi poeta favorito, con Julian Tuwim y Esenin, de 1894-95. Pero lo triste es que este filme se conoce porque la bella Hedy Kiesler, estrella como Hedy Lamarr, aparece desnuda en una escena lacustre y en una carrera en que el viento y los arbustos le tocan las teticas austriacas. Se ha olvidado a Nezval.

Y es 1999.

El lujo del tiempo, de disponer de una ventana con árboles, un pasto que enverdece después de los cuarenta grados bajo cero con que el invierno reventaba las latas de Coca-Cola que olvidé, como siempre olvido, dentro de mi viejo automóvil. Carlos Gardel habla de besos prolongados en el tocadiscos y, aunque es Argentina en su voz, me entra la gran nostalgia boliviana, la lobreguez de las chicherías de Coña-Coña, Raúl que se perfila contra los eucaliptos y sus rayueleras monedas, detenidas en el aire, semejando luceros de la tarde.

Te parece que te traiga un jugo de naranja, o lo prefieres de manzana pregunta la esposa que en veinte días más será esposa de veras, cuando usía, el juez de paz, rubrique con tinta negra la cópula liberal.

El jugo de naranja se ha consumido. La primavera tibiamente se asoma en el medio oeste norteamericano, pero las nubes anuncian que la nieve blanca no se rinde, que sobre todo lo oscuro caerá la nevada y hará de la tierra un lugar digno de vivirse. Digo esto con esa melancolía que no puede ser tropical porque soy valluno, pero que quiere oler a son, a samba, a vallenato, a cueca, vamos...

Han pasado diez años y una vida ordinaria, vida perdida quisiera decir si no hubiera momentos gratos que desmienten el tedio de Norteamérica.

Estoy en la plaza Murillo, de La Paz. Las palomas no entienden de patriotismo y excrementan sobre la cabeza del ahorcado, le ponen una máscara de bosta blanca sobre el rostro sin que a ninguno de los patriotas de la gobernación enfrente se le ocurra mandar limpiar la estatua. Un hecho natural tan trivial como el cagar de unas aves basta para desmitificar constituciones, independencias, decretos. Aunque el mariscal Antonio José de Sucre, a quien observo desde el hotelito donde voy siempre que vengo a la capital, está límpido.

La Paz en el irreconocible verano de 1988. Me alojo esta vez en la residencia del embajador norteamericano, quien, por ligazones matrimoniales, etcétera, viene a ser como un primo político. Desdoblan una cama en un dormitorio, practicismo sajón, y ya tengo un cuarto que de día hace las veces de recibidor, y duermo, protegidos mis sueños por los velados anteojos de la seguridad, los hombres de cuerpo inmenso y ojos como que no les han dado luz, listos los puños para el golpe, el dedo para matar y cuando los ponen a cenar no tienen idea de para qué sirve un tenedor: peligrosos animales.

Y viene una década.

Dejo la casa del embajador. David, rubio y con lentes, no hace mucho por detenerme. Los norteamericanos no son seres de costumbres gentiles, a pesar que en el transcurso de la novela algunos contradecirán tal aserción. Pepe me recoge de la plaza central. Llego allí en un carromato de la embajada, con sendas banderas a los lados. Subimos en colectivo hacia El Alto, la ciudad de barro. Con una escala.

José Tejerina moriría una noche de 1990, en alguna curva de la carretera Oruro-Cochabamba, desangrado. Accidentado en auto, contemplaba la noche que habíale arrebatado las piernas. Una semana antes llamó a Carlos Flores, a los Estados Unidos (Pepe trabajaba en la telefónica). Hablaron de la cerveza que se enfriaba en los refrigeradores, del tiempo que crecía demasiado.

Carlos —yo— y José, que imaginarán es Pepe, dejaron el bus en el comienzo de la subida, en una esquina frente al mercado Lanza, "Merlan" le dice el pueblo. Segundo piso: el "Grill". Su particularidad radicaba en la casi exclusiva presencia india, con ropa occidental. Putas, sí, de piel más blanca, de Chile, Puerto Rico... Los vendedores, escarbadores, cosechadores, levantadores, asesinos del oro de la ciudad de La Paz, de Tipuani, la aurífera región donde los cuerpos se pudren con las bocas abiertas, mostrando las muelas cubiertas de oro que nadie toma por ser piezas muy pequeñas. Pepe trajo a un amigo, un hombrecillo amable y bajo, con los bolsillos cargados de dólares del metal extraído en las últimas semanas. Vino con una rubia de cara bonita, con doce dientes de sus originales treintaidós. La mesa se cubrió de verde, o marrón porque eran cervezas paceñas. En un lugar ya común, y para "sobrar" al cochabambino —Carlos—, el "amigo" pidió al principio una botella de Taquiña, "para lavar los vasos". Después de haberlos enjuagado, y tirado al piso toda la bebida usada para ello, sirvió. El Grill brillaba por la humedad de su suelo, y los tacones de los borrachos hacían chirridos al caminar. Se abrían las braguetas debajo de la mesa para mear. Chicos, les haré un precio a los tres. Mi cuarto está dos pisos arriba. Toda la noche; uno por vez. Quiero tomar. Yo también. Pero el comerciante sube un par de veces. Se disputa el oro, se lo muestra. Los ánimos están cada vez más exaltados. El aymara ha reemplazado al castellano y ni Pepe ni Carlos lo hablan. Que me robaste, que tú, que cabrón y que tu madre, y salud, Pepe, chupá, chupá, carajo, y una puñetera incomprensible jerga que parece chino y Toshiro Mifune que ha perdido la compostura quiere pegarnos. Dame un beso, dame un golpe, hermano, hermano. Y Debra, la meretriz rubia, insiste con sus carnosas encías al aire en acostarnos. Los paceños bailan salsa, entre hombres, como llamerada. La cumbia zapateada en malambo andino. Las escaleras del grill que conducen a los amigos a la parada de micros humean como de incendio...

El Alto. Noche ya.

Una casita de dos pisos, modesta. Unas gradas con casa, en realidad más gradas que casa. Esposa e hija adentro, qué grande ya y cómo no, si son diez años desde que salimos bachilleres y me tuvieron que arrojar al patio a través de la reja porque no podía pararme, y papá que llora con camisa a cuadros, papá, papá de camisa a cuadros un octubre tan viejo como mil novecientos setentaisiete, tan viejo ya papá, frente al televisor, mirando "Sábado gigante" sin darse cuenta que es domingo, o las tardes de la vejez, las de la infancia son todas iguales. Hijo, y los brazos te reciben. Padre; abuelo; y los brazos te siguen recibiendo...

Ni me acuerdo el nombre de la hija de Pepe. Vi a su esposa, años después, al otro lado de la acera, cuando el camino de Oruro ya se había adueñado de tus piernas, y no me acerqué. Pedí dos salteñas; apoyado en el codo derecho la vi pasar, sabiendo que lo que no le preguntaba de ti entonces no lo sabría más. Carlos quiso así guardar muy adentro una intimidad que no tenía espacio de muertos, ni que fuera nicho, o cementerio, o simplemente no me da la gana de creer que mis amigos han muerto. Las escaleras del grill se incendian y el oscuro amiguísimo de aquella crepusculada se insume en una boca pintada con interiores de sangre, un beso que rechazamos.

Heineken, etiqueta verde. Hasta muy tarde, 1990, no supe que existía la de etiqueta roja, con Ronald, en un bar libanés de Dupont Circle, en la capital de Estados Unidos. Verde la marca que se agota entre los dos amigos. La oscuridad de El Alto huele a barro; sobre las ventanas, interiormente, se agolpa el hielo. La irrealidad del silencio de una ciudad de adobe, el pueblo engrandecido, como Aiquile, como Pasorapa, pero a nivel del cielo, muy alto y muy frío. La sensación del barro, de que si se estuviera caminando afuera, habría que eludir la fetidez lodaica del excremento humano mezclado con la tierra. Así tan estrecha se hace la unión entre hombre y natura cuando se es pobre, cuando el culo toca la frialdad del piso mientras no se ve a nadie, no se oye a nadie, o un poco de sapos montañeros que quién sabe si son animales u oscuros diablos de la sombra india.

Salud. Te vas. Harás plata. Y en diez años toda la plata, medio millón de dólares, no da a Carlos ni el pasaje para visitar la oscura tumba donde yace su amigo, momificado; no hay putrefacción en el frío. Tieso como los yatiris que arrojan la coca al aire y regulan un destino de por sí ya jodido. Diez años, Pepe, cuántos sin ti, sin dólares. De la ventana asoman las nubes de otra nevada. Seis treinta de la tarde. Hernán Figueroa Reyes, poeta asesinado, canta penosas tonadas.

En la terminal de buses de La Paz, de horroroso diseño, y de tan tristes memorias para mí, de donde se van los rostros del amigo, para siempre, donde las hijas se separan de los padres, de micros que tienen por destino el larguísimo camino de Puno, Juliaca y Arequipa; terminal de la tristeza, de la anochecida y las manos de Pepe que quieren asirse al futuro y caen irremesiblemente en el hoyo angustia de la muerte.

Y me dieron visa.

II

Buenas tardes, señora Alicia. Hola, Julio ¿cómo estás? ¿Y Carlos? Dígale que lo estamos esperando en la embajada. Y mamá, apenas me ve, dice que me esperan en la embajada, y está sobrexcitada. Por fin mi hijo, por fin, quizá una beca, un trabajo.

Lo que mamá no sabe es que Julio, Franz y Raúl aguardaban por mí —ya decorada la mesa con una jarra grande de chicha blancuzca, en el piso un balde verde mugriento y rebalsante— en un boliche inmundo llamado "En-bajada" porque la puerta de ingreso estaba arriba, sobre la avenida Rubén Darío, y el restaurante-bar como diez metros más abajo. Desde adentro ni se veía el cerro San Pedro, al que tapaba una pared de adobe típico, con unas manos de cal encima para matar los insectos. Ahora ya hay un edificio, de la riqueza traída por unos piques-macho tan barrocos que eran incomibles, y un licor de maíz acelerado por una botella abierta de alcohol 90 en el fondo del cántaro mayor. Por supuesto que no alcancé título alguno en la reunión sino una borrachera que me descabezó por dos días. Si no saben lo que es jugar dados a la mala, para tomar, debieran ver a Raúl entonces, apostando 50 a sesenta tragos a cuatro dados iguales y uno diferente, en dos tiros dos volteos, y una lanzada más. Y lo duro era que el perdedor pagaba en serio. Calculen cincuenta de los vasos pequeños, esos de rayas verticales y un reborde de medio centímetro; son como quince vasos cerveceros, seguidos, uno tras otro, hasta el asomo del vómito. Y agarrarse el estómago mientras se tira el alma al piso, qué lindo está el cerro, verdeando por enero, por las intermitentes lloviznas de domingo. Caminar, a modo de alivio, un poco y mirar el melancólico muladar de la laguna, el rumbo del country club, de una infancia de supuesta economía pujante y piscina cada día en vacación. El caminito a la izquierda, pasados cien metros de aquella iglesia de la falda del San Pedro donde jamás hay nadie, bordeando una acequia por la que corre mita. Un lugar donde cayó un avión y fierros chamuscados esparcidos por el área. Y más allá la cueva del abra que atraviesa el cerro y sale al otro lado, a la región de Sacaba. Por qué hablar de esto. Porque es parte de la memoria niña, del gobierno de Burrientos —u Ovando— y el asesinato de Jenny Köller y Elmo Catalán en la cavidad esa, destinada a regar agua, no sangre, y menos el semen de Abraham Baptista, verdugo que se quema hace ya mucho, cocinándole los diablos por la eternidad sus cobardes manos.

No es alivio la caminata. Los ojos registran hacia atrás hasta lo mínimo de los sentimientos y experiencias. Carlos se pone mal; de pronto, a los veintiocho, se ha sentido anciano. Y la única forma de rejuvenecer es continuar la chupa, mejor ahora que ha venido Dina, esposa de un inglés de York, y que besa admirablemente a uno y otro de ellos sin distinción. Sus muslos doran la tarde y se hace enfático el trago y más ahora que ya no pierde, Carlos, claro. Raúl habla en jerga inteligente. Los cinco dados iguales de la generala son una "grande", y cuando él, profesor de francés, gigolo parisino, lector de Thomas Hardy, Raúl Choquetaxi, la invoca, le dice "glande" y Dina no entiende las risas, no conoce la palabra, solo el objeto en sí. Se fija y uno de los ojos de ella se le va de lado si está ensoñada. Pero no se le ve la desviada pupila izquierda si se la besa del lado derecho, con la cabeza inclinada lo suficiente para que caiga al cuello y los senos que ha tapado un vestido café. Uno a otro salen a cumplir el rito del beso, mientras oscurece y aparecen lucecitas de cigarrillos sobre el cerro, de las parejas que fuman en los intervalos de la desnudez.

13

Y pienso ¿hubo una avenida aquí en la infancia? Este Rubén Darío cuán viejo es. Creo que existía una senda ladeando la colina, sin Cristos crucificados en el aire, ni pavimento. Estábamos, entonces, Armando, Elena y yo, en la primaria del Fátima, con aquellos curas italianos: el padre Fidel, el Hermanito, que eran un encanto. Frontera de Cochabamba, bordes de la ciudad. El San Pedro, lejanía plagada de misterio, de horripilantes muertes, de descanso, del árbol que se veía del cuartel de la Muyurina y donde decía mi padre que estudiaba en su juventud. Y el río Rocha, el Condorillo, con trazas aún de arroyo montañés, lindo; los bordes de Tupuraya, en la subidita, tan arbolados y bellos que de la escuela íbamos de excursión allí. Y un gran macho cabrío, venido a diario del pueblo, marrón y negro, de barba espesa, que dominaba el hato de cabras con más destreza que pastor, y que me sobrevivió treinta años.

Nos despedimos. Hemos de vernos más en estos días pero hoy es el punto final de un pasado rico, sentido. A Julio lo espera Filadelfia, con ladrillos viejos. Carlos parte hacia Arlington, Virginia; dos días uno del otro. Raúl llora como lo hace siempre que los amigos se despiden. Llora en 1989; en 1992; llora más en 1998 y se queda debajo de los altísimos eucaliptos, con una veterana chamarra negra, ajeno a su mujer, de la mano de su niño Fidel (Fidel Castro ha reemplazado al fatídico Cristo de los infantes en su cabecera).

III

El *New York Times* anuncia la salida del libro de Mónica Lewinsky, la mujer más famosa de los Estados Unidos, tanto que el Congreso en pleno le pidió disculpas por "lo que había sufrido". Y los trabajadores del mundo nos preguntamos si no es que todo anda mal acá, todo volcado, si la trivialidad de un coito oral con un pene presidencial es motivo para encumbrarse por encima de José Saramago, de Abdullah Ocalan, de la vida misma: niñez, madurez y el resto. Paris Match, la alemana Bild, la televisión israelita, los magnates de Singapur, doscientos cincuenta millones de gringos aguardan con desesperación leer los luminosos pasos de la hembra. Si hasta el padre, mister Lewinsky, no da más de orgullo mostrando el vestido azul manchado de esperma. Para eso la eduqué; Moniquita no me defraudó y miren mi nuevo departamento. Y la prensa, la misma prensa enfermiza de *Natural Born Killers*, el filme de Oliver Stone, registra el departamento, que sin duda será el precedente de una nueva moda en el país. Es ley, dictaminarán los senadores, que todas las muchachas sigan el fervoroso camino de misis Lewinsky, un ejemplo de decencia, de rectitud, de bondad e inocencia. Mientras tanto, día a día, las bombas caen sobre Iraq, los policías acribillan hombres desarmados, o quizá portando un peligrosísimo encendedor... y en las escuelas primarias de los estados unidos de norteamérica, usa, sí, el centro del universo, mayor a Roma y Atenas juntas, los alumnos de nueve años apenas pueden leer.

En bajada. El restaurante, del que solo se ve el tejado, mezcla de calaminas y tejas, algún trapo para las goteras, se opone con su sombra al sangriento, sangre naranja, atardecer cochabambino. El sol se oculta por Tapacarí, por sus senderos de polvo en cuyas casitas los campesinos todavía guardan los huacas del incario para adorarlos o venderlos.

IV

Pan, pancito, señorcito. Los niños pastores del camino estiran las manos hacia los buses que cubren su hambre de polvo. Carlos contempla desde su ventanilla la agritud del yermo. Si hay algo que no le gusta es viajar por Bolivia; se llena de angustia. Poblados hundidos en las quebradas, entre cincuenta metros de verde. Y las casas siempre vacías, candados helados por la temperatura montañera. ¿Y el dueño? Por allá nomás está, por los cerros, a cinco o diez kilómetros. De la noche llega a la lobreguez de casa, de las velas encendidas, si tu hogar es un nicho perpetuo, hombre. Y el cuero de oveja, café ya de sucio, cubre los terrones de la piel. Amanecida y un poco de agua sobre los labios. Con suerte un trago del insumo negro de cáscaras y pasto, pan rascado contra la pared para desmigarlo, un trocito de adobe en lugar de chocolate e irse, irse de nuevo tras del sembrado o los animales. La ventana del bus descubre un mundo ordenado. Le asombra los sentidos el hecho de que todos los pasajeros hablan inglés, no sabía que era un idioma gesticulatorio, y los gringos con cada palabra parece que se asfixian y me desespero por ayudarlos, alcanzarles un refresco y, fata morgana, sus bocas se contraen, abren y desvían más. Preguntar mi nombre y de dónde soy implica toda una serie de movimientos faciales que envidiarían los mimos. Hay uno de rostro redondo, cariculo, el círculo perfecto, y de pronto es un volcán rojo que contorsiona distorsiona su sobriedad para decir hello. Bien que es el sur, y el sur difiere un poco del norte en que la apertura de los labios yanquis es menor pero inmensa sin embargo para un boliviano, tan recatados y educados y tenues que somos, sin ironía, para de pronto hallarnos ante la bestia humana, los bárbaros que Roma jamás pudo domeñar, y sus mujeres, bellas, grandes, culonas y ariscas. El colectivo pasa de los Andes al camino de Georgia, y no es Cochabamba en la distancia ahora sino Savannah, en cuyo muelle busco, diletante literario, los piratas ahorcados de Stevenson y Schwob.

Cuando tú te hayas ido me envolverán las sombras. La radio solo calca el hecho de que arribo a Cochabamba ya de noche y no me fui todavía, estoy por irme. Los productos del mercado ya están cubiertos de sábanas y en los taburetes de quince centímetros sobre el suelo duermen esposas, madres y abuelas de un pueblo. Con el alba se moverá de nuevo lo estático y el api humea en cada mesa, ¿rojo, niñito, o blanco, o mezclado? mientras en el aceite inmemorial se cuecen los buñuelos sobre los que cae una nieve de azúcar impalpable.

Tomar la calle Nataniel Aguirre, antes del amanecer. Las mujeres barren las calles y cuánto le durará la espalda a una de estas trabajadoras, agachadas así. La plaza 14 de septiembre tiene encanto a esa hora. Un par de barrenderos dormita en los bancos frente a La Juventud. Las luces, los irreales arcos; arbolada memoria no solo de aquel día, de tantos, sobrio o no, de los amigos que asoman el miembro y orinan la columna de los héroes frente a la prefectura donde guardias y torturadores duermen un sueño injusto. Y la reja desteñida de casa, color antiorín, dicen; acera desportillada, las florcillas de la enredadera que cubren el paso. Y mamá que se levanta, siempre mamá al escuchar los pasos, y un té, leche caliente de infancia.

¿Y, chico, de dónde eres?

De Colombia, le respondo, porque así pienso que tendrá temor. Y él, el taxista del aeropuerto de Miami, es colombiano, de Bogotá, puta suerte.

De Villavicencio, la sabana, el Meta. Me sirve lo que Armando me cuenta de sus años en el llano. Pero hace mucho que no vivo allí, casi diecisiete. Bolivia es en parte la patria ahora.

Te llevo a la Greyhound de un barrio lejano, porque en el centro de la ciudad los negros están enloquecidos con el saqueo. Y maldito pretexto que tiene, colombiano de mierda,

17

para cobrarme veintitrés dólares que saco de una bolsita, tejida en casa, y oculta detrás de los huevos. Le pido rebaja y me señala el taxímetro.

Chico, esto no es la puñetera tierra nuestra; aquí hay orden.

Y si supieras, taxista, que siempre me pasé por la baja espalda el orden.

La ventana de la estación de buses, una casita de un piso. Algunos gringos trasnochados. Carlos quiere Coca-Cola dentro de esas máquinas. Pero se aguanta y toma agua en el baño, porque no tiene idea del funcionamiento de las dispensadoras de refresco. Las noticias en un diario abandonado en el asiento hablan de la muerte de un prieto en manos de la policía, y el consecuente levantamiento racial. Pero es el pasaporte que aferra, los cuatro billetes de a cien que parecen cortarle los testículos, lo que importa. ¿Y de impresionante?

Nada.

La fiesta se ha preparado con anticipación, la de despedida.

Carlos, hijo, te felicito por haber reunido a todas tus mujeres en una, dice el padre. Como el tío Rómulo. Y no son todas. Tres: *cuando tú te hayas ido me envolverán las sombras,* y me envuelve el cabello negro de tu nuca mientras te penetro, te entro y tu cuello asoma blanco, y tienes los ojos cerrados y la boca entreabierta con puntas de dientes.

Taxi. El aeropuerto. Omar que me dice, detrás de la espalda de papá:

Chau, Caballo Loco.

Vuelo de noche. De la ventanilla intento imaginar las luces como postas o pueblitos del Brasil, primero en el mato, luego en la desertidad del sertao, la implacable selva de Guayana, el Caribe, Cuba, la isla Tortuga, Manaos, el Orinoco.

Trazo un mapa que quiero recorrer y sale el sol, colmado de depósitos, la ciudad.

Al Greyhound, en español, porque este no ha nacido aquí ni por San Putas y tengo que cuidarme para que no me robe.

Soy de Colombia. Ah, tú también, pues yo de Villavicencio. No, no sé cómo estará, chico, son diecisiete desde que me fui. ¿Bolivia? Lindo, aunque demasiado frío. Sí, patria doble; ah, de Bogotá; yo del llano ¿Y cómo era, Armando, aquel camino, y Cali, y Palmira... cómo eran?

V

Ya por Raleigh, Carolina del Norte, hay un chequeo de documentos, de rutina. Bueno, tengo visa de turista por seis meses. Andan los pacos buscando criminales; quieren llenar las prisiones. Compra y venta de prisioneros se está haciendo un gran negocio en el país. En 1999, bajo convenios, Texas y Colorado tienen un tráfico intenso y extenso de reos. El negocio es el siguiente: alguien recibe una condena, por robo, de ciento ochenta días, en Colorado Springs. A los dos meses, el estado de Texas decide comprarlo. No se notifica a nadie, ni a familiares ni amigos. Un juez de instrucción, irlandés de roja nariz y tufo, firma y el ratero va a nuevo destino. En Fort Worth, por una rencilla mínima, lo condenan a cinco años de trabajos forzados, y tienen un semiesclavo laborando para ellos; mejor si es oscuro, oscurísimo, casi, tostado, canela, rojo, amarillento, ceniza y otro colores. Por él reciben un monto x del gobierno y bonos aquí, bonos allá. Tan importante ha resultado el asunto que se lo ha privatizado. Son compañías particulares que administran, contratan personal, transfieren y negocian prisioneros.

En el sillón de cuero de venado, frente al televisor de 56 pulgadas, cine personal sueño americano, los magnates se emborrachan y alaban la importancia del freedom como no lo hay en ningún lugar por eso intentamos salvar a los pobres cubanos y acogemos a los rusos cansados de terror. Y, con el televisor encendido, cincuenta y seis pulgadas, no lo olviden, el gringo rico, Arthur o Justin, acaba su medio galón de whisky diario, y con ayuda de su beloved wife, su mujercita, baptista sureña, temerosa de Dios padre todopoderoso, desnudan y sodomizan a sus hijos, a los niños producto de su amor. Y el sol se pone sobre la nación de la libertad, la liberadora, donde el patriarca Thomas Jefferson posee esclavos negros, mientras redacta la declaración de independencia, y hace parir a las negras, que aún hoy, doscientos cincuenta años después, claman ser reconocidas como descendientes del padre de la patria, y demandan, justo derecho, ser enterradas en Montebello y, ¿por qué no? salir en el nuevo sello postal de 33 centavos, como Albertina Jefferson, o Maclovia Jefferson y, a escondidas, claro, en Washington, susurran: negras de mierda.

¿Passport? 1989. La inmigración no es tan jodida entonces; no es Bill Clinton presidente. Richmond, Virginia. Si algo aprendí, y más que los nacionales acá, es historia norteamericana. Y no sé qué pensar de Robert E. Lee, mientras atravesamos Richmond. Lo idolatran, a él y a Stonewall Jackson, de los del sur. Y en el fondo desean que hubiesen ganado. Y ahí está la cantinela de que Lincoln liberó a los esclavos, y que la guerra se hizo por ello. No hay idea de los sistemas económicos, de su funcionamiento, del origen y causa de las guerras, como para creer que el industrioso norte se preocupaba por la salud de los esclavos, pero pensar lo que pienso es cuestión íntima, incomunicable. Si alguien no sabe conversar realidades, porque no entiende y tiene, por generaciones, el cerebro lavado, es la persona de Estados Unidos. No voy a alabar a ninguna figura que ellos idolatren... ni a Lincoln, y gracias, Jorge Luis Borges, poeta homérico, que le dices a Antonio Carrizo, locutor de radio de pronto intelectual, que Lincoln no tenía la menor intención de libertar a los negros.

Raleigh y Richmond se me confunden. Los barrios cerca de la terminal, que en USA es una covacha cualquiera en un barrio industrial o céntrico, no un centro de viajes, me recuerdan en algo a Santiago del Estero, a la desolación de sus abandonadas calles. Pero Santiago es Argentina, mi abuela Espeche y los calchaquíes, y los Chalchaleros, y la chacarera y tanto más para herrumbrar de envidia a los gringos con sus inaccesibles y estúpidos hombres y lugares. Miro desde mi ventana, mayo del 99, y los veo llegar cargados de cosas recién compradas y desaparecer —a encerrarse—. No hay niños en los parques, ni uno. Los niños están en sus dormitorios, recortando las escopetas de sus padres para matar mañana temprano a sus compañeros de curso y salir, con sus caras angelicales, si son tan inocentes y buenitos los americanos, en los periódicos y lograr, así sea en la muerte, un poco de atención de una sociedad muerta. No confunda, Borges, a los intelectuales de Austin y de Harvard con el pueblo; o crea a Whitman y a Faulkner iguales al sombrerero Truman o a los residentes de Florida que cazan negros a principios de siglo en Rosewood.

VI

Esta terminal, Washington D.C., es también un pequeñísimo edificio, a dos cuadras de la estación central de trenes y subterráneos, a tres y media del Capitolio. En el ombligo del mundo, seamos claros, donde se decide el universo. Y me asombra la mugre, el polvo, la basura que se mezcla con la nieve algo derretida de enero. Botellas de trago, de toda especie, llenas, vacías, mitad y mitad, rotas, enteras, ron, whisky, bourbon, gin, cerveza, tragos coloridos, e imagino que el presidente o los gordos congresistas jamás pasan por aquí. No querrán ver a los negros caídos por las calles, a los vendedores de crack en cada esquina, a las putas que se descalzonan en los callejones, a pleno día, y mecen lo oscuro en busca del líquido de amor.

El barrio: North East, N.E.

No significa que Washington no sea una hermosa ciudad. Es una de las más bellas del mundo, construida por L'Enfant según modelo de París. Tiene mucho de ciudad latina, con la riqueza y el practicismo sajones. Y la suciedad, la miseria del noreste, el ghetto, tienen su encanto, cuando sentados entre amigos, uno más oscuro que otro, y yo el más claro aunque café, tomamos brandy pasándonos la botella y mirando cómo el alcalde de la ciudad, alcalde negro en ciudad de negros, Marion Barry, demagogo, cocainómano y arrecho, pasa montado en su Cadillac convertible haciendo el signo de victoria. ¿Triunfo de qué, Marion boy? ¿De seguir tan ínfimos como antes, mientras estrenas ternos blancos que te sientan tan mal?

Carlos revisa su guía de teléfonos, amigos personales, comunes, conocidos, la colonia boliviana que se ayuda, para bien o para mal, de vez en cuando. Unas horas en casa de Ana y Chacho, amigos de María Renée, su hermana. Un niño, la chimenea, el silencio del anochecer en Virginia, en el suburbio. Horas que se hacen la noche hasta las nueve de la mañana en que Lorgio Borda, camba vallegrandino, camarada de Omar, lo recoge sin conocerlo para darle un mes un sofá de cama, el fin del hambre, la piscina de verano, el teléfono desde donde llama a Erika, Erika lo llama, se llaman, nos llamamos, y le quiere incrustar de entrada, desde la medievalidad germana de Singen, la nostalgia de la tierra ida. Ya vuelvo a Cochabamba, amor, por ti y nada más por ti, para que retornes y nos acostemos en los pasadizos vegetales de Tiquipaya, y olvida el pasado, el llanto de París, el tren que te habría traído de Estrasburgo y reunido y haber hecho juntos una blanca casa con caricaturas de Grosz por las paredes. Qué haces en Estados Unidos, vuelve en un mes que he regado la planta del recuerdo para que crezca de nuevo tu amor. Y mientras Erika llora en alemán, Carlos remueve los fideos, cuatro por un dólar, que mezclados con tomate y una pizca de cecina retostada, hacen almuerzo cena y desayuno para Carlos y Lorgio. Gracias, Lorgio...

Es que en un París que era tan viejo como mil novecientos ochenta y seis años, Carlos se deshacía, de teléfono en teléfono, con las monedas de diez francos, pesadas color de bronce, que le entregaban aterrorizadas las viejas francesas para que llamara a su amor, la que, Erika era, había hecho de su cubículo un témpano impenetrable, ajeno y distante, y lo único concreto que se lograba era moquear y moquear en las cabinas públicas. Vuelve a Cochabamba y tu voz suena tan triste como si hubieses sido cantora de zambas por siempre, pero, disculpa, se me queman los fideos y Lorgio llegará después de haber sido carpintero durante quince horas...

¿Y cómo está Omar, infantil? E infantil llama mi amigo Lorgio a todos sus conocidos, un adjetivo extraño que no escuché en nadie más, en casi cuarenta que llevo cargados en las nalgas. Pollos; carne oscura, pierna y cadera; carne blanca, pechuga, en Popeye's. Muy rico y como complemento decorativo los dos primeros policías de Estados Unidos, con hermosas y extremadamente altas botas, comiendo como cerdos con lentes oscuros en la sombra —quizá son ciegos, y no puede ser porque conducen motocicletas tan equipadas que parecen el Apolo 11, ¿astronautas quizá?—.

Popeye's. Dos órdenes de muslos, jalapeño dentro de un envoltorio de queso. Sprite o Seven. Y biscuit, el pan sin sabor, que se deshace al tocarlo, sobre el cual echan un líquido blanco, gravy, dicen, que parece, huele y sabe como vómito. ¿Cuánto? $5.99. Y pague y retírese y no gracias ni nada, tratando de evitar la mano mugrienta de grasa de pollo del sargento que intenta limpiarse en la silla donde se sentarán entre cien y doscientos clientes más. Qué lejos están los poemas de Edna St. Vincent Millay del oficial que eructa su disgusto en la cara de los pasantes.

Carlos llegó al apartamento. Escalones, cinco en total, hacia abajo y la puerta con un agarrador mínimo y el número.

Aquí vivo, vivimos desde ahora, dice Lorgio. De la persiana con varas longitudinales asoma el complejo habitacional. Una serie de edificios similares, la piscina cubierta de lona negra. Invierno. En la tarde se sentó a escribir. ¿En qué pensaba? En Francine y la tersura de su piel inglesa; la desnudez hembril y medias negras con lunares rojos. Y en la tinta aparece, en una hora, porque Carlos escribe, el *Libro de mano,* poemas brevísimos, no haikus, que hablaban del cuerpo de ella, de lágrimas, vidrios, lluvias, sueños y gatos haciendo cosas. De un plástico colgado en la tercera grada hizo versos que le recordaban las ventanas, dentro del departamento de la calle Venezuela. Pero, en otro sector de la casa, alquilada por secciones, los adenistas del general Banzer vociferaban, reían, cantaban himnos de las juventudes hitlerianas criollas, sin el dejo marcial nazi, más bien con aires de taquirari; si hasta parecía fiesta, fascista, festividad, falange, febril, feroz, y recorro la F del diccionario para no repetir las palabras.

Del *Libro de mano* a la mano en la sartén. Norteamérica no cree en lágrimas. Cuidado con cortarte los dedos;

prepara el tomate así. Pero de esta forma es mejor, y si le echas un poco de orégano, un diente de ajo aplastado; no, no, no ajo en polvo, eso no es cocina. Y ya vivo diez años solo y me cocino. Abres latas, dirás. ¿Y tú?, aparte de fritar para un par de culos no tienes experiencia. No seas alcahuete, Lorgio; te vas a chupar los dedos. Los dos bolivianos solteros se sientan en el desportillado sillón y luego miran una película hasta que Carlos apaga la luz. Lorgio se ha dormido sobre su cama de agua, que lo mece como un niño de cuna.

Alexandria. No volví. Un amigo, caminando en 1994 por la Columbia Pike, me dijo que Lorgio estaba loco, que había ficado orate, y no le creí. Que le faltaban cabellos en la cabeza, es verdad, y que la cerveza anegaba sus pocos mechones y lo enfurecía, también. Pero lo vi jugar fútbol, de interior derecho, y manejar y dormirse manejando, y llamarme infantil y contarme su realidad o deseo de una gringa jovencita que lo paró a la vuelta de casa, y luego de unos momentos ya agitaban el agua del colchón oceánico, hasta que papá gringo, papá blanco, supo que la niña andaba tirando y la exiló en Tejas, Texas, donde ahorcan mejicanos por el solo gusto de ver balancearse en el viento sus oscuros cuerpos de olivar.

La camioneta sale a las seis. De construcción en construcción. Lorgio se va con sus labores carpinteriles. Carlos llena aplicaciones a montón. Todos le piden papeles, hasta los ilegales. Compatriotas suyos, sin visa ni para Chorolque, menean la cabeza y afirman vehementemente que no hay lugar para mojados. Y tú, no me digas que tienes visa. Soy ciudadano. Ciudadanos del mundo somos todos. Parece no comprender la ironía y regresa a su ciudadanía de peón de gringos. Sentado sobre los escombros, muévete de allí, man, que si te cortas con los fierros rotos nos llevarán a corte. Y jueces y pasaportes, y oficiales de policía, y horarios, todo bajo control. El café de la tarde, ya de regreso en casa, ante el espectáculo del pavimento en la ventana, sabe amargo o sin sabor —se condiciona hasta el café—. El pobre no debe exceder límites de cafeína, color ni aroma. Parodia de perfección. Cuando me aburro y el día ha amontonado demasiadas horas, levanto el auricular y Erika despierta en su trabajo sureño alemán. Huele a cerveza su cabello en la distancia. Su voz no tiene ya la gelidez de Francia; aguarda un retorno que no se produce. Miren, anochece, casi junio del 99, y todavía no me he movido de aquel sillón alexandrino. Los tiempos han cambiado: el teléfono viene ahora sin cable, la mesa tiene cuatro sillas y no dos; el pasto y la arboleda opacan la memoria de las escaleras y las máscaras de los autos de entonces, alargadas y serias las de los Chevrolets, cómicas las de los bemeges. Nada que hacer, el entorno es diferente y hay más voz en el silencio que en el sonido de su voz.

Lorgio Borda llega demacrado y hambriento. Los fideos de a cuatro el dólar llenan la mesa y la barriga. Y dicen todavía que es caro vivir en los Estados Unidos; si eso, más una Coca-Cola gigante, bastan para cubrir dos días dos personas. En un cuarto, Arlington, doce cochabambinos de Arbieto pasaron el año 89 con papa hervida y huevos duros más dieciséis horas de trabajo al día. Las madres, en el valle nuestro, iluminaron con lámparas góticas los frentes de sus casas. La luz de Edison, el genio malo de Menlo Park, es la mejor muestra del hambre de los hijos. Sacrificio, afirman. Hambre en la habitación de doce arbietenses que tiran a la basura grandes bolsas llenas de cáscara de huevos y ojos ciegos de papa. Y mientras uno duerme o cabecea, el otro clava el drywall —hacen casas—. La vida sigue igual, la comida es la misma, pero el teléfono ha hecho un gran salto cualitativo, un salto trotskista hacia las nubes, ha perdido el cable...

VII

May 28, 1999.

Los titulares de los diarios en esta mañana espléndida, con una nube oblonga a la derecha de donde estoy y otra ráfaga de nube cayéndose cerca de donde nace el sol. Seis y media del amanecer. Los titulares son cinco: un condenado a muerte, Francisco Martínez Jr., que no necesitaba cometer crimen alguno para freírse, le basta el nombre; Milosevic hecho criminal de guerra, con Himmler y Goering, con Reagan y Franco; el directorio de la secundaria Columbine, de Littleton, Colorado, que no se da modos de graduar a sus muertos, los muchachos asesinados en este carnaval de sangre y armas de fuego del oeste norteamericano. Acá no ha pasado nada, John Doc Holiday continúa matando impunemente y Tom Horn camina a mecerse en el patíbulo; un artista ¿artista?, Cosimo Cavallaro, decora un departamento en un hotel de Nueva York con 1000 libras de queso fundido. Gruyere cae del cielo raso; provolone en el sofá; queso suizo para ablandar las sábanas. Y a esta obra de arte grandiosa debieran permitir el ingreso de grupos de niños haitianos, etíopes, cerrarles las puertas y horas después comprobar en exceso que el arte también alimenta, quizá así mister, signore? Cavallaro, sienta que ha logrado algo fortuitamente valioso en su inmensa estupidez. El último titular dice algo acerca de campings y no pienso tomarme una pronta vacación, y menos en un camping, para eso me quedo en casa, para no ver, igual que siempre, a misis Ashbury levantando la todavía caliente mierda de sus perros, o a la señorita Priscilla que trota y trota hasta cuando come y me pregunto cómo hará en el baño cuando el estómago le recuerda su humanidad, u observar al señor Brown hablando solo, levantando la ceja izquierda en intervalos de diez segundos, y correr de pronto, dos metros, pararse con un gritito, y comenzar la perorata otra vez. Cierto que estudia para su doctorado en siquiatría y cierto que practica con asiduidad las manifestaciones de las peores enfermedades que espera encontrar.

VIII

Erika en las mañanas de Alexandria. Tardes en Alemania, cuando la nostalgia de la hora del té se asoma con luz oblicua a través de las cortinas, haz difuso. Los gitanos de arriba no están, hoy, apaleándose como siempre. Tarde de Singen que azota el corazón en melancólico hilo. Pero en Alexandria amanece. Y la borrachera de anoche pesa en las sienes; parece que llevara botellas de aretes. Sí, hola, hola, sí, Erika, y no entiende, Carlos —claro—, la jerga romántica de aquella mujer, que si tu cadera allá, y la memoria de tus piernas, y la dureza de tus glúteos contigo arriba, mientras doña Lidia atisbaba por las ventanas y olvidaba a su hijo mártir, asesinado por los esbirros de Banzerarcegarcía. Y tengo que colgar Erika, Liv, Elke Sommer, o qué fantasma nórdico, ¿noruego? ¿polaco? eres tú. Y más le valdría a ella salir de casa —antes de que se golpeen los gitanos, *huye luna luna luna si vinieran los gitanos harían con tu pecho collares y anillos blancos.* Envuelve entonces tu blanco pecho que bien podría venderse en collares en un mercado de pulgas y enfráscate en la riqueza extrema de la vida alemana, con su alegría, comunicación, amistad, amor, pasión, extremos, que envidiarían todos los caribes de América del Sur. Y gracias a Dios corta. ¿Quién era? Una loca, Lorgio. Debías dejarme hablar. Y Lorgio está tan chiflado que quiere perder su tiempo oyendo la retahíla hipócrita de una blanca. ¿Blanca, digo? Siempre me consideré así: caucásico, y de pronto me observan la bibliotecaria, la enfermera, la dentista de piel ebonita y más, y me descalifican la raza acumulada por generaciones. Rememoro a los amigos gritándose, como insulto, putaindio y putaindios llegamos a ser todos: cariocas, bonaerenses, terateños, caleños, cunas, bolis, pilas, rotos, toditos descorazonados de no calificar como blancos y, en Los Angeles, Octavio Paz hace fila en el supermercado y la cajera se repugna de su tinte y el escritor camina hacia la salida como un putaindio más.

Pero los días pasan. Lorgio lleva a Carlos de construcción en construcción. Seis de la mañana. Siempre lo mismo: la famosa aplicación, aplication, donde hay que anotar cómo se llamaba la abuela de papá, el nombre de soltera de mamá, y los arrestos sufridos por y con razón. Y lo más importante el número de seguridad social, y solo tengo el de Cochabamba, el de la Caja de Seguridad Social, que no me sirve de mucho y distribuyo mis horas esperando detrás de los ladrillos el regreso del amigo que pierde su tiempo también de trabajito en carpinterito, sin nada fijo. Vuelven los dos, rápida camioneta gris por la Columbia Pike, a sentarse frente a la pantalla y saborear los consabidos fideos, más baratos que los que venden a las cuatro de la mañana, contra las paredes de la calle Lanza, pasando el mercado, mezclados con albóndigas innombrables, e invisibles de tan oscuro. Acá y allá la constante de los amigos y la pobreza, vaivén de vida insospechadamente rico, de cuya angustia llevamos recuerdos más felices que todos los salarios del norte. Dormir y sueño que no soy Carlos Flores sino un muchacho de nombre más italiano, algo así como Claudio, y que papá, joven padre en 1963, me lleva de la mano a ver jugar fútbol, Bolivia, los eucaliptos, la lama anochecida de la avenida Juan de la Rosa, una radio pequeñita de transistores y la bolsa plástica para cuando Armando y yo necesitemos orinar mientras el viejo querido sostiene los bordes y ve la pelota que toca el travesaño y se eleva, se eleva como un meteoro blanco en la sombra del pasado. Con Lorgio tenemos unas desavenencias, mínimas. Julio, que de Filadelfia se ha venido con nosotros y está desocupado también, inicia una discusión acerca de los argentinos. Y Alicia, madre que me tuvo, es argentina y heme peleando entre los alerces del bosquecillo detrás, a miles de kilómetros de casa, por el nacionalismo gaucho. Pero terminamos en la piscina, bañándonos con una negra bellísima que se niega absolutamente a que Lorgio la lleve a la cama. Y mi hijo, le dice, debo olvidarlo para irme contigo. Me gustas y mi hijo, dice, ¿debo olvidarlo? Olvídalo, olvídalo. Se acuesta Lorgio, beodo y solo. Y Julio, ebrio solitario. Y Carlos, borracho abandonado. Cama-sofá-silla de la inmedible dicha de estar en Yuesey.

IX

Pero una mañana, dichosa mañana según el lugar común, camino, después de una conversación telefónica con mi prima, por una callecita, North Monroe St., directo desde la estación de metro de Virginia Square; camino a ver a mis primos de Cochabamba, Waldo y Carmen y la niña de Carmen y Valdemar, el hombre de Carmen, Valde, del coche Camaro negro en el que habría de morir, un año de allí entonces, en su México natal.

Los edificios son de ladrillo falso, con la tonalidad que da, en esa parte de Arlington, el moho, y deja la barriada, las barriadas, con el grande apoyo de los añejos árboles, con ambiente colonial, de la Virginia de 1700. Y en su modestia es lindo, apacible, sentados detrás de la escuela, que está detrás del sevileven, detrás también de la casa, y agotamos las latas de cerveza barata, hablando de cuán linda era

Bolivia, y de Joaquín, mi padre, y de Lucho, su padre —con Waldo hablamos—.

Waldo trabaja al borde del Potomac, el mismo río donde aseguran que el idiota Washington había arrojado la moneda, y demostrado su puñetera "legalidad americana", denunciándose él mismo ante su madre e inventando una supuesta decencia que es solo uno de los grandes males de Yuesei. No estaba George, Jorgito, arrojando monedas entonces. Ahora había un gran restaurante de comida de mar, de río —si es el Potomac—, y de bolillos de ron, cubiertos de crema, que Waldo me traía en bloques de a docena. Y allí, en el departamento de ellos, comía, bebía, dormía a veces, cuando era muy tarde para ir a casa de Lorgio.

Carmen me llevaba a su trabajo; mirar el parque y escuchar música. Y quizá habrían pasado quince años desde que no compartíamos el tiempo juntos, de los sábados en que el tío Lucho iba al hogar de mis padres, con su hermano, Jorge, a jugar cacho con papá, y los seis hermanos, nosotros, nos extasiábamos con el ruido de los dados, y el tío —Jorge— que siempre que ganaba nos regalaba la plata. O algunas tardes en que nos escurríamos por los muros de adobe del Viedma para trashumar el mundo del baldío, ajeno a todo, silencioso, cubierto de matas e insectos. Waldo, Fernando y Carmen eran más osados e inspeccionaban en la cercana morgue local los estragos de los accidentes, para después marcar sus huellas en las aceras de tierra con el indeleble rojo de la sangre fresca. En cambio hoy saboreamos pechugas de pollo embadurnadas de mayonesa y pimienta, al lado de tres ventanas encortinadas en cuadriculado y el exterior sin una pizca de tierra que recuerde el adobe, y mucho menos el calor que el sol deja en el adobe y que entra suavemente por el culo cuando te sientas a ver morir la tarde de Cochabamba.

Llego a la dirección; toco el timbre. Escucho. Adentro canta Laura León y se siente cómo se mecen sus pechos en las movidas de la cumbia. Canta Laura León. El tercer piso tiene ¿dos? puertas. Se abre la incorrecta y aparece un sietemesino y me dice que Carmencita, mi prima, ya regresará, que fue a la tienda nomás y que él es de Puerto Rico y qué gusto, primo entonces, no, no trabajo todavía, yo en el servicio inmigratorio, firmando papeles, y tiene Ramón los brazos corticos, tanto que le habrán fabricado escritorio especial. Allí está ¿quién? Carmen que sube, de la mano la niña linda, y Ramón antes de que me comida yo se comide él y con dolor sube por las gradas una bolsa de pan que le llega de las manos a los hombros, parece un largo baguette.

Prima.

Primo.

Viven en Arlington, ella y su hermano Waldo, ya casi diez años. Carmen se casó, Valde está trabajando en la construcción, setecientos la semana y no aporta en la casa, aunque esta familia, los dos hermanos, lo ayudan y atienden tan bien. Y Carmen siempre me hizo reír: ese enano de Ramón está enamorado de mí. Y aquella primera noche bailamos y Ramón el pueltoliqueño estaba invitado y no quería bailar, pero el bacaldi blanco es tónico sustancial y allí está con sus caderas boricuas, sin desentonar. Ves, primo, dice Carmela (Carmen), este enano hijo de puta decía que no sabía bailar y ahora gira como un trompo y nadie lo puede parar... y a cada vuelta le dice suavecito enano hijo de tal, y el otro sonríe extasiado en el ritmo y jura que es hermoso y que nació con los brazos de tamaño normal, y sonríe y guiña mandando besitos hasta que se cae y hay que arrastrarlo del traje hasta su departamento y dejarlo en el piso dormido mientras las cucarachas, esas pequeñitas que conocen los que vivieron en Virginia, las cucas, se pasean por su rostro y su terno negro de funeral hecho a medida.

X

Joaquín y Luis Lucho eran primos hermanos. Moreno el uno rubio el otro. Los hijos, Waldo y yo, somos igual de parecidos. Waldo como escandinavo y yo no logro ocultar el aire nativo. Muy unidos: visita va y viene por semanas, meses, años. Y los primos crecen juntos, corren entre los escombros de la casa de mil novecientos sesentaiocho, a medio construir, la de la calle José Quintín Mendoza, con altísimos pastos llenos de serpientes, que un gringo científico, sí, todos estos gringos son sabios, afirma que son lagartos (y eran, tenía razón).

Carlos y Waldo, llueve en ellos el recuerdo de la infancia, escalan el muro divisorio entre la casa del tío y el lote del lado; de ahí hay un paso al callejón sin salida, arbustos, siempreverdes salvajes, y pasadizos diseñados por el continuo caminar de los que viven ocultándose, los mendigos, los ladrones, los niños, los amantes que corretean en bolas en la soledad del lote público que es más que hotel privado.

En 1968, los militares bolivianos, el centro de instrucción de tropas especiales, paracaidistas, hacen una exhibición conmemorando una "victoria" sobre las guerrillas —¿la?, ¿las?— de Ernesto Guevara un año antes. Hay humos de colores, paracaídas redondos, rectangulares, galardones, oficiales, marcialidad, marchas, desfiles, todo por haber asesinado a un grupo de enfermosharapientosdescuidadoshombres. Las balas de fogueo explotan en los oídos; con cuerdas, los soldaditos pequeños y decorados se lanzan hacia abajo, desde las torres del estadio de fútbol. En la grama del centro, clavan sin misericordia con sus bayonetas (bayonetas al piso, al costado de los actores, pero que parecen tan reales) a uno y otro de los guerrilleros, con barbas hechas de pelo de llama y pantalones rotos por cuyos agujeros se les ven los calzones bikini. Con cada bayonetazo, Waldo chilla, tendrá nueve años, y muere en medio de la risa del público asombrado de la pericia de los imbéciles. En vano Carmen y Armando tratan de calmarlo. Waldo cree que los hombres han muerto y ello le causa dolor. El himno nacional y todos de pie, carajo, porque la patria es la madre, la madre de todos los vicios ajustaría Juan Goytisolo. De pie carajo por el valor y la grandeza de las fuerzas armadas de Bolivia. Y los pavos reales intentan hacer paso de ganso y con sus vientres gruesos solo hacen el gansito. A Carlos le parece escuchar a su padre, Joaquín, que trabaja con los gringos del Cuerpo de Paz por una década. Le parece oír cómo cuenta que luego de haber desfilado los botudos, el 52 o el 53, con la gorra volcada para humillarlos, y sin sus botas de caballerizos, impelidos a hacerlo por un pueblo vociferante, estos no eran nadie, hasta que la CIA y el Departamento de Estado norteamericanos decidieron revitalizar el ejército e insuflar en su oficialidad joven el orgullo nacional y militar. Y cuenta el padre cómo Barrientos, Ovando, Banzer, Zenteno y Torres paseaban por las recepciones de la embajada de Estados Unidos, vestidos —pedigüeños— con trajes usados que decían US Army, y que eran sobras de los soldados escoltas del consulado, sonriendo a gil y mil. En la memoria de Carlos se representa un domingo en la mañana de 1976, cuando salía de la peluquería Nilio, en la calle Junín, que entonces corría en sentido inverso, y pasó la comitiva del presidente Banzer, rumbo al aeropuerto, y este sonrió y saludó, desde su ventanilla cerrada, al padre. ¿Lo conoces? ¿De dónde? Y la historia vino, el cambita orejón y flaco, como perro faldero detrás del secretario gringo. Me conocen bien todos estos hijos de puta. A todos los he visto como son, vestidos de prestado.

Tratan de consolar a Waldo y su introducción a la muerte. Lo apoyan en la blanca muralla de los judíos vecinos Weiss y le mecen los cabellos blondos. Las golondrinas negrope-choblanco vuelan pidiendo lluvia. Armando Flores, herma-no mayor, toma la honda (flecha se dice en Cochabamba) y le ajusta una piedra, en pleno vuelo, a una de ellas. La vida, animal pequeñito, se le va en dos sangres. Con eso Waldo llora más y más, por dos, por los guerrilleros que vuelan y por las golondrinas... del Yuro.

Luego hubo distancia.

Muchos años después, Waldo es llantero y bicicletero. Del trabajo a la chichería, en brazos de los dos primos Flores. A la universidad, a buscar a la novia de Carlos, Gloria, que enrosca sus manos en las blancas, febles y lentudas de un poeta eslavocriollo. Golpe aquí, llanto de mujer, vidrios rotos y la noche terminó mal. Armando lleva a descansar a un desgarrado Carlos, y Waldo se acuesta entre los bláde-res tibios de su taller, y cierra su portón de calamina para que no entre en él la sombra agitada de la avenida Aniceto Arce.

XI

Hay más sangre en las escuelas norteamericanas, primarias, intermedias y secundarias que en el matadero municipal. Con mayor frecuencia se multiplican las masacres de estu-diantes y maestros por estudiantes; es casi la moda de fin de siglo. Sin embargo eso no parece aturdir a los políticos y obligarlos a cambiar las muy relajadas leyes que sobre ar-mas de fuego existen en el país. Siempre tratan de hallar una explicación patológica que arrastra a los asesinos a cometer tales atrocidades, así el asesino tenga diez años y todavía se mee de noche en la cama de su solitario, confinado cuarto, donde él y su alma están solas y donde las estrellas son más cercanas que sus padres gringos. Lo patológico implica lo individual. No se juzga a la sociedad completa cuando se afirma que tal o cual está o fue desquiciado. No hay necesidad entonces de prohibir la compra de armas de fuego, de elementos de guerra, tanques, bazookas, lanzallamas, misiles, lanzagranadas, cohetes, etcétera, que la constitución norteamericana permite a sus hijos poseer. La segunda enmienda constitucional lo dice muy claro: que todo ciudadano tiene el derecho de portar armas de fuego, para protegerse y proteger a su país. Esta anacrónica enmienda, nacida de la amenaza inglesa en 1812, tenía bases fundamentalmente reales. Fue el pueblo quien combatió a las fuerzas británicas, ante la carencia de un ejército regular de una nación en ciernes. Entonces el razonamiento era correcto, parecido al de la izquierda internacional que consideraba (considera) vital que el pueblo se armara (arme) para combatir la opresión. Han pasado dos siglos. Mientras existió la Unión Soviética, los políticos mantuvieron esta supuesta amenaza como pretexto para bendecir las armas. La "invasión" comunista vendría de un día a otro y había que estar preparados. Pero la URSS fue nada más que un fugaz presagio. Se reemplazó su fantasma con el fantasma del crimen: el vecino desconfía del vecino, el padre del hijo, el jefe de sus empleados, y el maestro del director, y todos se observan y controlan entre ellos, y cada uno se desvive por ser el primero en denunciar a su prójimo ante el Gran Hermano y sus sirvientes (1984, de George Orwell, fue la premonición de los Estados Unidos tanto como de Rusia; Estados Unidos es maestro del totalitarismo). Y, cada vez más, al espectro aterrorizante del crimen, que mantiene puertas y ventanas cerradas a toda voz humana, a toda emotividad, sentimiento, amor o desesperación, se añade el de México. Este país (y por extensión la América Latina) desvela a los oscuros y malévolos jerarcas de la nación norteña y a sus marionetas ciudadanas. Estuvo mal que los rusos levantaran el muro de Berlín, que los alemanes se bañaran con jabones de grasa de judíos, pero no está mal que entre México y USA se construya una oprobiosa muralla, ni que se carneé a los inmigrantes ¿ilegales de dónde, si esta es su tierra, o Tejas no es teja de tejado, y Colorado no es rojo, y Nevada nieve, de dónde ilegales si los nombres los pusieron ellos? No aprenden la lección del emperador Adriano ¿o acaso su muralla detuvo, históricamente hablando, en un contexto actual, a los pictos? Si ahora los pictos están incluso aquí, en la frontera del sur, levantando paredes para que no entremos nosotros. Si ya estamos adentro...

La calma semidesértica de la música árabo-andaluza del siglo trece no desmiente la sangre por las calles. Los asesinatos, en la última semana, se han trasladado de las escuelas a las oficinas, pronto irán a los jardines de infantes, a los orfelinatos, a las iglesias y, entonces, ojalá, a las estaciones policiales. Rueda sin fin de esta nueva metrópolis cuyos muros se resquebrajan y se anegan y caen finalmente ante el estupor y el horror de quienes no quisieron ver.

Charlton Heston, el sentimental actor de esos bodrios memorables del cine, ha cambiado su atuendo de Moisés por el de cazador y aparece en gigantescos posters con un rostro desfigurado por la maldad y la vejez; pide en ellos, con voz muda de asesino: "júntate a mí", ven a participar del crimen organizado, de la National Rifle Asociation, que pone congresales en sus sitios y quita sillas a otros, que define la política nacional sobre las armas, que maneja a una recua de dementes, borrachos, drogadictos, pudientes consumidores de sangre, vampiros de la peor especie, Predator no Nosferatu, ajenos a todo sentimiento, a toda decencia. Matar es el fin de la vida. Luego de eso no hay nada. Si es temporada del alce, muera el alce; si es del oso, muera el oso; del puma, muera el puma, y si los animales se han extinguido siempre queda aquel numeroso animal gratuito que es el prójimo. Moisés Heston olvidó hace mucho el no matarás de los mandamientos, quizá la enfermedad de Alzheimer le hizo olvidarlo. Y, claro, si los prójimos no están en las calles porque es domingo y hace calor, los asociados del rifle matan a sus hijos, golpean a sus mujeres, estrangulan a la limpiadora de pisos y se acuestan, tan tiernos y valientes son, con su perro mudo ya acostumbrado a las extravagancias sexuales de su amo.

Y hay gente que, se dicen escritores, como este Tom Clancy, novelista famoso y millonario, que escribe libros y más libros y películas y juegos de computadora. Tom o Clancy como prefieran llamarlo porque no pesa en la historia, tiene un arsenal debajo de su cama, según comenta un periodista del *New York Times*. Dice que nadie se animará a venir a su hogar ¿a violarlo? ¿robarle? ¿matarlo? porque él tiene medios para defenderse y que el rifle este es infalible, como si el rifle se disparara solo y escogiera el blanco. Y su amante dispara con él en el sótano preparado como salón de tiro... tiro al blanco, supongo, y quizá al negro negrísimo o blondísimo objeto ¿sujeto? de su amor. Allí ejercen su derecho constitucional y critican a Clinton y su "debilidad" y exaltan el machismo de la asociación nacional del rifle, y la hombría que caracterizó a través de la historia a los norteamericanos: My Lai, la invasión de Granada, la de Panamá, Wounded Knee, algún recién recordado puente en Corea. Y me pregunto: ¿si es tan macho Tom Clancy, por qué anda meándose a diario en los pantalones por miedo de que vengan a buscarlo, o por qué duerme abrazado a su fusil de guerra si más le valiera dormir con muñecas? Y me respondo a mí mismo que Clancy Tom es un redomado marica, no en el sentido de homosexual que hay que ser muy macho para enfrentar que a uno le gustan los hombres y no las mujeres. No, Tomcito es un gran marica, que de niño corría a vomitar en el regazo de mamá y ahora, porque tiene sus juguetes de muerte debajo del colchón, cree que ganó su carnet de hombre.

Pero, a todo esto, tendría que haber una respuesta. ¿Cómo detener la muerte violenta? Y en las escuelas norteamericanas dieron con la solución: implantar las tablas de la ley, los diez mandamientos del Moisés real (no de Charlton), bien visibles, en las aulas. Y este pensamiento mágico, de shamanes con corbata y automóvil, ha de pasmar a los asesinos y dejarlos de rodillas, arrepentidos de sus malos deseos, delante del cuerpo de sus posibles víctimas que correrán a abrazarlos y entre todos entonarán los salmos protestantes de alabanza al señor, y el mundo de USA será perfecto aunque lo rodee la imperfección de México... Cuando Robert Duvall, en *The Apostle,* gran actor y excelente film, pone una Biblia en el suelo, delante de una topadora con la que un maniático quiere arrasar su pequeña iglesia, se muestra la Norteamérica mística y temerosa de Dios en toda su largura. Ese libro, El Libro, no podrá ser removido por nadie. Objeto mágico, despierta las vocaciones ancestrales de los sajones y sus esclavos negros. Tiene el poder de detener a la máquina, la fortaleza de ser más que la ciencia y la medicina, la magia de una amante y la rigidez del padre. Así los diez mandamientos, el "no matarás", que traducido al inglés parece significar "sí lo harás", han de detener por conjuro el mal. Amén.

XII

La nieve nos impide salir. Veinte grados bajo cero. Y esas cosas que corren sobre las bardas ¿qué son? Ardillas, Carlos, ardillas. Fines de febrero y aún se pueden ver algunas que no se escondieron del frío. Hago un agujerito en la ventana con la manga del puño. La vecina, gringa menudita, lentes y abrigo gris en verde oscuro, se acerca a la entrada. Su apartamento está justo encima del mío. En años que estoy acá, me dice Waldo, me he tirado solamente una gabacha, la peor, gorda y gigantesca, árbol blanco, de Navidad, de piel espinosa, cabeza pequeña y caderas como para parir a un peso la docena. Cómo la conociste, indago, y Waldo suelta que un pariente se la presentó. Hicieron planes para ir a la playa, verano en Myrtle Beach. Bellas hembras se arremolinan en torno de las pelotas de volley, el agua se escurre de sus cuerpos esplendentes, la sal les queda en los pezones. Bikini azul pasas, bikini azul te pierdes. El mar es una muchedumbre de mallas y alguna que otra persona entre las mallas. Waldo, cita a ciegas, el primo le había dicho que irían con la muchacha a buscarlo, no sabe quién ni cómo. Cuando llegan ya es demasiado tarde. Un ser, bodoque de media tonelada, ya lo abraza, costillas que crujen en el arrebato de pasión futura. Cerveza en el camino, latas de Lite que arrojan por las ventanillas. Hagamos acá nuestro picnic, espacio entre blancos, negros, un tablero de ajedrez. Prohibido tomar alcohol en la playa. Mezcla el ron en la botella de coke, please, Waldo, le sugiere el primo. Y en aquella beach norteamericana, con ley seca, la mayoría de los nadadores están borrachos. Será el sol, la alegría de vivir, el atlántico. O será que están pedos, ebrios, pijas. Un motel ¿te parece que rentemos un apartamento-casa con dos dormitorios? Una mesa familiar y ya el trago sale a luz, no hay que esconderlo. El primo, a la mejor manera boliviana, se emborracha y comienza a insultar a su mujer, que gringa de mierda, gorda, me jode la vida, hermano, no la aguanto, y golpe va golpe viene y posterior salamería que culmina en cama, sin moverte mucho, por favor que me duelen las costillas por la paliza. Gracias.

Llegó el momento. Waldo se saca la camisa y se mete en cama. Cierra los ojos, intenta —ojalá pueda dormir, qué mierda hago con esta gorda. Recuerda la playa, las muchachas bonitas y sin poder mirar. Ellas sí los miraban, observa, darling, a esos pobres latinos dedicados a la obesidad, las cosas que tienen que hacer los pobres para permanecer en este país. Y las dos acompañantes, de peso excedidas, sudan y mandonean, están de mal humor. Por favor, diosito, haz que me duerma antes de que entre esta mujer en mi lecho. Ella arroja la tishert a un lado, solo le faltan los tatuajes para ser luchador, la religión para ser Sansón, y con sus tetas cada una grande como una cabeza anormal se mete en las sábanas y con la pierna izquierda aplasta a Waldo, le amasija los huevos. Una mano se le desliza por debajo, palma gigante, lo vuelca; de pecho que estaba se encuentra ahora de espaldas. La obesa se le sube, Minotauro, y cierro los ojos para borrar la pesadilla que se avecina. El mar se batía agitado esa noche de las Carolinas.

Disculpa, no puedo. La gorda sonríe, despectiva. No eres hombre acaso, y entre sus puntiagudos dientes le arrebata piel de escroto que mañana le dará escozor. A duras penas la penetra, allí su sexo adquiere independencia, es un ser autónomo que se mueve sin brazos, sin explicación ni directivas. A partir de entonces. A raíz de aquello. Por eso... la gringa lo hará suyo varios meses. Le cambiará su horario de trabajo para dar tiempo al pecado. Le hará pagar mitad de su alquiler. Lava los platos. Saca a cagar al perrito, amorcito, hijo querido, puppy, mi cariño, my love. Y cuidado, Waldo, con que el bebé se resfríe o se acerque demasiado a esos monstruos comunes que pululan las calles y que se llaman niños. Nuestro bebé, para que veas qué buena y familiar soy contigo, compartiéndolo, necesita de cariño y comprensión. Anoche me explicaba cuán triste estaba de no salir a caminar, de no mear en los tronquitos de los arbolitos. Me dijo guau, guauguau. Me dieron ganas de llorar y a los belfos acariciantemente rosados de su hocico le susurre guauu que quiere decir en el idioma de los bebés te quiero. Waldo la mira carajo está loca. En la calle ella les sonríe desde la ventana. Agita las manos y manda besos, al perro, que a él lo amenaza con los ojos para que se porte bien. La saluda, torna la esquina y allí hace corretear al maldito animal a patadas.

Llega el día de la liberación, día D de despegar, y la abandona. Deja sus pobres camisas en la casa de la gigante y se refugia en el anonimato de los inmigrantes bolivianos. Se esconde. La gorda lo busca varias semanas. Amenaza. Primero llora que él era su amor y días más tarde que simple ratero, sacó joyas de su casa, chafalonía pura, y tiene orden de arresto. Finalmente dicen que se calmó. En un bar de Court House, donde se emborrachan los comepapas irlandeses se adjuntó a un cuello rojo esmirriado que compartía con ella dos gustos fundamentales: los puppies y la marihuana. A veces la veía pasar, se metía detrás de las vitrinas y el objeto pasaba, una cadena de sus manos llevando a rastras a un ser por lo menos cien veces más pequeño que ella, su hijo de pelo castaño.

Su primo, el que se la presentó, no tuvo tanta suerte. Se había agarrado en matrimonio. A cambio le dieron un papelito verde que lo autorizaba para trabajar en la gran nación. Quizá al audir una cueca en su radio clandestina, cuando empaquetaba duraznos, en la noche de D.C., soñaba mientras su gorda esposa gruñía en la tina: el televisor de casa rebuznaba las necedades de Pewee Herman, tan divertido, dios, sobre la mesa una bolsa abierta de nachos hacía las veces de cena. Mamá gringa, de origen búlgaro, en el teléfono, y dale que habla con la hija de la necesidad de invertir en fondos de inversión y de si el tamaño del pene del nativo boliviano era lo suficientemente largo para rascarle el útero. Mamá búlgara debía saber que con tal panza mitad de aquella linga quedaba afuera, expuesta al resfrío, a asustarse con la noche de las sábanas...

XIII

Por fin un departamento para él solo. Tan solo no, Cabezón se fue a vivir allí también, y hermana de Cabezón, Cabezona. Calle Monroe norte, a una cuadra exacta de Waldo y Carmen, donde la calle termina, está la ventana del primer piso. Madera y no muebles. Un par de sillas regaladas, un pequeño televisor blanco y negro. La casa da a dos lados. Al frente la calle, directo desde la estación del metro. Se puede ver a todos los que llegan del trabajo, la vecina de arriba de lentes, chiquita y bonita, el vecino que tiene un auto deportivo rojo y que es amigo suyo. Otro par de gentes del segundo piso. ¿Te gusta, primo? Ya vamos a llenarlo. Los basureros traen muebles casi nuevos. Tengo una amiga además, Miriam, que podría vivir aquí y compartir la renta. Bueno, con Germán y su hermana está bien ahorita, y quizá llegue Julio de Filadelfia. La ventana del dormitorio da al fondo, a la barda de las ardillas y la intercalable vista de árboles pelados excepto los pinos. Dos grandes tarros de basura y el barrio de los blancos detrás, casas límpidas que de noche y de día parecen abandonadas. Sin las huellas de autos en la nieve se creería que nadie vive.

Miriam es orureña. Pequeña y fea. Pero no deja de ser coqueta. ¿Está bien que ponga mi cama en tu cuarto, Carlos?

Dos camas entran perfectamente. Cada uno en la suya. Carlos con Cochabamba en el sueño y el pito de Carlos en el desvelo de Miriam. Tan cerca y no poder tocarlo. Cabezón ocupa el living. Alquiler entre tres es buen alquiler. La vecina de arriba acerca su impermeable azul y sus pasos suenan en la escalera pom pom justo encima del lecho y Carlos acecha, ojos despiertos o cerrados ella le gusta e imperceptiblemente se acerca al potente deseo del hombre. Le pregunté por su nombre. Chris MacDonald respondió. Sus pantorrillas eran redondas, ovaladas; tendría un calzón oscuro, azul de mar profundo para hacer juego con su blusa, o café, beige diríamos, acompañando a su pelo. Sin calzón tal vez porque esos ojos celestes no necesitan ropa. Bye y las pantorrillas suben la escalera, y mi lengua fantasma las empuja, cosquillea, la hace tornarse para sonreír. La mirada me dice gracias por la lengua, hazla pasar... puerta cerrada, llave y Virginia retorna a ser un campo de guerra donde hay que pensar en comer.

XIV

En Cochabamba, Gloria se acompañó del poeta yugoslavo criollo. Gloria se fue. Waldo duerme entre las llantas. Fuma un poco. El humo se levanta por la pared guinda de la casa de su abuela, justo al lado. Armando arrastró a un desvaído Carlos a la noche.

Gloria no me hablará más. Lo hará; ten paciencia. Aló ¿Gloria? No me cortes por favor. No perdonaré lo de anoche. Me humillaste. Solo quiero preguntarte algo ¿gozas más que conmigo con él? No tienes derecho a preguntarme eso. Piiiiiiiiiiiiiiiiiiiiiiiiiiiiiiiiiii la voz del teléfono. Intenta otra vez y le cuelgan. Tercera vez y el papá de ella, pobre buen hombre, contesta y le digo que Gloria es una puta. Quince minutos después está en la puerta de casa, por el honor de su hija. Y mi padre sale, pistola en mano por el honor. El que vino a matar no mata a nadie y casi muere. Mi padre, serio, me dice que cómo digo algo así, que dónde está el hombre. Y abro la cortina hacia la oscuridad buscando uno. Y mi nombre no lo escriben las estrellas ni las flores de la enredadera. Me deja mi padre atiborrado de preguntas sin respuesta. Antes de dormir *y aunque a veces me acuerdo de ella, dibujé su cara en la pared,* vestido negro largo con escote. Collar. Perfume que te pedí te pongas. Tu ventana abierta. Tu padre respira con su gran físico en el dormitorio contiguo. Afuera, el de la casa de al lado, Brockmann o Beckman, camina hacia su puerta. Los eucaliptos al frente, altos, con cama nuestra paja amontonada a sus pies, flamean banderas verde oscuro. Silban las hojas. Los insectos caminan cric crac reptan por las piernas, cruzan tu culo. Todo escucho por la ventana abierta. Has subido tu vestido. Único calzón tus pelos. Negro calzón sudado enrulado y mi yo que entra sale de la humedad al frío, del hielo al calor ajustas tus piernas sentados mirándonos ya habrá desaparecido el vecino. Caemos como troncos haciendo ruido en el piso. Papá, el tuyo, pregunta a través de la pared si estás bien. A mí no me pregunta.

Los pasajes de la universidad han perdido brillo. Entre Julio Y Raúl me llevan por las chicherías. Trago va que viene. Caminatas, amaneceres por el Prado rumbo a casa. Ojos cerrados. En el aire la lengua del nuevo amante, el nativo eslavo, chasquea cada vez que toca tus muslos, babea en tu pecho punta de lápiz rojo. Carcajea mientras bajan por la calle de Portales felices de ser jóvenes. Blusa roja tú que ha tapado tus senos. Jeans de él ocultan los rocíos recogidos por tu casa de Aranjuez.

Gloria, te digo.

Gloria, te acaricia.

El televisor muestra *Midnight Cowboy*. Pienso cuando escribí, para ti, un artículo sobre la película. Pronto comentaron qué bien escribía Carlos Flores, qué sensibilidad, qué coño. Por eso te apoyaste en el refrigerador. Me acerqué nudo mudo y dándote la vuelta cuando éramos ya uno musitaste gracias.

XV

La guerra de Afganistán continúa. Afganos muertos por los norteamericanos, entre enemigos y amigos, cinco mil; "americanos" fallecidos (sin contar los de muerte natural como los dos primeros héroes a los que se les cayeron unas cajas y llegaron al cementerio de Arlington con honores, dos). Agujero que encuentran, agujero que destruyen. Hoyos de víbora, tomajauk desde un barco boom y chau víbora. Nido de ratas, lanzallamas y se extinguen los roedores desiertos. Un fakir, asceta, que busca en la sombra de su caverna la iluminación de diosalá, oxalá, levitando sosteniéndose con un brazo. Agárrenlo pero yo busco a la divinidad debe ser del grupo terrorista Divinidad: bozal, cadenas en pies, manos, capucha en la oreja, de rodillas perro. Sáquenle las uñas ayy ayayay carajo nunca más busco a dios ayayaycito y el reporte de prensa dice que un peligrosísimo terrorista que se hacía pasar por santo ha fallecido del hígado, pero, debemos asegurar, opina el almirante Fedelschembaum, shalom shalom, que murió feliz, nunca antes había visitado las playas, visto el caribe sol y jamás tuvo, como en Guantánamo, aire acondicionado porque vivió en una jaula, sin paredes, fresco como pajarito.

Pusimos un CD de Chalino Sánchez. La canción número diez, *Corazoncito tirano*, vamos a empaquetarla y mandársela a la casa blanca al tirano descorazonado Georgie Bush, el pobre aprende a deletrear y sonríe al público, a izquierda, derecha, de frente march, ojalá se den cuenta que ahora puedo articular más de veinte palabras juntas. A su lado el ventrílocuo Cheney, por la boca chueca, pequeño Hitler pero negociante como armenio. Su ambición desmedida lo hará invadir el mundo entero, así crecen sus acciones petroleras. Los tres, con el demonio Rumsfeld, doctor Caligari del último siglo, observan buitres carroñeros que van a comer luego. Y un personaje escapado de Oliverio Twist: Fagin, que en el gobierno estadounidense es Wolfowitz, Wolovich, Wolfich o Bitch qué más da, aúlla en los foros internacionales por más sangre y viéndolo a él y al carnicero Sharon pienso si no tenían razón las viejas que afirmaban que estos judíos devoran niños en sus aquelarres sabáticos.

XVI

Chris McDonald llena mis tardes. Carlos Flores la ve llegar, la escucha subir, desvestirse, bañarse, encender el televisor. Como los peores espectros de Lovecraft, acecha en la penumbra. Ella no tiene idea de cuántos pasos da entre la puerta de calle y su apartamento. Él sí: uno dos treintaidós treintay seis siete ocho. Waldo trae un six-pack de Milwaukee Best. Acompáñame a lavar ropa. En el sótano, frigorífico incluso con calefacción, toman cerveza mientras la máquina hermana las mugres. Por el ventanuco que da a la calle Monroe la nieve dibuja diagonales. Apenas audibles llegan los acordeones y violines de la música de un vecino ucraniano. De vez en cuando lo vemos, pequeño semicalvo y mugriento. Más de una máquina se necesitaría para lavarlo. Hosco, arroja sus botellas vacías en los basureros del patio de atrás. Salud, hermano, con el dedo recojo una pequeña cuca que flota en la espuma. La tiro contra el calentador y chas chas se quema dejándonos un melancólico olor a chicharrón.

La vecina llega, viernes. Hoy anduve en Dupont Circle, en la capital. Compré muchas postales para mi colección. Entre ellas una doble, un colorido cuadro de Gabrielle Münter, gente en un bote y el entorno azul verde rojo. Por impulso voy al segundo piso y toco la puerta de Chris. La abre un poco. Soy el vecino de abajo, de allá, aquella puerta, la obligo a que saque la cabeza. Sí, sé, te he visto muchas veces con un hombre rubio. Es mi primo. ¿Y cómo te llamas? Ah. Mira, te compré una tarjeta. ¿A mí, por qué?, se ríe (gringa cojuda). Porque pensé que te gustaría. Es de Gabrielle Münter, la esposa de Kandinsky, sí del mismo, el de la selección soviética de hockey. No sabía que pintaba. Verdad, pero ya está algo vieja, mira la fecha. Sus hombros son blancos. Una que otra peca que bajan hacia el vértice sacro. That is nice, sí nais o no nais me gustaría que bajases a echarnos juntos una cerveza. I can't, not today. Y se queda con mi bote de colores y me deja la puerta marrón con un colgandijo de metal para llamar. Y escucho irse las aguas alemanas de primavera que se agitan con los remos.

Chris McDonald subió. Se estará sacando el abrigo. Tenemos fiesta. Waldo y un amigo con dos cajas de cerveza. Miriam que se puso un vestido blanco con falda y flecos. Carmen con el niño que cuida en brazos. Cabezona de la mano de su boyfriend filipino y Cabezón estrenando unas botas tejanas que estoy seguro le han de producir callos, al menos por como baila salto aquí salto allá remembrando las cuecas agitadas de su nativo Jayhuayco.

Hola, Chris McDonald. Sabes, tenemos una fiesta. Que no. Que bueno. Que me cambio. Que ya bajo. Que esperes. Puerta de nuevo. Maúlla su gato al otro lado, celoso porque habrá olido mi celo. Sale. Está linda. Se quitó los lentes y se puso los contactos. Waldo la hace entrar. Toma un trago tchenkiú.

¿Bailas? Los Moody Blues y noches de sábana blanca. Y de pronto ella se aferra a mí. Me aplasta las tetas contra mis tetas. Cuidado con dañarlas. Y esa mujer fría, que es la secretaria privada de Cyrus Vance, parece que me conociera de mucho. Sus brazos se multiplican y suben de calor. Se quitó la chaqueta y por su entreabierta camisa gotas de agua se le escurren hasta el manantial. Arroyos mínimos de sudor, crece la gota y se desliza de a poco. En la naciente del seno se detiene, cuesta costosa, toma velocidad por el pezón rosado, pulgada y media de diámetro, y cae en el abismo blanco de su ombligo. Imagino y ya son tres piezas que bailamos juntos. Miriam, toda almidonada y compuesta, no mueve un párpado como corresponde a una decente chica orureña. Carmen sacó al crío a cagar al patio. Waldo y su amigo retoman una y mil veces las gracias de Bolivia, allá era así no como acá. Los Cabezones parecen dos monarcas egipcios, uno al lado del otro y con un febril sirviente asiático, de cuclillas, sobando las pantorrillas de la reina. ¿Quieres subir? susurra Chris, sus sienes inundación ¿A dónde? pregunto primero y me doy cuenta de mi estupidez. La jalo, sin despedirme. La puerta que se me cerraba a menudo abre una mesita con teléfono negro. Un living arreglado, límpida cocina y la esquina de la cama que se mira en el dormitorio. Tira la camisa, Chris que no está secretariando ahora para Vance, ni se aficiona a los elegantes muchachos representativos del Capitolio. Ese vientre que supuse mojado lo está tanto como aquel lejano día donde Gloria orinó el mío en alarde de lujuria. El papel secante de mi lengua, más áspera que la de su gato, lo deja brillando. Sus tetas pequeñitas, un promontorio más grande quel otro y sus azules ojos que lastimeramente me dicen ¿qué haces de mí? La lija de mi lengua le irrita los pezones, se empecina en crecerlos. En la curva que hace la calle Monroe, en el exacto lugar donde se levanta este edificio, se han prendido

los faroles de la noche. El gato deambula hecho tristeza entre comedor y dormitorio. De rato en rato me sueno la nariz, es la alergia al animal, mi pañuelo la única prenda que conservo...
Tiempo de marcharse. La noche solo refleja el color claro de su ropa interior. Acerca su mano a la mía se nostalgia se quédate que me estoy abandonada. Pero la pestilencia del animal, blanco como sus sostenes, abarrota el aire, completa mis narices con concreto dejo de respirar gas mostaza que me arrojan en tiempo de paz la puerta sofocación las escaleras y entro a mi casa donde flota un húmedo espectro de cerveza y sudor. Miriam duerme. En dos horas trabajo.

Caminamos sobre la nieve, cualquier día, casi una pareja. Mientras me cuenta sobre Cyrus Vance escoge comer en un restaurante chino barato. El precio decide su elección. Acaricio el dinero en mi bolsillo derecho y aprovecho para rascarme los huevos, con disimulo. De allí, bordeamos los cercados de Arlington. Vistes de azul, desvistes de blanco, crema tu vientre, las cortinas abiertas. El golpeteo incesante del viento nevado conjunciona a la perfección con el mecerse de la cama. Después fuma. Hace vericuetos aéreos de humo. Envuelve los focos, la luz, se acerca al vidrio y se pega de frío contra él. Alguien toca mi puerta abajo. ¿Ronald? ¿Mario? Oscurece. Debo cerrar los ojos. El día se estrecha y no olvido que sin trabajo no como. Me adormezco. Casi dormido siento que Chris frota sus vellos contra mi mejilla. Y me da la sensación de que me ha crecido barba suave y oliente.

El marica del vecino, el del coche rojo, intriga contra mí. Lo he visto un par de oportunidades conversando con Chris y callando al verme. Si la desea o no, no me incumbe, ni me interesa; para que el pene de ese cabrón esté erecto tendrían que apuntalarlo con yeso.

Hay un muchacho hindú que maneja los ascensores en el Congreso, que me ha invitado a salir. Y tienes que entenderme que hoy no puedo hacer el amor contigo si voy a conocerlo. No podría cometer semejante ilegalismo. ¿Y mañana? Si no me gustó, mañana sube a verme como siempre. Además, Jack, nuestro mutuo vecino, creo que quiere algo conmigo. Te amo, pero no sé si los amo también y tengo que probar. La secretaria de Cyrus Vance es una muchacha norteamericana honesta. Si ha de tirar que sea con uno a la vez, porque no quiere dañar los sentimientos de nadie. Y si el hindú se entera que tira conmigo, se hará dar un ataque y nunca más tiraré contigo, but, honey, darling, darling no me hagas esto. Si quiero presentarte a mamá y papá y en dos años pasear por Bombay. Y Chris McDonald se enternece por el gran amor de Brahma (como la cerveza de Brasil), y decide cortar conmigo. Carlos, entiende, lo que me gusta de él es su espiritualidad, su fe. Se lava las manos, los pies, y ora. ¿Antes de tirar? ¿Qué? Te pregunté si reza antes de copular, y si se lava el culo con tanta unción como las patas. Me insultas; no deseas tampoco acompañarme a la iglesia. Mi pastor dice que ha visto en ti la marca del demonio; día a día te aseguras más tu sitio en el fuego del infierno. Chris, mira, me alegro que encontraras la manera de hallar el paraíso en medio del coito. Solo despídete de mí, anda, bájate el calzón. No, Carlos, yo te bendigo y espero que encuentres la paz de Dios. Sí, claro, pero a ver tus tetas. Que no, no, Chandra no me querrá si sabe que me tocaste de nuevo. Y le prometí que contigo fui virgen, que nunca me di cuenta que hubo carne entre los dos. Cierro los ojos. Hay en mí una mezcla de deseo y crimen. Aprieto más los párpados y tomo a la virgen de Arlington del cuello y la levanto un centímetro del piso. No te mato porque me das pena. No sé cómo se ha acercado al teléfono y pulsado un botón. Me digo que tal vez vengan Cyrus Vance, el presidente, la Corte Suprema, la policía y los bomberos, y que mejor irse. Dejo la puerta abierta, el rostro aterrorizado de la nueva hindú y ando por las calles aledañas a casa, crujiendo el hielo bajo mis pies.

Al regresar encuentro a mi primo. Vimos a la policía en tu puerta y nos acercamos. Huye, primo, te detendrán. No huyo nada. Apenas asomo en el dintel de mi apartamento, dos gorilas me apuntan con sus pistolas. Quieto. Quieto estoy, oficial, no se asuste, tómelo con calma. No traje en mi viaje ni mis ametralladoras ni mis bombas. Y mi traje de diablo lo dejé en la ciudad de Oruro. Demuestra esquizofrenia se dicen entre sí los policías y sonríen orgullosos de haber podido pronunciar esa palabra que parece trabalenguas. Cinco pies nueve de altura, pelo negro, complexión oscura, indio sin tribu definida, y habla raro, acento que demuestra a un individuo de escasa educación y aprendizaje. Les observo las caras cuadradas, cuello grueso de asno, ojitos pequeños parecidos a los de George W. Bush, clara muestra de seudomongolismo, y me cuestiono el por qué estos gringos se parecen tanto entre sí. Afuera, a media cuadra, debajo del farol, Carmencita hace aspavientos y se le congelan las lágrimas, se llevarán al primo, si apenas está un par de meses acá.

¿Quiere presentar cargos?

No.

Si sabemos que se ha acercado a ella otra vez lo agarraremos. Apenas se van, subo al cuarto de Chris. Qué deseas, una cadenita dorada ataja la puerta entre los dos. Mira, solo quería pedirte que me ayudases a instalar mi nueva máquina de escribir. Se me ocurrieron unos poemas... Y Chris, previa promesa de que Cabezón y Cabezona estarían presentes, viene conmigo y me traduce el folletín que ya traduje antes. La huelo, como olería un perro el rabo de su perra, y me resigno y la despido, thanks, y hasta no más verte e inicio la primera línea de unos versos para Francine, otra mujer...

Resulta que a los dos días recibo la carta de expulsión de la compañía que alquila los departamentos. Que por perjuicios, prejuicios y molestias no podrían seguir disfrutando de mi presencia en las premisas mencionadas. Chris, apenas me ve, se esconde. Lo mismo Jack, el imbécil. No empaco mucho porque no tengo nada. Ni una silla. Miriam llora. Ahora tendrá que buscarse otro roommate y finalmente no hubo tiempo para nada entre los dos. Una simple dormida, que no acostada, una noche de farra en casa de Waldo, y ella, durmiendo en la cama grande, en medio de los dos, como hermanitos. Mis amigas Mirella y Norma me visitan. Vinieron con autos a trasladarme. Dispongo de mi maleta de viaje, todavía polvosa del bus de las Carolinas. Y Waldo, Valde y Carmen me hacen un espacio hasta que encuentre otro lugar. Abre el horno —Waldo— y sale una humeante olla de arroz con arvejas y zanahoria picada en cuadritos. Le añades un poco de sal, algo de pimienta, acompañas con jalapeño, un vaso de cerveza y he ahí una deliciosa cena por menos de un dólar.

¿Qué habrá sido de Chris McDonald? Este año murió Cyrus Vance. No creo que a Chris le quedase bien vestir saris. Y Chandra no era de aquellos hindúes que escuchan a Ravi Shankar. Es posible que ahora esté sirviendo la cena en el piso, en una bandeja, y todos coman con la mano la comida comunal. Que remoje sus dedos donde los remojan todos y relama la saliva ajena, indirectamente. Por lo menos Chandra se convertirá en las noches en Shiva y con cada uno de sus múltiples brazos dará a entender a la secretaria de origen escocés el gusto del toqueteo.

A pesar de que no me fui del barrio, tomé con Cabezón y Julio, que llegó de Filadelfia, un townhouse en la calle paralela. De la ventana de atrás, que era la de la cocina, atisbaba a veces, porque desde allí se podía ver la calle Monroe, cerca del alambrado de la cancha de básquet, si Chris McDonald pasaba al salir de la oficina. Como mi trabajo era nocturno, a esa hora de la tarde siempre estaba libre, y si no tomaba el té con Carmen o comía las masitas que Waldo traía desde su restaurante, espiaba. Julio comenzó a trabajar conmigo, en Kerry Produce Company y Cabezón iba a un restaurante cerca de Rockville, Maryland, de donde lo botaron bien pronto porque robaba comida. Pobre Cabezón, tenía un gusto especial por las comidas gratis. Yo dejaba descongelando un asado para mí y si por acaso salía al volver no había asado; Cabezón, recostado en el viejo sofá, con los auriculares puestos, escuchando a Billy Idol, afirmaba que en ese refrigerador no hubo carne alguna.

XVII

El bus, luego de Richmond, de la explanada de Savannah, llegó a Washington D.C., detrás, muy cerca, del Capitolio. Me aconsejaron caminar hasta Union Station y de allí dirigirme hacia cualquier parte de Virginia que necesitara.

Telefoneé a Lorgio y no estaba. Me senté unas horas sin saber qué hacer. Lorgio vivía en Alexandria. Decidí tomar el metro. La línea amarilla terminaba en Huntington. Y fui. El teléfono nada. Ya cuatro horas. De estación en estación. Un hombre gastó su tiempo en mostrarme cómo sacar un ticket para el subterráneo. Otro me acompañó hasta otra línea de metro para no perderme. Cargado con mi maleta vieja y una mochila más vieja, me sorprendía que me saludaran. Opuestamente a lo creído y oído, los norteamericanos mostraban una amabilidad extrema con un extranjero pobre.

Finalmente, Ana López, amiga de mi hermana Renée, levantó el auricular de su casa ¿Carlos? ¿Dónde estás? Haz lo siguiente, toma la línea que va en dirección a Vienna. Apenas llegues ahí, me llamas de nuevo. Vivimos muy cerca y te recogeré de inmediato. Y, alrededor de una comida caliente, era invierno, Chacho y Ana me instruyeron en asuntos básicos de inmigrante. Cuando dormí —sábanas, colchón y frazada— se contactaron con Lorgio Borda, quien, dejando de trabajar aquella vez, pasaría a buscarme a las nueve.

Una camioneta Nissan gris me levantó en la nebulosa mañana de Falls Church. Qué tal, infantil, soy Lorgio... Aumentó el volumen de su radio y cantaban *Thai, eu fiz tudo pra vôce gostar de mim*... Olvidé la niebla, la escarcha que se formaba en los vidrios exteriores. Primero paramos en una construcción, Lorgio comenzaría trabajos de carpintería mañana. El sindicato le conseguía buenas chambas. Luego me invitó a comer a Popeye's, donde estaban los marcianos de la policía con sus botas largas como ya conté.

La casa de Lorgio era bien al sur de Alexandria, mucho más lejos que Huntington, en un complejo de condominios nuevo. Desorden. Un sillón andrajoso que fue mi cama un mes y destapamos las botellas. Vallegrande, Cochabamba, Omar, el colegio Don Bosco, las cambitas del internado, un mundo de nostalgia. Entonces le digo: Lorgio, debo llamar por teléfono a Alemania, y cuento mi novelón, la huida, París, el hambre de las mujeres iranias, mi hambre, la Poste y las lettres con estampillas de ciudades germanas. A veces el sello decía Singen, otras Radolfzell, otras ilegible, borroso, mi memoria ofuscada que habla con ella. ¿Dónde? ¿Estados Unidos? ¿Para qué te fuiste si en marzo retorno a ti? Tarde, Erika, *Tahi eu fiz tudo pra vôce gostar de mim*. Tahi Tardhi Tardi Tarde. Me levanto, quince años después, a volcar el cassette brasilero que reza en el costado *19-09-1978 Ligia, uma lembrança de seu pae*. Es que aún no nos hemos liberado de las melancolías ni las penas, ni yo, Carlos Flores, ya cuarentaidós, ni mi esposa que no es ninguna de las aquí nombradas sino esa que nombra su papá.

Cuando cuelgo el teléfono, el infantil Lorgio se va durmiendo. Lo recuesto en su cama y me quedo mirando un rato el televisor de trece pulgadas sin ver lo que hay realmente. Le quito las botas y Carlos Flores cruza la cocina, un plato con salsa de spaghetti decora el mesón. Abre su cama, una frazada levanta, azul raído, y vestido hunde el viejo sillón y cierra los ojos. A las seis lo despiertan. Vamos, infantil, tengo que trabajar y quizá tú también.

La lengua de ella, rosada, un poquito blanca en el lado izquierdo porque comió pan de miga, cierra el sobre, coloca la estampilla y primero escribe Carlos Flores.... Frankreich, y tacha el país para reemplazarlo por Alexandria, Virginia, USA y la deposita en la entrada a los departamentos para el cartero. Carlos Flores la abre, sin sacarse el chamarrón viejo que Lorgio le regaló para protegerse del frío. No rompe el sello. Un orificio al costado y un lápiz que corta el resto del papel: Amor, me llamaste la última vez denmedio del Larzac. Decías que las lucecitas de Lodève luciernagueaban alrededor. Perdóname por París, tú sabes, mi madre, su hombre, los gitanos del piso de arriba, la desesperación de hallar trabajo. En el Larzac reías y me decías tu amor. Pero te has ido y no quieres regresar. Me dices que venga pero es difícil. Lo intentaré y nos iremos a Cochabamba, a nuestra casita de cortinas que hacen de manteles en feriado cubiertas de motas de vino rojo, por cada domingo de mañana con Bach ¿te acuerdas? Solo te digo que hayas hecho esto o lo otro nuestro tiempo se acerca indefectiblemente. No puedes en clara conciencia después de lo que escribiste dejarme. Qué harás entre esa gente que incluso para nosotros, alemanes, son gringos de mierda. Me han dicho que viviste un amor inglés. Me han contado tantas cosas y siempre que te veo o te hablo estás solo. Es por algo. Somos hecho uno para el otro. Y hasta que llegue a ti te pido piensa en mí, en la risa nuestra que alegraba las noches de la casa de los muertos ¿recuerdas, amor, mi amor, tus poemas en los postes de luz, las piedras escritas con tiza, con flechas que me llegaban a ti? Se ha extendido la noche y por un minuto los cabrones zíngaros se han callado. Aprovecharé para dormir. Hoy tú serás mi almohada mi almohada tú, mi muso inspirador. Firma, y lap, lap, dos lengüetazos cierran la palabra y la convierten en carta. Lorgio ronca y habla. Samaipata dice... la banda... mamá mamá y vuelve a roncar. Tres veces releo tus líneas y tu carta se queda detrás del sillón del departamento. Allí seguirá.

No podemos contratarlo. Sus papeles son de turista. Espérame entonces, infantil. Y por largas horas, tratando de calentarse con los maderos que arden en la construcción, Carlos Flores, sonríe a diestra y siniestra a managers, peones, negros, cuellos rojos, mexicanos. Sale perdiendo. De cada diez sonrisas que da dos le responden. Fucking mexican dicen unos, pinche cabrón los otros. Los negros lo miran —cree él— con hambre de caníbales. Hay que idear el día, inventarlo. Escribir en la cabeza, pensar en el vientre de vello amarillo tenue, chiquito, de Francine, el vellón que le nacía entre las nalgas tirando a negrojo. Faltan dos horas más hasta que Lorgio termine. Estoy en el fin del mundo. No hay taxis ni buses. No tengo un centavo. Fuera de la construcción Norteamérica no es más que un gigantesco baldío en que inmensas grúas mueven material y escarban la tierra como grullas de largo cuello. Una hora más, *verde que te quiero verde, no por callado eres silencio me gustas cuando callas porque estás como ausente* ¿qué haces tan ausente, infantil? Ya nos vamos y qué vas a cocinar. Desentumezco las piernas ateridos los dedos el pene reducido a un meñique sin significación, los pelos de brazos y piernas que se han retractado y se entran en la carne de nuevo. Huelga de los cabellos. Las cejas blanqueadas con cal o yeso. Primer día de trabajo en los Estados Unidos. Ganancia: cero.

Esta es Miriam, primo. Ella te llevará a su trabajo. Uniforme pantalón negro, polera guinda, gorra negra, la pobre Miriam es un cocoliche de espanto. Burger King, me señala; trabajo ya un año. Boss, le traigo a un pariente. Very good, y me da directamente el trapeador. Pide mi identificación y al irse a la oficina necesitas pantalones negros y zapatillas negras también, de esas que no marcan el piso. No tengo idea de lo que habla. Detrás del mostrador Miriam guiña el ojo, arduamente, como si le hubiese entrado una basurita. Trapeador a balde. Agua negra. Lo exprimo. Mostaza en el piso. Algún crío la habrá babeado. Comienzo a trapear. Wait, Wait! afanoso regresa el gerente y me dice que ve en la computadora que mi nombre no está autorizado a trabajar. Y, bueno, le digo como en Buenos Aires... Miriam, cuyo ojo guiñador ha quedado atascado y ya no parpadea, dulce, me da unas monedas. Señala la Columbia Pike y la parada del colectivo. Vas hasta Clarendon y de allí son unas ocho cuadras hasta la casa de Carmencita. Le beso la rugosa mejilla cincuentañera y me alejo, cabreado del segundo día soñado de América del Norte.

Cada mañana, en las que me quedo a dormir con los primos, camino por las construcciones buscando trabajo. Los gringos jefes me derivan a los foremans que son todos mejicanos. Aunque les aseguro que soy "raza" —como se autotitulan— no puedes trabajar sin papeles.

A las cuatro de la tarde llega Waldo. En el 7Eleven nos aprovisionamos de cerveza, nos metemos en el sótano lavadero y así pasa un mes.

XVIII

Después de la muerte de su padre, Waldo decidió viajar a Virginia. Carmen, su hermana mayor, ya vivía allí. Megan, una bella australiana de intercambio en Cochabamba, se enamoró de él. Había, en la esquina de la calle Venezuela y Antezana, un bar en los altos. Famoso por lo sombrío, cortinas de plástico semitransparente separaban los reservados. El dueño, un homosexual seguro de sí, manejaba el boliche con hierro. Una noche de marzo, extraña porque hacía frío, Waldo y Megan subieron las escaleras. Esas gradas. Sobre un vano sellado, alguna vez ventana, la recostó. Darling, le susurraba ella. Él, Nosferatu moderno y criollo, la mordió, casi le come los aretes. Megan chillaba y aparecieron, blancos ambos, fornicando la oscuridad. Exhaustos, medianoche, Waldo se despidió. Ella lloraba; vámonos a Australia. Sus diecisiete años no eran confiables. Solo Violeta Parra quiere volver a los diecisiete porque nosotros no. Debo irme. Lió una marihuana, salieron a la calle. Se sentaron en la plaza Colón. La mano de él caliente en su entrepierna de jugos gélidos. No, por favor, Waldito. Así es, en dos días parto. Y no era hombre Waldo para no llorar y se recostó en el regazo australiano, el ano austral. En la balanza de la vida se pesaron dos cosas: el amor y el dinero. Y la balanza se volcó dramáticamente: el amor no pesaba nada. Y, maletín café con unas ropas, ahí vuela un cochabambino rubio hacia México. Megan, 17 no lo olviden, sollozó, tuvo depresiones, quiso morir. Un amanecer cualquiera, otro, mientras él esperaba aterido en una frontera aún sin muros, enfilando hacia San Diego, ella desenganchaba un sostén rosa y destapaba un pezón de media pulgada para amamantar otro hijo, con bigotes este, moreno y petimetre, de afiladísimos caninos.

Ya, corran. El grupo de diez bolivianos y un nicaragüense

se desperdiga por entre los arbustos. El objetivo una vagoneta grande que parte para la ciudad... El coyote sonríe satisfecho. Ha cobrado y se ha librado de esta manga de palurdos. Cuenta el dinero y los pasaportes. Algo le darán por ellos. El carro enfila hacia San Diego. Ellos, los intrusos de Norteamérica, se apiñan ateridos. Cuando comienza a amanecer hace frío de desierto. Waldo tiene una polera debajo de su camisa. ¿De dónde eres? pregunta.

—de Villa Busch.

—de los cordeleros o los honestos, inquiere Waldo de nuevo.

El muchacho lo mira. Cómo se atreve este cabrón a insultarme. Pero el miedo de entrar a lo desconocido es mayor que nada y les ataca la verborrea. El chofer ni se inmuta. Él tiene los audífonos pegados en las orejas, se acompaña con los Texas Tornadoes.

—De cómo sabes lo de las cuerdas.

—Un amigo, Rodolfo, mayor que tú me contó. Él y sus amigos aguardaban —en Villa Busch— a ambos lados de la carretera a Quillacollo que entonces era angosta, con una pita que levantarían al unísono cuando se acercara algún ciclista. El infortunado caía y además de perder su vehículo era waykeado miserablemente. Si daba el caso de que lo acompañara su cholita, esposa o no, no viene al caso, la arrastraban un par de metros abajo y en la luz mortecina del alumbrado público le fabricaban hijos malvenidos.

—Sí, también participé.

Hoy, tantos años después, es un respetado chef de uno de los mejores hoteles de Seattle. Los gringos, cuando lo ven y conversan, piensan que es un error creer que todos los latinos que vienen acá son something bad something evil. Claro ejemplo de decencia es este hombre de trato tan suave, villabushiano de nacimiento y evangélico de corazón en su nueva patria.

Los inmigrantes, en su container metálico, escuchan jerga en altoparlante. Se asustan. El auto se detiene. ¿No sabes qué es prohibido manejar con los auriculares puestos? Abre la compuerta. Y el chicano, más cómodo que atemorizado, levanta la cortina de atrás y las linternas policiales encuentran veintidós ojos, si acaso todos los tuvieran completos, de animalitos enjaulados.

Nombre: Waldo, y deletrea su apellido. Los separan, a él, al futuro cocinero, y a un muchacho calacaleño blanco y rosado de miedo. Dos días tal vez y les anuncian que están en Arizona, en las celdas de inmigración, un hotel si lo comparo con mi casa, adobe de dos pisos, sin balcón, sin ventanas, medio estuco, de Villa Busch. Cuando llovía hacíamos un menjunje de periódicos y engrudo tratando de tapar las grietas. Aquí tenemos incluso televisión. Los guardas les anuncian que los dejarán partir, que se contacten con sus parientes o amigos dentro del país y que cada uno amolle una cantidad de dos mil dólares. Caso contrario, se van hacia México, o quedarán baldeando para siempre las letrinas. Uno llama a Nueva York y los otros a Virginia. En un lapso breve suben a un avión conjunto que parará en National Airport.

A Waldo lo esperaba un trabajo. Amigos de la avenida Aniceto Arce y del lado de la Papa Paulo que estaban en Arlington lo ubicaron. Hogates era un restaurante a orillas del Potomac. Desde repostería hasta finos platos de mariscos. El río corre turbio e inunda los árboles de las orillas. Largos botes con remeros se atraviesan de cuando en cuando. Cerca de Court House se avecina con su hermana y comienza su idilio, martirio, exilio, con, de, en Norteamérica. Temprano toma el subterráneo en Virginia Station, alguna vez en Clarendon. Baja en L'Enfant Plaza, camina, sube unas escaleras, da una vuelta, pisa el pasto no pise el césped, entra por la puerta principal, como es rubio lo desaperciben; saluda a la panadera negra detrás de los grandes mostradores de vidrio y se introduce por entre dos bamboleantes puertas en la cocina para entretenerse con cuchillos. Antes, me acuerdo —dice—, le acariciaba los suaves pechos; me susurraba en inglés y no la entendía, ni quería ¿sabes? Ahora las únicas redondeces que toco son los cucharones con los que sirvo bowls de clam chowder para los turistas. Cargo un trapo en mi hombro y limpio, seco, tanto los bordes del plato como los del cucharón. Y no puedo dejar de pensar cuando acorralada contra la pared mis manos enfermas en sus nalgadas curvas, perdón, culo redondo quise... A las cuatro de la tarde, ocho fatigosas horas de sombra de cocina. El día para mí es la extensión de luces en los corredores. Solo cuando alguien entra y la puerta se bate entre que se cierra y vuelve abrir, sospecho algo de cielo, un poco de río, los alegres muchachos de Georgetown que reman y mojan sus remeras sopándose con la palma de la mano como cuchara. Cuando llegan a su meta, bajan del bote y entre varios lo arriman a una de las ancianas paredes de piedra. Luego se visten o desvestidos como están agarran las manos de sus chicas de turno y se van al lecho o sentados al borde del canal tomando cervezas en la media tarde de la ciudad. Oculto mis manos más blancas que nunca de lavar, negras uñas de trapear y dolor de rodillas por estar escarbando restos de grasa de las esquinas. Otra vez L'Enfant Plaza, el Pentágono. A mi lado se sientan oficiales llenos de cuadritos de colores como rompecabezas en la guerrera. Ni me importa. Me agacho, doblo el cuello y sueño mezclado con baba, que descubro después en una mancha diaria sobre la camisa, al descender, con las cosas lindas de casa, mi padre y sus primos, los míos, Megan, el lote del Guamán, los muertos de la morgue cuya sangre goteaba plip plip en el cemento frío mientras eran frescos como los frutos de mar de Hogates recién sacados del agua.

XIX

Enero del 89, puta que hace frío. Anoche telefoneé desde la casa de Lorgio. Hola, Waldo, soy tu primo Carlos. Sí, hace unos días; no, aún no trabajo; sí, gracias, me ayudará mucho lo que puedas tú hacer, sabes, uno no trae plata. Sí, estoy tranquilo. ¿No estarás? Ah, Carmen sí. Como a las diez de la mañana entonces. Claro que te esperaré hasta la tarde. Se quedaron bien. Tristes, por supuesto, pero mejor aquí, allá era demasiada chupa. ¿Gloria... te acuerdas todavía? No, años que no la veo. Vive, según dicen, en La Paz, casada con un académico, aunque otros afirman que sigue los pasos de un famoso folklorista. Que se vaya al carajo, tienes razón. Además muchas pasaron después. Viví hasta hace poco, un par de años atrás, con una británica. Finalmente tuve que patear su pasaporte por toda la plazuela Sucre, exacto, frente a la universidad. Ella enseñaba allí. ¿Por qué? porque todos estos malditos gringos se creen la mierda. Se lo destrocé, escudo inglés y todo. Me guardé la foto, incluso pisoteada es un recuerdo. Hasta mañana entonces, primo, y gracias.

Nuestra próxima parada es Virginia Square —la voz del subterráneo—. Justo en la calle North Monroe. A ver, hacia allá. Los automóviles, pocos, echan humo por el frío. Directo, cruzo el bulevar Clarendon, bulevar sin árboles, y los edificios de ladrillo a mi derecha deben ser estos. Segundo piso, puerta de la izquierda, los nudillos sonoros y Carmen, Carmencita, rubia y pequeña, una luz en las dos oscuras semanas de Estados Unidos. Calefacción, no ahorra como Lorgio, no tanto. Tiene un niño al que cuida y su niña infante que resulta ser mi sobrina.

Luego caminamos al bus; del bus a la casa de la señora, la patrona madre del chico. Un par de latas de conservas y retornamos a su hogar, North Monroe. Aquel departamento fue mi casa, el lugar más lindo del país, donde ocultaba mi miseria y se escondía la pena. Pequeñas cucarachas cruzaban el crema alfombrado, de la ventana se miraba la calle, unos árboles tristes, nadie que camina por las calles y, como a las cuatro de la tarde, Waldo con dos paquetes bajo el brazo, uno con rhum bums para mí y otro un doce de cerveza para los dos. Si hubo una primera alegría en este país, al principio de mi exilio voluntario y mal pensado, fue el espacio de los primos, los hijos del tío Lucho, los de la infancia de callejón, de caminata al río Rocha los bordes entonces subdesarrollados de la avenida Oquendo. Paredes inmensas de adobe, más de dos metros. Sobre ellas se ven copas de árboles, mixtura de eucaliptos, molle y pacay. Sospecho el jardín criollo, prerrevolucionario. Unos bancos de madera, sendas de piedra y tierra, el jardín como selva, Henri Rousseau en el patio de atrás. La protección del muro gigantesco. Hoy, mil novecientos dos mil dos, veo un par de estas casonas, una en la calle 16 de Julio, otra en la Paccieri. Debían estar, les corresponde, en el museo de las huertas. Pronto desaparecerán. Matar Cochabamba con ladrillos nuevos, con carros de lujo, tiren los árboles abajo, quién quiere estas antiguallas, a quién le importan los tejidos de indios, para qué vivir en el pasado, preguntas comunes que intercambian los imbéciles.

Hacía frío en enero del novecientos ochenta y nueve, sería ya febrero. Pero Carmela, como la llama su hermano, prepara en una sartén mediana un saisi picante. Del horno, receta de Waldo, sale el arroz con arvejas. Saisi y arroz en el plato. Un trozo de pan francés, limonada, y el frío sucumbe ante la nostalgiosa comida. La siesta; hasta ahora el país ha sido una siesta preocupante, menos esta. Por un instante olvido que me fui y vine, siento como que volví, mejor incluso, porque retorné en el tiempo y hablé de cosas que se habían olvidado.

Reinaldo Arenas me escribe desde la cárcel de su cuerpo: Carlos, *en el exilio uno no es más que un fantasma, una sombra de alguien que nunca llega a alcanzar su completa realidad; yo no existo desde que llegué al exilio; desde entonces comencé a huir de mí mismo.* Cavilo, me levanto de la máquina de escribir, frente a la ventana y, antes que anochezca, salgo al patio de atrás para verme sentado allí y saber que soy, o que estoy por lo menos. Veo la lámpara, el retrato de Octavio Paz, el difuso mapa de Punata del Instituto Geográfico Militar, una silla vacía, luz de computadora y nada más...

XX

Rumi, el demonio Rumsfeld, secretario de estado, ataca de nuevo. Sonríe como en los cuadros del Bosco, entre rictus amargo, alegría y cinismo. Nosotros, asevera ante los periodistas, tendremos en nuestro poder a los prisioneros para siempre, incluso si han sido declarados inocentes por los tribunales. Así será —así sea— hasta el fin de la guerra contra el terror. Partidario de la tortura y la matanza, habla mucho de inocencia y seguro es un excelente padre para su perro. Nadie más cariñoso que Rumi con los familiares peludos, porque animales no son, animales son los árabes, y si tiene alguna duda levante el teléfono y hable con Ari Sharon que mantiene a pinza y látigo recuas innúmeras de estos en su rancho, réplica desértica del Auschwitz germánico. Todos estos muchachos, Rumi, Ari, Dickie, Georgie, Wolfie, y asnos más, incluido el jamaiquino tío Tom, Powell, han elegido el camino de la destrucción. Lástima que no se dan cuenta que el halo de muerte los envolverá también. Irak, Jerusalén, Nablus, Jenin son los nombres de la guerra del fin del mundo. Y dudo que Jules Verne en su visión futurista imaginase que sus caracteres serían niños de teta ante la malicia de los esperpentos gobernantes de nuestro tiempo. A mí, que me quitaron la cristiandad con mi bautizo, me estremece ver a los cañoneros judíos dispuestos a arrasar hasta con Cristo, vuestro señor. Un coro general, de voces blancas, negras, latinas y chinas, todas bendecidas por el águila calva del otro Georgie, el de cara de vieja en los billetes de a dólar, aúlla contra el terror, los "bombarderos suicidas" y los inocentes israelíes. Si a alguno de ellos le interesaran los civiles de Israel por encima del lucro y del poder nada de lo que pasa estaría pasando. Pero se imaginan el descenso del rating, y de los polls que afirman que el imbécil Bush tiene el apoyo de un 85 por ciento de retardados. Al negro Keyes solo falta que le estampen la estrella de David para convertir su alegría esclava en alegría judía, y la gran periodista de lentes, Ashley Banfield, repite como un loro la cantaleta de los inocentes y de los asesinos explosivos. Y todos se espantan con los veinticinco mil dólares que teóricamente paga el señor Hussein a los palestinos que se inmolan. Señores, como si este asunto de llenarse de explosivos y clavos y tornillos para estallar fuera un negocio que se vende al mejor postor. Ustedes no han entendido y tengo que apagar el televisor para que la baba azufrosa del diablo Rumsfeld no me destruya el aparato. Mejor pongo, ya que estoy escribiendo y necesito paz, Siboney, por la orquesta de Lecuona. Además la leche para mi café está por hervir y no me gusta el olor de la leche hervida, me hace pensar en las cámaras de gas y en pueblos que hunden a otros.

XXI

Llegué a fines de enero de 1989 a los Estados Unidos. Robado por el taxista en Miami, con un viaje larguísimo por toda la costa y solamente con el teléfono de Lorgio, a quien no conocía, parecía una aventura. Tenía cuatrocientos dólares conmigo, doscientos que mamá me dio, cien de papá y mi hermano Armando me regaló otros cien en el aeropuerto. Siempre que había viajado con anterioridad, a Potosí, Tarija, Buenos Aires, Lima, San Pablo, París, Madrid... había regresado a casa con la mayor premura posible. Que extrañaba a mis padres, a mis amigos, mi amante, mi sobrina Zarita que era una pelotita dulce de ojos azules, mi perro spaniel, Choky II, más claro que el primero y que movía las caderas como agusanado para demostrar su aprecio. Una y otra razón me retornaban. Todos estimaban que esta vez ocurriría lo mismo. De ahí que la despedida no fuese tan dramática. Sin embargo mis padres lloraban y papá me abrazó y me susurró en el oído derecho: "regresa pronto", a mí que había actuado como un demente profano que cargaba el dolor para los otros consigo, sobre todo para ellos. Papá se había cansado de que los vecinos le tocaran la puerta para informarle que su hijo Carlos dormía en la acera. Más allá de lo malo que significaba para los viejos, me acuerdo cuán agradable se sentía el cemento frío en el cuerpo, en aquellas noches cálidas de octubre. Me oculté una vez, de los polillas que querían aprovecharse de mi ebriedad, en una fuente vacía de la plaza Barba de Padilla. Un reborde de cincuenta centímetros me protegió y desperté con el trinar de los pájaros en los siempre verdes al frente del club yugoslavo, club croata ahora en que hasta los clubes cambian de nombre por supuestas diferencias étnicas.

Regresa pronto, todavía repite mi padre doce años después.

Luego de una semana en casa del amigo Lorgio tenía trescientos dólares, menos cincuenta que le presté (me los pagó), doscientos cincuenta. Salí a buscar trabajo, en Arlington.

Y los capataces mejicanos rechazaron mi deseo de sobrevivir. Angustiado regresé a casa de Carmen e invité a su esposo Valdemar a tomar unas cervezas en el sports bar de la esquina. Pero es de gringos, me dijo ¿Y qué? En el jukebox puse dos veces Pretty Woman, de Roy Orbison, que aunque parezca extraño me recordaba mi infancia en Cochabamba. El pobre Roy se murió sin enterarse que fue tan famoso como para que un niño grande de Bolivia lo asociara con sus años chicos del lejano país. Le hubiera gustado. Valdemar no podía quedarse mucho tiempo, además estaba cohibido por la moza que era una muchacha caderuda que en el vapor del alcohol comenzó a ponerse bella. Lo acompañé porque para entonces sabía que Waldo habría regresado. Primo, vamos a tomar. ¿Conseguiste trabajo? No, pero a la mierda.

Entramos al mismo bar. Los Guess Who cantaban *American Woman*. Creo que era una premonición que la noche vendría cargada de tormentas de mujer. Waldo no quiso que gastara y pagó una y otra vez. Ya estábamos borrachos. De la mesa nos trasladamos a la barra. La muchacha del bar, al servirnos, sugirió que nos alejáramos del lugar: aquí no les gustan los mexicanos. Una ojeada alrededor la muchedumbre mugrienta, tatuada, banderas de la Confederación, sombreros, cigarros, la reunión semanal del club de cogotes colorados. No nos iremos le susurré, y tráete un par de cervezas. Si alguien quiere joder, jodamos. Waldo se puso nervioso. Su abogada había comenzado sus papeles de inmigración y no quería tener problemas. Para entonces anocheció. Me voy, Flores, ya es tarde. Mi shift empieza muy temprano. Bueno, primo, me quedaré un rato más y luego volveré a lo de Lorgio para dormir. Empujó la puerta flotante y desapareció.

Seguí en la barra, mi nacionalidad mejicana opacada en el humo. Tenía todo mi poco dinero encima. Un barbón rubio rondando cerca se aproximó. ¿Afganistán?, me preguntó. No, Bolivia. Hubiese jurado que eras afgano. Estuve allí el 73. También en Nam.

Era médico y vivía en la otra cuadra, detrás de la casa de mis primos. No quería gastar en él, ni me interesaba su veteranía de Vietnam. Para mí los que fueron al sudeste asiático eran un montón de asesinos. Con los años tuve buenos amigos que rompieron su juventud allí. La patria les importaba un carajo y afirmaban que debíamos irnos a Bolivia y dejar para siempre esta mierda... Kelly, Frank...

Vámonos a casa, tengo mucho whisky. Cincuenta metros subiendo por esa otra callecita paralela a North Monroe ¿North Pollard Street? Venga el trago, salud. Toma, no pares, así se acostumbra en mi país. Los norteamericanos son gente dócil en este sentido y fácilmente manipulables. Seco, un seco es cuando debes terminar el alcohol. Le gustaba beber. Se alegró de estar con alguien que hacía un rito de la bebida. Pensé en la angustia de estar sin trabajo. Hasta decidí irme, trasladarme a Los Angeles, con Chino, o a San Francisco, con Elmer. Pero esta noche no. Hoy tomo y tomo porque lo deseo y voy a emborrachar a este pendejo que casi se porta como un amigo.

Un farol justo enfrente de la ventana del primer piso. Del cielo caía algodón.

Amenaza tormenta. Así lo hacía entonces. Pero la nieve se calmó. El hombre intercalaba músicas, oldies y pífanos chinos. ¿Por qué no vamos a putas? A la calle 14. No, a esta hora es muy peligroso, nos asaltarían. ¿Cómo puedes tener miedo después de Vietnam? Por lo menos vamos a ver striptease a Washington. Dicho y hecho, un taxi rojo nos lleva por las calles de la capital. Poca gente abrigada. Los negros reunidos en la entrada de los callejones, moviéndose constantemente para combatir el frío y porque el baile se les da con facilidad. Paramos por ahí, ni idea de dónde estábamos. Lo de la calle catorce venía solo de referencias que Lorgio o algún otro me habían dado. Nos ubicamos en la "barra", más por culo que por trago. Voy al baño, ya regreso. En el urinario del lado un hombre oscuro y bajo me mira. ¿De dónde eres, del Perú? No, soy boliviano. Yo también, cochabambino. Un par de necedades y cada uno volvió a lo que vino, a husmear en nuestra indianidad cómo se veían y olían los sexos rubios. Él estaba en otro estrado de esta múltiple desnudez. Y sus ojos brillaban como de la chicha o del relámpago montañoso. No había eucaliptos mucho humo y los gringos que se ponían billetes de a dólar entre los dientes para depositarlos sobre el escenario y recibir a cambio un primer plano de coño afeitado. Mi acompañante, médico veterano del sudeste asiático, iba y venía. Me negué a hacerlo también mas mis ojos lagrimeaban por el ambiente y mientras me frotaba los párpados con disimulo no perdía detalle de los pechos con pezones claros, piernas blancas, pubises amarillos y rojos. Mira, ya está bien así, ahora quiero putas. No tienes miedo, pregunta. Por supuesto que no. Brazo en alto, taxi, a la catorce por favor cuánto es once aquí tiene. Ya no nieva y las putas abren los abrigos para mostrar la línea que divide su corazón de su sinrazón. Llevan minifaldas. Apenas caminamos unos pasos cuando el veterano me dice que no que él se va, que me iban a asaltar y matar y que todavía tenía mucho por hacer en la vida. Adiós, pues.

Como Giancarlo Gianinni en *Pasqualino siete bellezas*, me arreglo el jopo con saliva. Ni así me miran las putas. Me acerco, indago cuánto cuesta y ni el precio me dan. Hasta una negra, afroamericana se dice ahora, vuelca su cabeza rizada al otro lado. Al fin, una rubia de casi seis pies accede a hacerlo por cincuenta dólares. Mierda, es mucho, ok, no problem, más el taxi y la propina al taxista, porque nosotras putas respetamos el sacrificado trabajo de los choferes. No problem, digo. Andamos a la esquina y en un portal, otra puta, rubia pero más pequeña, llora. Espera, es mi amiga, quiero ver qué pasa. Regresa y me dice: querido ¿las dos? ¿Y cuánto? Cien, por adelantado. Puedes alternarnos. Para mi gran abstinencia son buenas nuevas. Me quedaré casi sin plata, pero ya conseguiré trabajo. Vamos, arriba, hacia dónde. A nuestra casa. Al borde de una desolada avenida, los adoquines de una placita brillaban no sé si por la luna o simplemente. Una parada de buses como las de Cochabamba, dos fierros diagonales, unos soportes y un tinglado. La más alta da un golpecito al madero y abre un negrón. Me miran los puntos alquitranados de sus concavidades blancas y señala con la quijada que pasemos. Una docena de otros negros beben y fuman en unos sillones. Mi hermano Armando diría "ófrico"... tenebroso y por las escaleras al segundo piso. Vengan los cien. Un minuto, debo mear. En el baño saco la bolsita cosida por mamá y extraigo mi penúltimo billete de cien. Acá tienen. Desnúdate. Y ellas se desnudan a medias mientras conversan. Parece que no existo. Me siento como los dibujos de Goya en el libro de Fernández de Moratín *El arte de las putas*. Opino que soy un imbécil pero mi otro yo opina distinto. De pronto una de ellas abre un sobrecito de condón y me acerca. Se lo pone en la boca y me doy cuenta que quiere colocarlo ella. Es mi primera vez en Washington, no sonrían. No pensé que fuera así y me da vergüenza y me niego. Se sorprenden. Me lo pongo yo, les explico...

XXII

Dejemos tranquilas a las putas, aunque ellas no tuvieron tal delicadeza conmigo. Miro televisión. Estoy aburrido.

No se ven las montañas de Colorado. Y esquían aquellos que tienen plata. Nosotros, los trabajadores, amortiguamos el cansancio para enfrentarlo otra vez más tarde. Ni juegos olímpicos de invierno, ni aguas termales, ponte tu pantalón, abrígate, y ándale contra la noche. En el televisor creí que hacían propaganda del Brasil, por la profusión de colores. Me equivoco. Presentan simplemente la gama del arco iris para explicar que cada tono significa un nivel de peligro. Rojo que la sangre se viene; amarillo, limonada; azul, que Dios está en los cielos. Jocoso carnaval de los imbéciles. Hoy, señores, el alerta es anaranjado, quiere decir, estimados televidentes, que anoche le arrancaron las uñas a Alí Zubaydah, el lugarteniente de Osi (bin Laden) como lo llama amistosamente el poseso Rumsfeld, y en medio del dolor declaró que los espectros de Al-Qaeda atacarían los bancos de Nueva Inglaterra. Los clientes en Texas u Oregon no tendrían problemas con sus depósitos o sus cheques, no así los de la costa este. Sin embargo el alerta no llegaba a colores sanguinarios, era amarillo, porque solo afectaría a cierto porcentaje de cuentas. Al día siguiente extraen un ojo de uno de los detenidos en Guantánamo, el spot turístico de moda de los terroristas mundiales, y resulta que una dirty bomb se va gestando en algún lado. Como resultado, los televidentes reaccionan como animales —aunque no sé qué animales diferencian los colores, soy ignorante al respecto— ante el invento del pigmeo de las selvas de arena en el sur norteamericano, presidente de los encorbatados bushmen.

Políticos convertidos en meteorólogos. Petroleros con veleidades de pintores. Raros fascistas que aparentan despreciar a su igual Jean Marie Le Pen, el pene.

XXIII

Deja, que yo te lo pongo.

De ninguna manera, lo hago yo.

Pagaste, o sea que permítenos trabajar. ¿O el niño no quiere cochito?

Sí, quiero, pero el preservativo me lo pongo yo. ¿Cómo explicarle a esta puta de mierda, que habla inglés además, que me dan vergüenza las manchas blancas del vitiligo en mi pájaro? Ella, en su ignorancia puta, pensará que es sida, lepra, chancro. ¿Sabrá qué es una despigmentación? Dame, me lo colocaré. Pero se levanta, veo sus blancas rodillas enrojecidas por haber estado de rodillas en el colchón, inclinada hacia mí. La otra, la llorona, mira, tiene una teta descubierta y sin calzón. Le observo los vellos, tan rubios que parecen no existir. La otra se iba parando y ya se pone a gritar. Al tiro se abre la puerta y aparece un negro dos veces más grande que yo. Este mierda, amorcito, trata de hacernos pasar un mal rato; encárgate de él. Yo, que ya cubría con ambas manos el sexo, aferro los testículos y los ajusto, pensando que el individuo atacará allí. Vístete, carajo, rebuzna. Rápido, ándale, ándale, repite como si mi persona fuese Speedy González. Siempre que nos miran con bigotes, los norteamericanos, creen acercarse a uno, hablar su idioma, repitiendo el ándale, ándale, de unas estúpidas caricaturas. O, si has terminado algo, desean acabar la conversación, cerrar un trato, con sonrisa inteligente preguntan ¿finito? Significa terminado, hecho, resuelto. Finito no es español, huevón, finito será tu culo... pero nos alejamos del tema.

El negro allí, al pie de la cama. El mestizo, Carlos Flores, tirado en ella. Blanco no es, lo único blanco son las manchas vitiligas, vitilógicas, ilógicos charcos de color del pene. ¿Cuándo me salieron? Voy tomando el pantalón. Está bien, no te impacientes, me iré, tranquilo. Fue en 1986, el 2 de abril que era cumpleaños de mi hermana. Bailábamos en su casa alquilada detrás de la universidad, la que había sido antes del tío Jaime, la tía Fidelia, al lado del tío Rómulo, cerca del tío Armando. Erika contorsionaba la noche con su pelaje rubio. Omar venía, vidriados ya sus ojos, los nuestros, y servía mezclas de vodka y scotch. En un momento del baile sentí que perdíamos el tiempo y nos miramos. ¿Ahora? Ahora. Y Omar que llora en la puerta. Si te vas, Carlitos, termina el baile y etcétera. Pero la naturaleza gritaba como lobo debajo de la engañosa apariencia de borracho controlado.

Ve por el sillón y pónselo a la burrita, pónselo a la burrita; ve por el machete y mételo en su vainita, mételo en su vainita. Sé que va a llover y el camino es culebrero, el camino es culebrero, pero como me voy yo me pongo mi sombrero, me pongo mi sombrero...

El cerro San Pedro parece, a las tres de la mañana, un velo de novia arrojado en el aire que cae con lentitud. Lo intentamos en el Volkswagen escarabajo, la "negrita" lo llamaba Omar en honor de su mujer, pero no cabíamos. Caminamos por la noche, mirando qué pastizal podría cobijarnos. Enfrió. Y terminó todo en su dormitorio, sin ruido para que no despertase la empleada.

Ándale, amigo, ándale, repite como grabadora el cafisio.

Sí, sin duda, a partir de aquel abril, y hasta junio que me despedía en la estación de tren de Cochabamba, rumbo a Milán o Marsella, viaje trunco en Oruro. Retorné al amanecer, molido por dos camiones, y me acosté, cobarde que no podía dejar a su mujer, en el cuarto contiguo, rogándole hasta dormir que viniera a acompañarme. Alguna vez me preguntaron qué quedó de aquel amor. Pido perdón y bajo el cierre, me abro la bragueta y presento el miembro con dos manchas pequeñas del lado izquierdo y una grande del derecho. Sobran palabras. Sé que dicen que soy un cabrón, que un desmemoriado, un antiromántico. Simplemente deseo ser concreto, sólido, real. Pesará cien o ciento cincuenta gramos cuando lo tengo inerte sobre la palma de la mano, ofreciéndolo a la vista de los preguntones. Y así es, de aquello no queda recuerdo ni ternura, sino una mácula eterna y cambiante, seña de desesperación.

Finalmente estoy vestido. Las dos prostitutas han ido a la planta baja. Las veo al descender las escaleras, ríen y beben en la muchedumbre. A pesar de todo, el negro este es gentil. Me habla en el espacio entre las escaleras y la puerta. La cierra. Quedo ante la noche. Llovizna mixtura de agua y hielo. Me acomodo dentro de la chamarra. ¿Y mi dinero? Les di un billete de cien. Golpeo la puerta. ¿Sí? El mismo negro cubre hasta el dintel, metro ochenta y cinco posiblemente. Dime. Mira, yo les pagué cien dólares y no recibí nada a cambio. Lo siento pero aquí se va al muere. Entiendo pero no es correcto. No con un trabajador. Tú y yo somos pobres, vivimos de un salario, bibimos en realidad porque no alcanza para mucho. Verdá, dice. Para qué se hubieran hecho las revoluciones, Cuba, Angola, donde el presidente es tan negro como tú, poeta además. Creo que para entonces Agostinho Neto había muerto, pero daba lo mismo. Dime, tú, para qué. Sí, amigo, pero tienes que darte cuenta que estás tratando con putas y que a ellas no les importa. Se te van a reír si les hablas como a mí. Ellas quieren darle al coito un par de años para pagarse los estudios, o porque las domina el vicio. No comprenderán la grandeza de que el hombre ese, Agustín, sea presidente de los negros y cada negro sea igual a otro negro, porque blancos no hay ¿o hay? El problema es el blanco, compadre, que te explota a ti y me explota a mí. Yo reúno duramente cien dólares —mentira porque no trabajo, estos cien me los dio mi mamá— para poder pagarme una distracción ya que aquí estoy solo y la soledad es como cargar dos bolsas de cemento a la vez, entre el camión y las mesas de la marmolera Urkupiña donde trabajé.

XXIV

Ariel Eichmann (Sharon), Benjamín Himmler (Netanyahu) y Shimon Goebbels (Peres) no paran de hablar. Arrastrando las erres peor que alemanes, estos émulos del nazismo intentan justificar y esconder sus actividades criminales bajo el escudo del superagente 86, el inteligente GWB. Tal vez me equivoco; un periodista inglés dice que Hitler fue amado por su pueblo y se pregunta quién ama a estos. Que Shimon sea laborista y Netanyahu terrorista no los separa; los límites divisorios entre asesinos se hacen más difusos. Por otro lado, el fatídico Arafat entrega, casi seguro a la muerte, a luchadores independentistas palestinos. Yo no entregaría ni a mi tía para que la cuidaran los norteamericanos o los afeminados británicos. La historia de las guerras indias y de la humanidad enseñan que no se puede, ni debe, confiar. Pero la política es un juego de naipes y las cartas no se quejan de su suerte, hacen calladamente su papel. Si por azar hubiera un intervalo de paz en Palestina terminará cuando Bibi Netanyahu (Bibi: nombre de puta) entre al ministerio de nuevo. Aparte de robar, costumbre afincada en él, de seguro arrasará con los presos de Jericó, los recién entregados a la "custodia internacional". Nuevo Josué en tierra prometida, este demente llevará las cosas hasta la posibilidad de la desaparición de Israel como país independiente en los próximos cincuenta años. Los héroes de Yenín, combatientes y civiles, clamarán por el desalojo terminal de los extranjeros y la culpa recaerá sobre todo en el judaísmo extremista. Mientras tanto, tan lejos que estamos de Ramallah, de Bolivia, tan lejos de cualquier ser humano acá en los Estados Unidos, que nos dedicaremos a preparar un café, mirar por la ventana como el agua quiere convertirse en hielo, y recordar las cosas que Carlos Flores, amigo y hombre de exilio como yo mismo, me contó y me sigue contando.

Sea.

XXV

Corto al infatigable Bibi en la televisión, en medio de una palabra larga. ¿Y, Carlos, cómo terminó la aventura? Estás, si no mientes, en la avenida, el cielo nocturno más gris que oscuro. Todo sugiere un ghetto y no ves un alma. A esta hora, en Cochabamba, te cruzarías cada diez minutos con un borracho; algunos te saludarían, otros te pedirían un cigarro; los más querrían enfrascarse en lucha libre contigo, por el solo hecho de presumir que un ebrio boliviano decente necesita demostrar algo. Me viene a la memoria un amigo común, Gilberto, imitando la bellísima *Paisaje de Catamarca*. Guitarra en mano, acompañado de Ángel en charango y un nombre desmemoriado en acordeón; cantaba Gilberto: *paisaje de Quillacollo, con mil distintas clases de chicha, aqallanto aquí, aqallanto allá, y en el palimento* (no pavimento) *se sacan la mierda*. Pues aquí, en este palimento húmedo, no hay mierda que sacar, ni quién ni dónde. Otro planeta, tierra de solitud. Camina que camina, cuadra tras cuadra, guiado por los números de las calles, treinta y cinco, treinta y cuatro, veintidós, en la diecinueve finalmente un taxi. A Alexandria, por favor, de la alta torre de los masones hacia el sur, ya le indico. Pero de la 19 a la 18 y otra vez la catorce, la rue Saint

Denis de Washington D.C. Pare, maestro. En la esquina una mulata alta. Abro la ventanilla. ¿Cuánto por la noche entera? Cien. Sube, pero vamos esta vez al lugar que yo elija. Señor, por favor, a un hotel barato, no muy lejos. ¿Diez? Tenga. De la mano la arrastro a recepción. Una vieja afroamericana desconfiada, su nariz corrugada hacia arriba, como si oliera caca de manera constante, pide su parte y da la llave. Ya estoy prevenido del proceder de las putas en este país. Mi corta y no lejana lección me ha servido. La dejo hacer. Por Dios, susurra, cuánto has tomado. Se hace larga la cosa, muy larga y sudada. Hasta que al fin. ¿Y por qué te vistes, si acordamos que te quedarías? Hace una mueca de qué carajo me importa. En dos segundos se pone calzón y vestido como camiseta, por arriba, y bye baby.

Cat Stevens: *Where do the children play?* Me levanté a revolver el café, a poner el disco. Hojeo un rato un bestiario de Tolkien. En el dormitorio grabo para mi colección *Gritos y susurros,* de Ingmar Bergman. Como mujeres, no me gustan ni Ingrid Thulin ni Liv Ullmann, pobres, solo podían ser actrices, no hubieran triunfado en la calle. Me imagino vagando por Washington en el frío todavía de marzo, tratando de festejar mi cumpleaños y encontrarme a una de ellas sonriente y liviana, tentándome con sus ojos suecos detrás de un pelaje falso de zorro. Perdonen, chicas, tendría que decirles, yo estoy en otra, me gustan los hombres. Así no se sentirían humilladas, ni tanto porque después me verían pasar presuroso en busca de taxi con dos rubias, una borracha, otra llorosa, no camino de la iglesia.

Carlos permitió irse a la mulata, no podía hacer otra cosa. Recuperó su rasgado calzoncillo del piso. Miró sus botas, Manaco nuevas, amarillas de caña alta, su única y valiosa propiedad y las acomodó debajo de la almohada, asegurándolas al catre. La puerta no tenía llave. Recorrió la silla para trancar el picaporte, y se durmió de alcohol. Pagar por una noche de amor y quedarse abandonado, perseguido por aromas que quizá no sean ni suyos. Papá, mamá, dónde están. Se durmió pensando en los dos molles del patio de atrás, el grande macho, de florcitas, y el hembra de verdes pepitas, rojas después. Ya, cabrón, levántate. ¿Quién es? La vieja de la recepción. Le he pagado por la noche entera y son las cinco de la mañana. Lárgate si deseas evitar problemas. Palpo la almohada, las botas continúan allí. La desdentada, eso de las viejitas bonitas buenitas no me lo creo más, pegada al suelo como cancerbero que muerde con las encías. Fuera, cabrón, mexican!

Ya voy, ya voy. Me ato a medias los hoy larguísimos cordones. Taxi. A Alexandria. Al sur, bien al sur de la torre de los masones, ya le indico. Me amarro por fin bien los zapatos. La ciudad discurre en la ventanilla, despertándose, conmigo que no he ni dormido. Ahora a la derecha, a la izquierda, pase el lote de casas rodantes. Derecha again, está bien, deténgase.

Lorgio salió. Me preparo un té. Hiervo los fideos chinos que compramos por costumbre y les echo picante para tragarlos. No me quito los manacos. Me arropo, calculo cuánto dinero he perdido en esta sesión. Cerveza, transporte y mujeres. No me queda nada. Tiro a un lado la frazada y en el teléfono Canadá, la hermana que asegura mandarme hoy mismo cien dólares para sobrevivir. Qué barbaridad que te robaran, hermano, ten más cuidado, no camines con todo tu dinero encima. Estás seguro que no necesitas más, cómo anda el asunto de trabajo. Mal, pero ahora voy a descansar, estuve hasta muy tarde mirando los diarios de Arlington, Alexandria, los locales de Manassas y del condado de Fairfax. Tengo fe que saldrá algo de tanta búsqueda. Besos a tu niña y saludos a tu esposo. ¿Te sientes bien, tranquilo? Sin problemas, hermana, y gracias. ¿Y le devolviste ese dinero?

Ja, imposible, me presté de gil y mil para comprarle fideos a Lorgio, para desenvolverme más o menos en esta jungla.

Abro un vino chileno, Frontera, de Concha y Toro, cinco dólares con noventa i nueve centavos, cabernet sauvignon, y se lo ofrezco a Carlos. Está de visita en casa por unos días. Cat Stevens: *On the road to find out.* Ojalá pudiésemos encontrar lo que buscamos. Podemos salir al correo y al supermercado. Estas ciudades del oeste no tienen vida. O manejas tu carro o te quedas en el dormitorio, cárcel y entierro, escuchando a Cat Stevens. Alternamos la música, verdad, y eso amplía nuestros márgenes. Con Pedro Ferragutti se acercan las colinas verdes del interior de San Pablo. La vieja ciudad de Itú, la serra da Mantiqueira y el río de los peces. Un orificio multicolor.

Deprimido, me puse a escribir. Forcé mi sueño. Recordé a Francine. Cuán lejos estamos de sentarnos, jarras de guarapo en mesa, tarde de Sipe-Sipe, lejísimos de tostarte al sol en la subida del cerro, justo abajo del villorrio en el qewiñal. De simplemente sentarnos a ver las ventanas de la casa del pintor Ronald Martínez; nadie parecía vivir en aquellos vidrios y sin embargo sabíamos de sus ojos escudriñando los pliegues de tu amor. En la vieja casetera sonaba la orquesta de Osvaldo Pugliese, que no me agradaba sobremanera pero que te acercaba a mi continente. Prefiero a D'Arienzo te repetía para hallar el asentimiento de un tema desconocido para ti. *La noche se vistió de silencio* cantaba Armando Laborde luego de una feroz introducción en piano y bandoneón. El frío de las gradas que dan al parqueo me retoman en Alexandria, y del lápiz, en bordes de papel roto, te rememoro: *El silencio de abril /en la vacía cama de tus piernas/lunas desvanecidas de cansancio.* Un único abril nuestro, par de años idos. En parte estoy aquí porque no podía allá. Tu amiga Ann, Juliette también, inglesas que arribaban a Cochabamba y tenían mi teléfono en la guía secreta de las mujeres de Europa. ¿De dónde las recogemos? Del Hotel Imperial, piso de arriba, ni una cuadra de la plaza principal, calle de la catedral, Esteban Arze, de los turcos, Said, Port Said, Casa Mitre, Bazar Victoria, a la vuelta del Crillón. Rechina el machihembrado, largas maderas de árbol claro. En unas mesas juegan dominó viejos árabes. Hi; aquí estamos. En ruta hacia los eucaliptares arriba del Mirador, a la todavía agua que había en la campiña. Franz Murillo besa a todas. Te decía, tus amigas me consolaban. Te escribo de nuevo: *Claro que viniste/anoche/ entreabierta en mi boca/mas al tocarte no estabas/y llorabas.*

Cuando te encuentras apoyado en una grada de no más de dos metros, en una ciudad culo del universo como Alexandria, sin trabajo, sin dinero ni nada, te vuelves melancolía para no hacerte bola. Hoy mismo me dan noticias de mi amigo Fernando que elige, a veces, dormir bajo los puentes entre cuchilleros del Salvador, en la misma Alexandria, y sé que trata de hallar el verbo, el contacto humano. Quizá le cueste la vida, pero qué es trabajar día entero, de cinco a seis, la completa luz de las horas, entrar de noche y salir de oscuro, vivir mirando lo que nos muestra un foco de cien vatios, ni ventanas hay. Eso o amodorrar tu mente y cuerpo tanto que pensar en "América" es saber del paraíso. Mas, a pesar de todo, me queda nostalgia de las calles de Tenleytown, del otoño, del domingo, día de descanso, de comprarme en Safeway una leche chocolatada, pedazos de queque, e ir a comerlos al extremo de la ciudad, pasto y graffittis en las paredes y ni un alma. Masticar con lentitud. Un trago. El chocolate endulza la garganta. Hacer hora para el teléfono público que con la magia de unas monedas me traerá la voz de la familia en Bolivia. Decirles que estamos contentos, ni mencionar la soledad, el trabajo bien, pero esta es historia de más adelante y recordaba el tiempo atrás, tu espalda, tu trasero, tus talones...

XXVI

Parte veintiséis ¿de cuántas?

Te robaron, Carlos Flores. Por doscientos dólares obtuviste unos minutos de embotamiento no de placer. Se reducen tus perspectivas. Has discutido con Lorgio. Tus puntos de vista difieren de los suyos. Él admira este país que tú desprecias. Lo idolatra tanto que, cuando se alcoholiza, Vallegrande retorna brutal. Y se lo dices. No te das cuenta, Lorgio, de haber tirado la juventud. Pero tiene razón. Juventud sin comida no sirve. Y tú, Carlos, si era tan bueno por qué viniste. Piensas. No faltaron mujeres, ni fiesta, ni hábito de vivir y beber bien. No fornicarás dice el mandamiento y a propósito, para contrariarlo, fornicaste a más no poder. Comenzabas jugando un ping-pong, en la mesa que los estudiantes de idiomas habían instalado en el teatro al aire libre, aquel de murales cambiantes. Y terminabas, luego de preámbulos de trago, indefectiblemente en la cama, con alumnas, profesoras, casadas y divorciadas. Pero quién te pagaba la residencial, las botellas, si no eran los pesos que robaste de la cartera de madre, las muchachas proveían por el gusto de tener tus riñones, tu tersa carne de mulo. Cerrabas los ojos, entre gente inteligente, y bailaban tenue en la penumbra largas canciones de los Doors, Eurythmics, los Stones, los Beatles. En el sillón, tus manos al alcance de los diarios de Franz Kafka, la reciente traducción de Parménides de tu amigo Juan Araos. Mundo de letra y nalga, bello porque fuiste joven. Otra cosa ahora que tu universo incluye un colchón prestado, cien dólares donados por tu hermana que tampoco la pasa muy bien, sin libros —trajiste dos contigo, las obras completas de Jorge Luis Borges, hasta donde abarcaba su completidad entonces porque el ciego permanecía vivo, y los poemas, completos también, de Emily Dickinson—. Y el teléfono, claro, que apenas puedes pagar, para mendigar memorias alemanas de Erika, inglesas de Francine, francesas de Elisabeth. Hasta eso cambia. Una se va al trabajo, que tiene que mantener al hijo, la otra que su amigo irlandés muere de celos, le da la rabieta de los que comen en exceso patatas, y te cuelga. La última, la más linda, la más vieja, en el vaho de Aurillac que me cuesta hallar en el mapa, al borde de un río, por supuesto. Y yo que cuento tu historia me confundo y creo que expongo mi historia. Tú eres yo y soy tú, él, nosotros, ellos mejor para no involucrarse con la tristeza.

Waldo te presentó a un primo suyo. Bueno, ahora él tiene trabajo para ti. Su compañía está en D.C. Se llama Kerry Produce Company. Te enteras que produce son verduras y frutos, no productos como crees, sí pero no de la clase que piensas. "Produce" equivale a manzanas, apios, lechuga y mandioca, Simon & Garfunkel, parsley, sage, rosemary and thyme. Qué iba a saber lo que esas palabras significaban en español, burdamente, porque todo en tu idioma de pronto te suena ridículo, perejil, salvia, romero y tomillo. Tuve que aprender, me convertí en el vegetador profesional, el verduro por excelencia. Frutero de profesión, frutal de carácter, caño de azúcar, berro seco, endivia, naranjo, ciruelo, ciruelito si me amaban, tomate, tomatillo en despectivo. Gustavo, el primo del primo, empaquetaba tomates, también un profesional. Uno de los cuatro hermanos Kerry le pedía cuarenta cajas de 4x4, doce de 5x6, varias del más común 5x4, cinco tomates en línea por cuatro de fondo, veinte tomates en total. Posiblemente incurro en error acerca de las medidas, es mucho tiempo desde, y los únicos tomates con los que lidio ahora son la libra semanal que compro a veces para ensalada, más maduros para el tuco de mis gnocchis, y que son del tipo Roma, que no teníamos en la empresa.

Gustavo me da los detalles del trabajo. Seis noches por semana, la del sábado libre. Consiste en cargar y descargar camiones, a lomo, ayudado por un carrito de mano donde hay que acomodar las cajas y las bolsas, muchas, según la habilidad que tengas de ponerlas una sobre otra. En Washington, en el barrio noreste, los mercados, cerca de la famosa universidad Gallaudet para sordomudos. Debes aprender el nombre inglés de por lo menos quinientos ítems diferentes. Y yo que no fui en Bolivia dado a la cocina apenas me los sé en mi lengua. Joe Day, el negro capataz, me ordena traer —el primer día— una caja de fennel. ¡Puta, cómo saber qué es! Pido a Ernst, un muchacho negro que será de los inmediatos amigos, que me muestre la dicha planta, hierba, o fruto. Me lleva al cuarto refrigerador número 4. Al fondo, en un rincón de la derecha, con raíces de apio y pepinos está una caja grande con una hierba como cabellos. La huelo. Sé qué es pero no sé cómo se llama. Mamá, le digo el domingo, cuál es el nombre de esa planta que crecía en la casa de la abuela al lado de la pila del patio. Esa que huele fuerte y de la que hacían mates. Hinojo. Gracias, mamá.

A hinojo olías en el campo. ¿Cuál de ustedes? No me acuerdo. Feliz le llevo la caja a Joe Day. Me mira por encima de sus lentes. Very good, amigo, godammit! Y pasa a discutir, como siempre lo hace porque es el rey de la noche, el amo del mercado, una leyenda en ese amontonamiento de cuadras que vive mientras la ciudad duerme. Te dije que me trajeras arvejas chinas y no arvejas, so pedazo de mierda, exclama con su voz de bajo profundo, de cantor de blues. La práctica de la palabra soez, el insulto, es entre los cargadores, noventa y cinco por ciento negros, parte del ritual de sobrevivir. No te asustes, amigo, no le hagas caso, Joe es siempre así. Que soy siempre así te mostraré, nigger, y extrae sus dos cuchillos de quince pulgadas cada uno, ven aquí estentorea con su vozarrón para alegría de los demás, acércate y dime que soy ordinario, siempre igual, así, comme ça, ven, vamos que te enchufaré mi negra verga en tu negro culo. Come on, Joe, back to work! Goddammit! ¿Y tú qué miras? tráeme diez cajas de pepinos, las más pesadas, para que dejes de sonreír, shit, sanababich! Jo, jo, jo. Joe Day, una celebridad. Where are you from, dammit?, me pregunta. Bolivia. Ah, Bolivia, you know the good shit, don't you? Get me some of that good bolivian shit, y acerca su dedo de dos pulgadas de diámetro a sus fosas nasales y aspira un lado y luego el otro. Gracias, Dios, por la cocaína de mi país. En esta circunstancia, primer día de labor, cargador de mercado en medio de un ambiente más que diferente, siniestro, la coca me da una aureola de macho, de alguien vivido, el boliviano sin duda tendrá contactos para el polvo. Sabe, lógico que sabe, qué es bueno y qué basura. Gracias a estas suposiciones se instaura entre Joe y yo un nexo que se hará amistad con los años. Eso no impide que de cuando en cuando me tire un putazo y me amenace con encajarme su miembro grueso y violáceo en mi ano "cafecito" como le da a bien llamarlo. No te asustes. Ya no me asusto. Pasé la prueba. Necesito ahora aprender.

Febrero cuando comencé a trabajar. Salía a las diez de la noche de chez Lorgio para agarrar el último bus que pasaba por aquella avenida hasta la estación de Huntington. Diez minutos. Quince si llovía. Veinte con nieve. Una boina negra encontrada en idas y venidas de casa de los primos. Dos, tres poleras. Una chamarra de leñador, amarilla y café, de Lorgio, usada y vieja. Las botas de Cochabamba. En Huntington, ya casi las once, línea amarilla del subterráneo. Cambio en Pentagon, a la línea roja según recuerdo. Sobre el Potomac, la noche pecosa de motas claras. Quizá un tercer cambio. A medianoche en Union Station. Salir por la puerta lateral. La principal da al Capitolio, a la capital del mundo;

la pequeña a una calle igual a un cañadón. Las vías del tren la cruzan por arriba. No es raro que dejen una locomotora durmiendo, suspendida de una línea de fierro, en medio del aire. A quién le importa. Esta salida da al barrio negro y los congresistas no vienen por aquí. Esto es Haití, me digo, Port au Prince, fatídico imperio de esclavos. Botellas por el suelo, cáscaras de banana, ropas amontonadas en bolsas de poliuretano. Sus dueños vagan por la ciudad, buscando sustento. La noche provee. Union Station es el límite entre el blanco y lo negro, entre el poder y el espanto. Reconozco, ya en la primera, que esta es la calle a donde llegué. Dos cuadras hacia el abismo y está la edificación mínima de Greyhound. Camino, asustado, por entre grupos de adolescentes narcotraficando muerte. Automóviles alineados en la avenida principal, o en las callejas adyacentes, albergan familias enteras. Largos Pontiacs, o destartalados Cadillacs donde caben hasta tres. Entre la escarcha del parabrisas posterior de uno de estos hogares el rizado cabello pegado a la calavera de un hombre sube y baja. Aun en la estrechez de un carro cama, suelto en medio de la nocturnidad, los hombres agitan el amor. Sonido mecánico. Los bordes de los cubrellantas golpean el pavimento, tac, tac, si hay ritmo o pasión. En tal oscuridad, sobre todo en invierno y los vidrios esmerilados de frío, supongo que amar es como tirarse a la muerte, la sin cara, rostro hundido entre mugrosas frazadas. Quizá habla y su voz más parece estertor. Julia Elena Dávalos insiste con sus *Nochecitas de San Juan* y ya no puedo explicarle que en esta de Washington D.C., mientras el poeta —yo— va a dejar que sus manos trabajen, por primera vez, no hay santos.

Llego a la esquina. Al lado izquierdo hay un Roy Rogers, a donde van a comer los mudos de la universidad; no pueden quejarse. A mi derecha un bus escolar, amarillo, hotel de por lo menos veinte desamparados. Un salvadoreño entre ellos, treintañero, que me pide un cigarro. Mi apariencia es tan pobre que no insiste. Soy joven aún y me emociono. Tengo la cabeza llena de revoluciones, y Farabundo Martí de Liberación Nacional en el instante ocupa un lugar primordial. Converso, pero me tengo que ir, sabes, primer día de trabajo, aquí, en el mercado. El jale comienza a las dos de la mañana y a esta hora, una, no hay nadie. He caminado cuarenta y 5 minutos en una suerte de Villa México afroamericana. No me pasó nada, qué más puede ocurrirle a un pobre, aparte de su hambre y los harapos. Toco el primer portón, el posterior de la empresa. Gustavo, el otro boliviano está allí desde temprano, solo, en su oficina atomatada. Los tomates deben mantener una temperatura cálida. El no sufre rigor de frío, siempre está caliente. Trae una grabadora con música disco. Es un joven de los ochenta... y yo sin década.

Conversamos hasta que las luces se encienden totalmente, llegan los capataces y se despabila el inmenso depósito. A las dos, casi nunca en punto, marcamos tarjeta. Los carros de mano se encuentran detrás del ventanal de la oficina. Los jefes me sonríen. Me ha traído Gustavo, que es un trabajador al que estiman mucho. He de considerarme blanco en medio de los negros. Más de uno, cuando paso, murmura shit, mierda, quién nos trajo a este cabrón. Se abre la cortina metálica. Los camiones de la compañía se han alineado en el dock. Parecen los muelles. No deja de ser romántico. Mi delirio literario me hace creer que soy parte de una novela de Nelson Algren, Detroit, Chicago, incluso el sur de William Faulkner. Tanto leí y ahora estoy, con guantes prestados, sosteniendo entre mis manos un carrito verde para cargar, de dos ruedas, atravesando la cortina de grueso plástico que separa el interior del warehouse de la intemperie donde hay dos docenas de camiones blancos. En los costados, en verde porque son irlandeses: Kerry Produce Company, Washington

D.C (202)........ Joe Day, el negro capataz en jefe, sentado en su silla de metal con un almohadón para no helarse el ojete. Y un calentador gigantesco, de metro y medio, a gasolina, que tira llamas de cuarenta centímetros para calentar la hostilidad del clima. Joe Day, de costado, cerca de él, y tú, nigger, no has venido a calentarte las manos, ponte a trabajar, bring me two cases of iceberg lettuce, two of green leaf, green leaf, I said, motherfucker, why don't you bring your sister instead. Dios mío, en Cochabamba la normalidad consistía en saber que había lechuga, y aquí, proveemos a los mejores restaurantes de la ciudad, Virginia y Maryland, existen por los menos diez variedades de las que no tengo la menor idea: iceberg, green leaf, red leaf, romaine, butter lettuce, chickory, baby red, baby green, y tantas más. Cuando traen las cajas, cojudamente sonrío y pido mirar el interior. Go ahead, dice Joe, y shit! ríe en profundas carcajadas de jazzista.

Me acuerdo, hoy a mis cuarenta y dos años, en la confortabilidad de un departamento que pago, admirado de ver enverdecerse el álamo, de mi primera orden. Fue fácil. Cuatro cajas de broccoli. Ni te imaginas lo contento que me puse, puta ¡broccoli! ¡Nada más sencillo! ¿Dónde, Joe? ¡Cuarto Uno, mother! ¡One! El broccoli viene en cajas enceradas, resbalosas, diez kilos húmedos, con hielo adentro, filoso, cortante. Cuesta acomodarlas. Son tan pesadas que una hunde a otra, o se van de costado. Tardo. ¡Coño, ya era hora! Nelson Algren es Joe Day y no hay más literatura. Se me mojaron los guantes y afuera se ponen tiesos. Los saco y los pongo sobre el calentador. Amigo, no viniste de vacación, tráeme otras ocho cajas de broccoli. Jo, jo, se ríe y con él los otros negros. Este no aguanta un día, se aseguran y me olvidan hasta que vuelvo a aparecer. La boina que llevaba ladeada en el metro, estilo francés, a ver si disimulaba mi condición ante tan lindas mujeres, la he encasquetado para que me cubra las orejas. Es corta y tapa solo los extremos superiores. Los oídos zumban. El viento parece que te arrojara alfileres en la cara. Golpeo mis mejillas porque me da la impresión de que se van a congelar en cualquier momento, Pierrot si cierro la boca, o el hombre que ríe, si, boludamente repito, no ceso de preguntar qué es esto o aquello, sonriendo. Creen sin duda que he venido del desierto. Los trabajadores no saben mi origen y nadie presenta a nadie. Los cargadores pasan por aquí como suspiros, jamás un grupo compacto de trabajo. Hay claro los viejos, que a pesar de abandonar por espacios de tiempo, continuamente regresan. Yo, que vengo de tierra de papa, que vi cáscaras en multicolor, papa imilla y papa lisa, morada y negra, color tierra y color caca, tersas, arenosas, jugosas, duras, grandes y otras, doy la impresión de no haber visto una en vida. Mis compañeros se miran, se dicen que soy un hambriento, y me muestran esto es una patata, una number one Idaho, la de allá Russett, esta A red y la siguiente B red. Las llamamos potato, amigo, papa, papá ¿no? en tu idioma. Asiento. No es ocasión de alardear sobre lo que vi en Toralapa, de cargas y cargas que subíamos al camión en los campos aledaños a Pocona, donde mi hermano sembraba a medias con los comunarios. Media hora de cavar y venga el pisco. Tres días de cava. Solíamos, antes de dormir debajo del camión de Pirincho, un amigo, ir al pueblo y en una callecita de subida comprarnos cerveza para olvidar el desastroso sabor del alcohol local. Potato, amigo, palpa, corta, es blanco adentro, no te olvides.

XXVII

Así, Francisco, me asegura Carlos, dejé de escribir poesía. A Francine, como en pesadilla, la reemplazaron los exabruptos de Joe. En realidad, Carlos, entonces y ahora, cómo escribir sobre sus piernas vacías de cansancio, con lo que pasa alrededor. No eran sus piernas como dices sino lunas desvanecidas de cansancio. Lunas, piernas, coños, total. Leí, tengo por mala costumbre leer los obituarios del *New York Times* en espera de ver anotados los nombres de los grandes cabrones que se trasladan al infierno, la muerte de Hugo Banzer, el sietemesino, monito presidencial de nuestro país. Quién redactará los necrológicos, pero el redactor liquida al general con aureola de demócrata. Enmendó sus errores, digamos —dirán—, pero por mi ventana abierta me llega un fuerte olor a parrillada. Será que Gog y Magog lo asan a fuego lento cerca de la superficie. Lástima no ser inmortal y alternar con dioses y demonios como los antiguos héroes griegos. Porque de ser cierto, te aseguro, iría personalmente, con un lustroso traje dominical, a colaborar en la comilona con una botellita de Tabasco. No, no el original, no sé si has visto en los supermercados ese con sabor de ajo.

Voy llenando una pared con los anuncios del fin de los tiranos. Hay aún mucho espacio. He reservado lugares especiales, con nombre y todo —dependerá por cierto del tamaño del artículo defuncionario— para Henry Kissinger, su lacayo el rimbombante general Pinochet, pinoshé en su jerga rotosa, Stroessner y el sirviente Pervez Musharraf, otro demócrata de nuevo cuño.

Comprendo, Francisco, pero en primer lugar no estoy suscrito al Times, cuesta un dólar diario, y cuatro los domingos. Ahora no puedo afford it, got it? Al menos tu inglés ha mejorado. Perdiste el dejo negroide de tus años washingtonianos, parecido al de tu alcalde Barry, Marion, no Lyndon. Hablando de Kubrick ¿te gustó *Eyes Wide Shut?* Una joya, igual aunque tan diferente, que *Barry Lyndon*. Maduró mucho desde su odisea espacial Stanley Kubrick. Hasta eso, Francisco, me nostalgia de Francine. Nos gustaba juntitos, pies descalzos, dedos entrelazados, largos y pálidos los suyos, lampiños y morenos, como empanadas de carne los míos, enfrascarnos en la marisma romanticona de Ettore Scola. Ya me cansa. Habré crecido también, pero allá, cuando no lo arruinaban los himnos taquiraris de los banzerosos, disfrutábamos. Lo peor era cuando en el piso de abajo el dueño de casa golpeaba a su hermana, una muchacha de cuarenta años algo bobalicona pero no mala. El individuo, semicalvo, B.A. en Ciencias Políticas según su tarjeta de presentación, un licenciado más de toda esa cáfila pervertida que amodorra el país, alteraba el poco cabello que le quedaba y ora izquierda ora derecha, rebotaba sus puños en la cabeza tonta. Salíamos al balcón, olvidándonos de Scola y pasábamos al cine de la vida real. Cuando terminaba lo aplaudíamos y el desgraciado actor ni siquiera se inclinaba para agradecer, no queda respeto en las representaciones, hoy.

Carlos cuelga el teléfono. Dice que ventea. Es lógico en mayo, el calor carga dejos de lluvia. En Macondo, el coronel seguirá sin quien le escriba; a la lluvia no le importa, continúa. Ha estado lloviendo también, no como en la cumbia larga de García Márquez, pero bastante.

Otro sacerdote se ahorcó, apesadumbrado por sus pecados sexuales, en su celda de detención. La controversia grande, y absurda en mi opinión, en Estados Unidos, de que los sacerdotes católicos deben casarse, aburre. Se han descubierto sinnúmero de casos de abuso por parte de los curas hacia sus feligreses o seminaristas, niños principalmente. No hay nada nuevo, historia de siglos. Que el padre Montiel se convierta en el señor padre Montiel y para, haga parir, críos, no le quitará lo pederasta. Quizá lo esconda mejor. En Bolivia, que yo recuerde, los curas siempre tuvieron una decena de hembras a disposición. Unas parieron, otras se arrugaron y nadie dijo nada. Todo el mundo escucha sus sermones, a pesar de que debajo de la inmunda sotana se agite un tigre en forma de gusano. No solo eso, que de una erección no se puede culpar a nadie, a pesar de que el, la, que la produzca sea joven, chica, mujer, mujerona, mujercita, macho, machazo, machito, perro, perrito, gatito, gallinita, un cerdo aquí, mula allá, que en el Beni no se era hombre si no se había tirado una vaca o un cordero. Lidiar con la bestia del hombre es la cuestión, no matrimoniar a los padrecitos. Mario Vargas Llosa cuenta las acariciadas que sufrió en el colegio La Salle de Cochabamba en manos de un mugriento sacerdote francés. Sé, por Carlos, que el mismo franchute pidió —a su padre niño— verle las pelotas, degustarse con la visión y condenar, por si acaso, la masturbación. Hizo pasar de curso a malos estudiantes. Cuál sería el precio. Ni hablar de los españoles. Dentro del monstruo de la iglesia católica se cobijan males eternos, y en toda iglesia, la de los muecines o los bonzos, la del lloriqueante Jimmy Swaggart, etcétera, etceterá.

Los judíos ortodoxos, que no saben enfrentar con la historia porque la desconocen, claman por la creación de otro Golem que defienda su nuevo ghetto de arena. Tienen de antiguo la fórmula de renacerlo. Tal vez el Golem sea más inteligente que ellos y decida no exterminar a los neosubhombres, en opinión israelí, los palestinos, primos hermanos suyos. Mire donde se mire, el mundo se cae en pedazos. India y Pakistán avientan sus taras compartidas en una bellísima región que debiera ser hogar del descanso: Cachemira. El indio Toledo, presidente electo del Perú, solo está bien para vestir ponchos. Ahora se le dio por perdonar a los asesinos de Cerpa Cartolini. Suena el teléfono, The Fraternal Order of Police quiere donaciones. No, gracias. Cuelgo.

XXVIII

Comencé a faltar a casa de Lorgio. Ernst, Wayne y otros muchachos negros se me acercaron. Solidaridad de los pobres. Deambulamos entre maderos rotos, racks donde se acomodaban las bolsas o las cajas. El mercado era inmenso. Dormíamos en cualquier lugar, cientos de plazas para esconderse. Luego de mañana y tarde bebiendo cerveza o brandy. Mundo de sombras; ayudaba que los que se movían fueran oscuros. A la izquierda de Kerry, justo en la esquina, del lado diestro, una excepción. Esa compañía recibía y vendía mariscos. El noventa por ciento de los trabajadores provenía de El Salvador. Pequeños todos, casi enanos, con trenzas caribes hasta el medio de la cintura o las nalgas. Y hablar con zeta. Los delantales de goma que debían llevar, porque el trabajo se hacía en medio del hielo, casi se arrastraban por los suelos. Una experimentación lingüística. Pisar para ellos era culear para mí. Pupusas, un menjunje entre pan y tortilla que en principio me dio asco, sabía a excremento bañado en grasa. Con el tiempo encontré que las había buenas, con carne, con frijoles. Repetían incesantemente: la babosada. Palabra que vendría de babear, pero no entendí nunca su significación precisa. Quizá la cagada, la mierda, qué huevada. Interrelacionamos, hablábamos una misma lengua, a pesar de los matices. Yo era joven y daba la impresión de ser fuerte, una cabeza más alto que ellos, y un aire de patrón en la estampa que aunque quiera no puedo evitar. Bastó para que me apodaran el Pisón, el culeador, el que se tira a todas, y en verdad, aparte de ser esquilmado por un par de putas, mi experiencia sexual norteamericana daba que desear. No lo dije. Pisón caía como un título honorífico en aquellas condiciones. Después encontré a más salvadoreños, un marielito, algún chofer mexicano, los que venían del sudoeste o directamente desde México, con carga de papayas, doble o triple mayores que las de Bolivia, chayote squash, el mismo que crecía en la reja de mamá y se extirpaba de cuando en cuando como mala hierba. Me embolsillaba alguno y lo preparaba en casa, en guiso o sopa y no estaba mal. Para el menú extenso de fideo y pan que teníamos con Lorgio, el chayote era una delicadeza.

Los trailers de veintiún metros se acomodaban de culo contra la puerta del fondo. Uno de los hermanos Kerry, con un forklift verde a gas, descargaba con el chofer lo que traía. Primero revisaban un aparato que venía adentro. Cada fruta o verdura necesita una temperatura adecuada para conservarse. El aparato mostraba los cambios de temperatura al interior desde el día que la carga había salido hacia destino, que bien podía ser más de una semana. Si el conductor abrió la puerta en Arizona, viniendo de California con un load de paltas, se veía en el record de líneas como de sismógrafo. Si la variación no duraba más que un tiempo corto, el necesario para ver si la carga estaba bien, no había problema; pero si duraba mucho se retornaba el camión lleno al vendedor, así fuera de Sonora o con manzanas de Washington State. El chofer protestaba, puteaba, ustedes los Kerry son conocidos hijos de puta y más, pero o se callaba o Chris Kerry nos llamaba, ya a esa hora estaba enmarihuanado, y riendo nos ordenaba echar las cajas que no quería retomar el driver en los gigantescos basureros fuera del dock. Si el hombre trataba de impedirlo, lo empujoneábamos, una vez tiramos a uno dentro y salió, rojo de las frutillas aplastadas que trajo, amenazando con juicios y abogados. Dos cachetazos y de vuelta a Florida, tres días de carretera, a olvidar. En los mercados de Washington se humillaba, golpeaba, a las personas impunemente. Kevin Kerry, el mayor de los hermanos, histérico, se exacerbaba por nada. Una vez vi como sacó del warehouse a un compañero negro, porque llegó alcoholizado y comenzó a despotricar contra la vida. Kevin Kerry era muy católico para aguantar que se profanara el nombre de Dios y el del dinero. Y lo golpeó, a lo largo de la terraza de ochenta metros, puñete y patada en costillas y cabeza, no vuelvas nunca más por aquí, nigger. Te haré llevar preso si lo haces y le crujía aún más los parietales con sus botas de punta de hierro. Mi amigo Rosselle Houston, de Georgia, flojo y borrachín, gordo, apenas arrastraba el carrito de cargar, diez años en la empresa, movía la cabeza en desaprobación. Y nadie abrió la boca. Pareció escena usual. La noche retornó a su cauce. Lo hizo en forma de cajas de naranjas, de sunkist lemons. La sangre se oscureció y confundió con las manchas de aceite de los jacks que se usaban para levantar las órdenes preparadas, cubiertas de plástico y colocadas sobre plataformas de madera. Carlos, pon la orden del Sheraton Washington en el camión 20; ya está listo para salir. Los Kerry: Kevin, Dan, Chris y Ted, el viejo padre también, me sonreían a cada paso. Trabajaba muy duro por ciento veinte dólares semanales. En mi penúltimo trabajo, en Bolivia, en la Marmolera Urkupiña S.A., haciendo mosaicos, barriendo el piso, picando el mármol en el baldío del frente, comiendo pan y banana, como buen trabajador, y a veces plátano solamente, y sin amor, parafraseando —mal— al grande y dolido Miguel Hernández, mi salario apenas pasaba los ocho dólares mensuales. No era maestro, no sabía hacer mesones, pulir o cortar mármol, y los ocho no alcanzaban. El día de pago, a la chichería, y horas después terminaba debiendo a doña chichera cinco dólares más, a pagar el próximo mes porque no había suficiente. Felizmente una amiga me llamó y me consiguió un papel de extra en una película nacional. No me pedían diálogo, ni dotes de actor, únicamente mi cara, una chamarra de cuero, una media de mujer para cubrirme el rostro y he ahí el perfecto paramilitar de la odisea política boliviana. El cierre abierto, dispuesto al viole, los puños cerrados, un arma, y a combatir el comunismo, origen de todos los males de nuestra América según el embajaperador norteamericano. De la piedra pasé al palo, de acariciar los lavaplatos relucientes, rosa o verde, según el tinte que se ponía debajo, no eran ni verdes ni negros en realidad esos mármoles, a colgar detenidos en el matadero. Gané más, volví a escribir, la productora era una alemana, cuarentona y linda, que me sonrió y bastó eso para que la atiborrara de papeles acerca de su belleza y de cómo me encantaría, bajo los sauces del campo, desvestirla y lamerle las tetas igual a un recién nacido. Si lo conseguí o no, es ya otra historia; ahora estamos hablando de sueldos y no de cópulas, sean de amor o de ganas. La única pena que sentí al dejar la marmolera fue la de no ver ya a don Mario Poggi, quien me había conseguido la pega. En los escasos momentos libres, él era administrador, conversábamos y despotricábamos contra el contador, un aymara que con sus ojos asiáticos, no sé cómo, observaba todo y mantenía una red de informantes que le proveía de datos sobre lo que se dijo y no. Su cacicazgo le rendía frutos contantes del erario de la empresa. Cuando leyó la carta de la productora fílmica que se necesitaba al señor Carlos Flores, trabajador de esta compañía, para aportar al arte de la nación, y se solicitaba su permiso, sin goce de haberes, por el tiempo requerido, se puso de negro morado. Mentira que entre indios hay solidaridad, por lo menos con él. Nunca vi a nadie que odiara más a sus semejantes, y que aparte de robar, tuviera una lengua carnosa y breve más denunciadora de los suyos.

De picapedrero a extra, aunque me nombré actor. Cuando la actriz principal se desnudó en cámaras, única y exclusivamente para Moto Morales, personaje del filme y artista de larga audiencia, nos sacaron al patio delantero. La escena se rodó a puertas cerradas y las tetas grandes y oscuras de Emma Junaro no se hicieron públicas hasta mucho después. Primero las vieron en Berlín, luego en París, quizá Roma y Madrid, Cochabamba al fin. El grupo paramilitar, el de choque, muestra retenidos en el tiempo a Julio y Chino, Elmer y Hans, permanentemente jóvenes, crionizados en cinta.

Los Kerry, en Washington, desde que abrían la empresa, comenzaban a marihuanear. Los cargadores negros, los más fuertes y rústicos, los proveían de droga. Y ellos, para ocultar la vergüenza del vicio, la repartían sin distinción entre managers y pongos. En la penumbra de los grandes refrigeradores la chispa retumbaba en eco, shhhhh al absorberla. Tropezaba con Gustavo saliendo del cuarto de las lechugas, el más grande al medio, con los ojos chinos. Carlos, ven aquí. Y pobre como era a conceder a los jefes el gusto de verme tan infrahumano como ellos. Y claro, por qué no, el placer también de la nebulosidad. Joe Day sentado como si flotara en el espacio. Las luces de los camiones que chocan entre sí. El tren a Nueva York, lento como bicicleta. Amanece. Los patrones despiden a los negros. Carlos, quédate a limpiar el piso. Un par de horas. Al salir, aplastado por el peso del trabajo y la noche en vela, me llaman desde el Cherokee de Dan Kerry. Él, Steve, manager italoamericano, uno de los trabajadores, Chris Brown, John Pollard, chofer, cerveza y mota, hasta pasado el mediodía. E historias de Bolivia, Argentina y el Brasil. Relatos que el dinero no toca. Alguno de ellos que me acerca al metro. Huntington; ya estoy dormido. Doce horas después arribo a la casa. Si Lorgio está, concedo más de mi escaso tiempo a la charla inútil. La mayoría de las veces me arrojo sobre el sofá y duermo y ya no puedo soñar. A las nueve y media despierto, el último bus pasa a las diez. Lorgio sobre la cama mira sin ver la televisión. Tristeza irrecuperable y mi primer entender de la tragedia de Norteamérica.

Cuando fui actor —actué en dos derechazos y un puntapié— al salir había una cuadra y media hasta la chichería de don Casto. Elmer y Chino, Julio y Hans. Las monedas de la rayuela y caminar ebrio entre los paraísos de la calle Bartolomé de las Casas. Mi calle, el cerro al fondo. Algún perro flaco y hambriento. La llave puerta y cama. Sábanas más gustosas que dioses y misas...

Me amodorra el traqueteo del colectivo. Bajo. Sol de invierno que quema y relumbra como fuego en la nieve. Tiemblo al meter la llave. Cansancio. La casa huele a cerrado. Me acerco al teléfono. Mi hambre de voces es más extensa que la de mi estómago. Disco. Alemania como siempre en aquellos días, aunque a veces Inglaterra. Parecía que dentro de mí las potencias combatían en Dunquerque. Solo que lo hacían con piernas. El calzón estrecho de Germania que mostraba unas piernas larguísimas decoradas con zapatos de taco al final, o las medias británicas compradas en Harrod's, sensuales y con olor de claustro universitario. De ambos lados, los cañones hacían tiras con mi silencio. Hundían mi angustia en la soledad de la muerte. En el claroscuro de Lorgio's en Alexandria, Virginia, nada era más ajeno que mujeres caminando, piernas sin ropa, torsos sin piernas, besos sin cabeza y rostros sin labios. Abro el refrigerador. El frío está en 6, suficiente para conservar y no congelar. Hay algo de queso que era amarillo y se muestra naranja, seco como pedernal. Suena el teléfono y no contestan. Roer el queso, juntar con la palma de la mano las migas del desayuno y tirarlas al fondo de la garganta por algo de sabor. Nadie. Te llamé así de París, de Lodève, de Barcelona y Castellón. De Cuenca al último, de la CNT de Madrid, la histórica no la improvisada, y sigues sin contestar. Mi teléfono te buscaba en Leeds, en Hull y hasta Londres te corría mi voz como un tren sin frenos. Pero estoy hecho de andenes vacíos, de pedazos de cine y líneas de canción. Me arrojo con Hart Crane a los tiburones; escribo cartas sin sentido a Juan Coqueugniot, y sueño cuando Marcelo Bianchi Urquiaga Coqueugniot, todos familia, me incita a soñarme en Cork, Irlanda, cubierto en mitos de color verde. La marihuana se evapora. Lo concreto es que me cago de frío y esta leñadora de lana no me protege. Estrujo la bolsita de té, le saco el postrero jugo. Con la taza me siento en lo que es mi lecho, comedor y livinrum y me acomodo lo mejor que puedo para la corta noche.

No puedo mantener esta vida, después de una semana de trabajo. Ya ni duermo. Si lo hago, duermo mal. Casi ni como, carbohidratos y refresco, chips. Lorgio demanda más y más. La gente que vive de día no comprende la nocturna. No lo culpo. Me recibió abiertamente, sin conocerme. Le he caído del cielo. Reza en las noches y quizá pidió por un interlocutor, que las interlocutoras se le fueron. Sé que trató de flirtear con mi hermana, cuando ella vivió en Falls Church. Pero Renée es puntillosa en sus elecciones y la oscura piel de Lorgio, producto del sol a la intemperie y castigo para los carpinteros y albañiles, la corrieron de asco. La piel latina curtida al aire libre brilla con lujuria sebácea. Dice Lorgio, hablando de su vecina, alucinando: levanté aquella gringuita a la vuelta de casa. Cómo le gustaba revolver el agua del colchón. Éramos felices, ella con piel de gallina y yo alquitrán. Pero papá vino, el suyo, y la extirpó de mi vida como un cáncer —yo—. Me acariciaba y juraba que ustedes los indios tienen la piel más suave del mundo, como de caballos. Y esa relación humano-animal que proponía me caía de perilla. Sin preguntas ni cuestiones de honor o celos, la recostaba. Lo miro ¿miente, sueña, desvaría? Otro trago y se ha dormido. Ya ni me quito las botas. La cerveza me ha entumecido y debo salir pronto. Afuera corre viento de nieve. Para qué hay luces si nadie busca camino. Parece Tiquipaya a las ocho de la noche, con las familias escondidas por si viene el kharisiri. La calle es mía, mía la ciudad y la parada de bus, la tormenta y la falta de dinámica de gentes. Aquí estoy, congelándome, y debo hablar con Waldo para trasladarme. Así no puedo.

En Kerry, hablo con Gustavo al respecto y me propone traerme todas las noches. Él entra a las dos y yo debería estar en su departamento a la una y media. Gracias, hombre. Pero se me hace inclusive más difícil. Igual tengo que salir al autobús, a las diez, hacer una transferencia en el metro hasta Clarendon. Allí me detengo en un Dunkin' Donuts para hacer hora, hasta que cierran, y tomo un chocolate con una masita rellena de frambuesa, mi acopio de calorías para vivir. Hace cuánto que no pruebo un asado. Si no fuera Carmen que me prepara mankakanka o guiso de fideo con trozos de carne, lo habría olvidado. De Clarendon y esté como esté este invierno, tengo cuarenta minutos hasta la Columbia Pike, por callecitas arboladas y sombrías. Acá se olvidaron los focos. No se los necesitaba. Por lo general ventea y el viento mueve los colgantes que los gringos dejan en sus puertas y en la noche suenan lúgubremente. Casas preciosas sin rastro de vida. Los árboles producen sombras; hay colinas y corro sin vergüenza porque solamente Cristo me observa y me asusto. Cada día. Recuerdo las películas de horror norteamericanas y reconozco su fuente: invierno, desolación, campanilleos que salen de la nada, de entre arbustos y edificaciones ensombrecidas por la vegetación. Para qué habré leído a H.P. Lovecraft; ahora me siento perseguido por sus fantasmas. Un ruido me hace mirar atrás; me doy la vuelta en vano. Figuras rápidas y gordas se escurren hacia las bocas de tormenta, cruzan por los jardines.

¡Mierda, los desmembrados cuerpos de Clark Ashton Smith! Años después sabré que eran mapaches. Tin, suena el metal, Freddy el desollador; tan, los secuestradores, violadores, caníbales, de la mitología popular estadounidense. Ya tengo veintinueve años y esto no es encontrarme con maleantes en Cerro Verde; con ellos hasta puedo sentarme e inquirir si costaría mucho llevarme en sus andanzas. No se compara con acuchillarnos por un túmulo de cáscaras y latas, en Caracota, con el rey de los barrenderos. Esta es otra especie de terror. Lo desconocido. El horror oculto en la suavidad burguesa. No sabes lo que anda detrás tuyo mientras tratas de llegar cuanto antes al hogar de Gustavo, prefiero ni mirar. Obvio los movimientos de la noche y sus ruidos, adelante, adelante, como burro con tapaojos. Cuando al bajar la colina diviso la escuela que hay enfrente del complejo de departamentos, me alivio. Cien metros más y heme tocando la puerta. A veces me hacen entrar; otras me piden que espere. Salgo al pequeño hall y me sumo en este medio tan distinto a lo que tuve. Mientras Gustavo toma su café, conversa con su esposa, me voy llenando de preguntas. Sin embargo no he de volver. Voy borrando Bolivia con las horas. Bolivia aparte de distancia es nostalgia, y mi pobreza no tiene valor de poética, quiere comer, sobrevivir, devorar a mis congéneres, tener mi cama, mi televisor, mi mano que tome un libro y se prepare un té, algo propio. Espérame, ya salgo. No me queda otra.

Decido trasladarme de casa. Cabezona, que tiene un trabajo fijo, y quiere añadirme su hermano, se compromete a rentar una. Al terminar North Monroe Street, si vienes desde el metro, te topas con un edificio que tendrá a lo sumo ocho departamentos, construido en el estilo colonial de Virginia ladrillos rojos. El departamento de abajo, a la derecha. Un dormitorio, para mí. Cabezón se acomodará en el living, con una gigantesca almohada para aguantar su crecida testa. Lidia vivirá pronto, su cama y su closet, en el mío dormitorio. La renta no incluye sexo, y lo sabe.

Lorgio, me voy. ¿Por qué, infantil, no te sientes cómodo acá? Me da pena; conmigo se irá la charla, la casa volverá a su condición de nicho. Sí, hermano, estoy muy confortable, pero me cuesta mucho llegar al trabajo. Sabes que Gustavo vive a cuarenta minutos a pie, de donde estaré. Podré dormir más, una hora al menos. Te agradezco. Le diré a Omar cuán importante fue tu ayuda. Miro su calva, suda. Lorgio accede a la realidad, vendrás a veces, podemos ir a jugar fútbol... aunque sabe que la bolivianidad de este rito me llega al huevo. Me enferma reunirme con otros como rutina obligatoria. Si quiero voy y la mayoría de las veces no quiero. Lorgio me llevó de un lado a otro buscando trabajo. Me presentó a un amigo suyo, paceño, que era foreman en la Miller, empresa constructora. No le costaba nada darme trabajo. Antiguo ilegal que me aconseja lo imprescindible de tener papeles mientras nos muestra su Peugeot rojo último modelo. Pasen y destapa unas cervezas, sin vaso para beberlas, al estilo de Estados Unidos que para este mísero lunfardo es el único válido. Con gran orgullo nos presenta a su esposa negra de Puerto Rico. Amaga ser grandioso ante el pobre cochabambino recién llegado. Me bate en la cara la extranjeridad de su esposa, como quien dice pobre diablo tú que no podrás tirarte a una ciudadana. Me guardo Polonia, España, Francia e Inglaterra. Me callo la memoria de mis mujeres de Italia, Suiza y Portugal, y observo el modelaje de la humilde borincana que bate menjunjes de plátano y arroz en la cocina. Me da rabia. Enciende el televisor. Se juega el Super Bowl entre los cuarentainueves de San Francisco y los Bengals de no sé dónde. 1989. Ni me interesa ni lo entiendo. El foreman en orgasmo alaba las bondades del fútbol americano. Otro punto que lo hace superior —en su opinión— a mí. Y de trabajo, nada. No, ni lo sueñes, sin papeles no puedes trabajar. Cuando los consigas, búscame y te conseguiré algo. Pobre hijo de puta. Pero callo porque parece que a Lorgio lo asombran los pequeños logros de su paisano.

Una soleada mañana agarra la camioneta, me presta unos tennis shoes y vamos a jugar racquet con otros connacionales. Uno alto, de bigotes, es el dios de esta multitud de cinco perros. Tiene, aparentemente, su empresa constructora. Con displicencia me asegura trabajo para mañana a las ocho ¡en punto porque esto no es Bolivia! en Union Station. ¿Sabes cómo llegar? Sí. Tomas el metro. ¿Sabes qué es el metro, un tren subterráneo? Conozco los metros de París, Madrid, San Pablo y Buenos Aires... Hace como que no escuchó y me detalla la invención moderna del tren subterráneo. Los bancos de madera del de Buenos Aires tendrían cincuenta años, lustrosos por el roce del mundo. Bajaba en la plaza Miserere y leía bajo los árboles de hoja caduca. En Madrid pienso que hubiera sido más rápido caminar... Luego de su explicación ahora juguemos y no te olvides a las ocho yo te daré una mano no te preocupes, hijo. Hijo serás tú, hijo de puta, pero silencio en la noche ya todo está en calma. Aferro la raqueta y me sorprende que tenga idea de este objeto. Siendo que vengo del polo, de la intemperie, del pretérito, desconoceré el pan, la bicicleta, la pelota ¡ah, rebota! No me explico ¿goma? ¡Ah, goma! Ah, la dicha de encontrarse en el extranjero con compatriotas que me llenan de nostalgia... A las ocho en punto estoy donde me dijo, en Union Station. Camino por arriba, por abajo, hasta las diez y media de la mañana y no veo ni al empresario ni a sus trabajadores. Llamo al teléfono que me dio y dejo mensajes, cada quince minutos. Me voy en tren hasta Silver Springs, decepcionado, deprimido. Hasta Virginia Square. Ando unos pasos y Carmen, como siempre, me abre la puerta al afecto, a la comida, a la risa. Al atardecer aparece mi primo y entre los dos nos vamos a lavar ropa y comprarnos un doce de cerveza. ¡Pobre Lorgio! Deseaba hacerlo bien y las cosas no salían derechas. Cuando conseguí lo de Kerry, no lo molesté de nuevo. Y no quería ver a otros de la misma especie que sus amistades, príncipes, embajadores de la República de Bolivia, maharajás de Punata y Cliza, señores, dadores de vida y de trabajo, alcahuetes.

> *Negue o seu amor o seu carinho*
> *Diga que você já me esqueceu*
> *Pise machucando con jeitinho*
> *Esse coração que ainda é seu*

Ya para entonces en quien pensaba me habría olvidado. Y en dos pensaba, obviando los años que las diferenciaban. El piano de Chucho Valdés, con la voz de Cesária, tienen el don de retrotraer la tristeza, el disgusto. ¿Y en qué piensa un hombre así acabado? En su mamá, claro. Y después de su mamá, en Francine, en Erika, Elisabeth, Gloria, Marinette y los nombres se tejen como un arcoíris alrededor de mi pena. No hay principio. No hay fin. Y muestro la boca mojada, todavía marcada por tus besos. Traduzco la canción. En el metro tocaba los labios con la lengua donde no había rastro de beso. La cerré, mejor porque no me había lavado los dientes y menos desayunado.

XXIX

Hice amigos. Entre pobres a veces no hay recelos. Los negros me aceptaron. Me llamaban Hispanic Joe. Joe equivale a hermano.

Uno de los blancos que trabajaba allí era Frank Williams. Frank había servido en helicóptero en Vietnam. Se negaba a ver el Apocalipsis de Coppola. No quería recordar y menos que un señorito intentara descifrar la hermandad de la muerte. Aquí estoy bien, repetía, mientras nos ayudábamos a bajar unas cajas de pepinos.

El trabajo terminó temprano, como a las seis. Vamos a casa, invitó. Tomamos un bus que nos llevó al borde de Maryland. Barrio mixto. En un sótano desarreglado y pobre, Frank mostró fotografías. Soldado feliz, entre mujeres con líneas por ojos. Aquello cambió. Una esquirla de granada en medio de la columna, flotando entre el movimiento y la parálisis, hace de medalla. No tuvo la gracia, la honra, el honor según mencionan de hacerse herir en el Tet o Saigón. Una pieza salida del arrozal, anónima, sin disparador conocido se le incrustó. Lo enviaron a Japón en convalecencia. En el país se hizo esposa e hija en menos de un año. Las dos japonesitas Williams. Luego Maryland, la visita a los padres. En menos de otro año se le fueron y no las ve. Huyó a los bosques. Su esposa se hizo lata de conserva, la hija sleeping bag. Barba y mugre. Observar el mundo desde el matorral. Beber, más que cuando estaba casado, dicen que por eso se fue la hembra. Fuck her and fuck the baby. En la licorería nos compramos botellas de Canadian Mist. Al sótano, bosque urbano, donde no nos ven. El invierno arrecia, truena. Pasos rápidos cruzan la ventanilla. Frank enciende el televisor. Quítate las botas y me alcanza una botella mientras se queda con otra. Mañana, esta noche en verdad, no hay trabajo. El televisor suena con demasiado volumen. Frank mira mis medias rotas, roja una otra azul. Se levanta, abre su cómoda y saca un atado de medias de soldado. Me quedan de Nam, se disculpa. Para ti. No las necesito. Agarra tu botella y abrígate. Ya por media botella escuchamos los cañones.

Cuerpo a tierra. Se escurren por las sillas, mira sus camisas oscuras. Me parapeto detrás de la mesa. Alcanzo dos pares de medias y me las pongo porque corre el monzón. Lluvia y viento helado. Dónde quedó mi pistola. Veo la botella. Por lo menos, como en Rulfo, si me embebo no me dolerán las balitas. Una propaganda en el televisor trae la calma. La voz de las muchachas que sacan a pasear a sus perros ha ahuyentado los fantasmas amarillos, chiquitos, cubiertos, gritando en su jerigonza inmunda. Nos sentamos. Licor vacío, venga otro. Me tiendo en el catre de campaña. Sé que los vietcong se arrastran debajo. Dejamos la televisión encendida. Ella nos protegerá de intemperies, selvas extrañas, enemigos y mujeres que siempre nos abandonan. Ojalá que no vuelvan.

Frank Williams está viejo. Despierta tarde. Le invito un steak and eggs en el dinner de la esquina. Felizmente cobramos. A media mañana tomo el bus hasta el metro y voy a mis últimos días en lo de Lorgio. Estoy confundido. Me duele el alcohol. Pienso en el tío Ho, sus memorias de la cárcel, las chicherías de Cochabamba y nosotros dale *Ho, Ho, ¡Ho Chi Minh!* Las sociólogas se frotan de placer. Y entre trago, política de bar, poses y aureolas de genio, a follar. ¿Qué hacía revolcado en el piso de Frank? ¿De dónde venía el ataque? Lo peor: estar desarmado. Y la humedad. Y el compañero apeñuscado en una esquina, protegiéndose con un lápiz. Frank no duró mucho. Faltaba al trabajo y los Kerry, patriotas americanos, lo despidieron. No sirvió que les dijera que necesitaba esos pesos, que los días que venía trabajaba bien. Ya no, Frank, ya no nos sirves, ni para otra guerra. Cuando lo recuerdo, sin pensión ni esperanza, se habrá suicidado ya, observo al joven Bush con asco. Trata de caminar erecto, soldado que nunca fue, y hace el saludo militar y sigue con la cháchara de que es en el interés nacional del Estado de Israel que el ejército norteamericano de Israel en los Estados

Unidos remueva del poder al otro cabrón, Saddam. Si son iguales. Debieran caminar de la mano por las arboledas de Dumbarton Oaks, tener altas conversaciones cargadas de retruécanos y rimas. Malaca, dice la canción de los criminales griegos, antecesora directa de los narco corridos mexicanos; malaca decían Ronald y Fernando que habían tenido patrones griegos, malaca y salud en cualquiera de nuestras tardes del pasado bebiendo en D.C., Alexandria o Arlington. Malaca los hijos de puta, araca la cana.

Frank se fue. Odié a los excombatientes de Vietnam y he aquí que a Frank, y a otros después, les cobré un genuino afecto. Su desencanto de la realidad era el mismo mío en pensamiento. Y nos juntamos a beber, rodeados de los amigos negros, veteranos también algunos. Los trenes que pasaban por Kerry Produce Company no tenían para nosotros destino. No olvidé a mis padres, ni América Latina. Los salvadoreños de las empresas vecinas venían también marcados por la guerra. Soldados huyendo de matar. Hoscos, pequeños y crueles, deambulaban por el mercado, fumando marihuana en sus autos cerrados. Un mismo idioma no nos hacía iguales. Mejor con Frank o con Rosselle Houston que con cualquiera de ellos. Había una sorda lucha por el poder entre los negros y ellos. Se hablaba de machetes que cargaban en los carros. No se los veía comiendo barbecue en la tienda del coreano for lunch. Se arremolinaban alrededor de las mujeres que les traían tamales calientes. Su líder, sargento del ejército salvadoreño y seguro asesino, trabajaba en la compañía de al lado, produce también. Se enemistó con un negro joven que no sucumbía ante su gracia de matón y se agarraron a puñetes en los docks. El negro lo mandó al hospital, no era lo mismo que lidiar con mujeres y hombres amarrados ¿no, sargento?

XXX

La guerra se cierne sobre mis hijas (me casé en 1990). Cheney, Rumsfeld, Bush, no saben qué más hacer para convencernos, convencerlos, de que sí vale la pena invadir Irak. Lo único que crearán es más Talibán, más combatientes islámicos "adormilados" esperando el llamado de Alá para desperdigar la guerra santa y obligarnos a usar velos. La irracionalidad del dinero, la ambición y el poder. Líderes sarta de impotentes, el de Irak, el de Washington, el de Uzbekistán. La batalla como extensión de su pene. Igual a los hombres, tan comunes acá, entre cuellos rojos y mexicanos, que no existen si no tienen truck, troca y botas, y sombrero. Visten de fajina, de camouflage, de cazador, cuando debieran andar en cueros, o en pelotas si les parece. El sol rojo que los últimos días flota sobre Denver presagia mal, el mismo sol de Polonia en el siglo diecisiete, sobre los campos salvajes, la estepa, rojo de sangre. Y no lo ven. Y los astrónomos tan callados haciendo sus cálculos no predicen nada. Un aerolito chocará posiblemente con la tierra en 2019. Para entonces no habrá país, Estados Unidos caerá en el insalvable declinar del imperio. Y el pobre Leonardo Favio, tan sujeto al drama —y tan querido— solloza que no puede olvidarla. Y Ayn Rand, pobre mujer genio, dice que no necesita a nadie, nada, y cuando le alcanzan un miembro macho se aferra a él y del vigor de las infladas venas saca la fortaleza de escribir, reportar su pensamiento hasta que se convierte de nuevo en sola y amargada —y fea— rusita desamparada bajo la nieve del país que nos envuelve a ti y a mí.

XXXI

Necesito que Cabezón, mi hermano, viva contigo en Monroe St. Yo vendré de vez en cuando. ¿Y dónde estarás, Cabezona?, le pregunto. Ahí, en la iglesia, en casa de esta señora que quiere que le cuide los lebreles. Inclina su cabeza y hace un gran charco de sombra en el piso. King Kong, pienso y callo. Amiga de mi hermana, Cabezona se pegó a mí. Cabezón sería demasiada carga para ella ahora que comienza a conocer el amor estilo filipino, con mangos y shorts hasta la rodilla.

Cabezón se hace al serio. Saca plata del filipino porque del cuñado, en Bolivia, no sacó más que patadas. Bueno —digo— compartiremos la renta. Con Lidia después será bueno, seiscientos dólares entre tres.

De mañana, Germán Cabezón va al restaurante. Come más que trabaja pero no me compete el asunto. Los domingos en el auto del filipo nos vamos al campo. No era mala persona el oriental, joven para la madura cochabambina, fruta del valle a punto de caer, por peso y por color.

Chris McDonald, la vecina de arriba.

Quiero aprender de memoria con mi boca tu cuerpo muchacha de febrero y recorrerte con la lengua mientras con el pie pateo al maldito gato que me rasguña el talón. Cómo explicar que no te quiero pero que seas mía ahora aunque luego nunca. Ay si pudiera tener tu pecho como helado de limón; acariciar tu pelo no me interesa, solo dormir mientras callas y me das la oportunidad de seguir viviendo con un poco de placer. Quiero aprender de memoria las líneas que me permitirán seducirte, que caigas en mí y te recorra, después de cerrar la puerta para evitar la pérfida mascota.

Pero, aún soy muchacho, intento ahorcarte porque no me das el gusto de tus calzones caídos, porque me molesta que me llevaras a un restaurante chino barato, porque te mira el de abajo. Así pierdo tu compañía. Luego del altercado con la policía, aquella noche salí como siempre a trabajar. Tormenteaba de lo lindo. Había caminado una cuadra cuando gritos aterradores. Me doy la vuelta y como a una cuadra veo venir, tambaleante, un tipo grandote agitando los brazos. Me aterroricé, visión de pesadilla. No pedía ayuda ni socorro. Algún demente de la noche en el silencio más horrible de la vida, y la nieve ya encima de los tobillos. Corrí mientras —supuse— el otro corría detrás mío. Ya conocía las calles y entré por las más oscuras. Lo vi pasar por la esquina, con un largo abrigo café y barba. El rostro descompuesto, buscando, vampiro invernal, la sangre ajena para hacer de blanco rojo. No oí sus pasos perderse porque caminábamos sobre un colchón de nieve acumulada. Me alejé hacia la izquierda, desviándome de mi camino. Cuando llegué a la casa de Gustavo me pidieron que esperara, que ya terminaban el café. Y nos fuimos, lentamente porque el carro resbalaba, hasta las sombrías pero ese día luminosas calles del mercado de Washington.

Los últimos días, antes de saber que nos expulsaban del departamento por alteraciones de orden, Waldo me regaló su bicicleta. Tenía solo un pedal, el izquierdo. Con ella ahorraba buenos minutos yendo a casa de su primo para ir a Kerry. Pedaleaba fuerte con una pierna y agarraba el mismo pedal con el empeine para darle impulso. Complicado pero no había otra. Apoyaba la bicicleta en la pared del edificio y la dejaba hasta el día siguiente cuando después del trabajo la buscaba para poder movilizarme esa noche. Me caí fuerte, al bajar una colina de hielo. Dejé la puta bicicleta para siempre frente a una iglesia en penumbras. Al día siguiente, en otra tormenta, Gustavo no me abrió y tuve que llamar un taxi para llegar al mercado. De allí me independicé.

Conseguimos con Cabezón y gracias a Waldo un townhouse en la calle paralela. Para el traslado llegaron Mirella, Norma y Ronald en auto. Pero no tenía nada. Les mentí que los del departamento de evicciones habían tirado todo a la calle. Abrimos las últimas cervezas. Era día de asueto y entramos al nuevo departamento sin electricidad aún y bebimos hasta el sol.

Unos días más tarde llegó Julio. Él ocuparía uno de los dormitorios arriba; yo el otro. Cabezón en la planta baja en el living. Nos hicimos de un destartalado sofá que hizo de cama para él, para él y Billy Idol.

Llamé a Erika al día siguiente. Ronald estaba de visita. Bastante cerveza alrededor, las dos de la tarde. Te amo, te extraño. Estoyenminuevacasacuandovasavenirporunpardesemanastemandoelpasaje. Carlos, amor, no me digas tantas cosas juntas. Pásame con tu amigo ya que quieres que hable con él y lo conozca por teléfono. Sí ¿Ronald? qué gusto, Carlos habla tanto de ti. ¿De Cochabamba, ah, y cómo apellidas? ¿Arandia? No me digas que eres hermano de Ramiro Arandia; no puedo creerlo, Ramiro fue mi gran amor, lo conocí en la peña Arawi en La Paz. Un artista, Ramiro esto y lo otro, y no pertenezco ya a esta conversación. Me deprimo, seco una botella, quisiera a Leonardo Favio, no debo burlarme de los sentimientos. Agarro un papel y pongo el título del primer texto de un libro que publicaré en 1991: *Carta a Joan Baez*. Deseo poner celosa a Erika que ni sé si alguna vez lo leyó en el futuro. En primer lugar no lo sabe, segundo, se ha enfrascado tanto en las reminiscencias de Munich que mejor me marcho yo de aquí pero como estoy en casa no me marcho nada sino que memborracho.

Ronald corta, feliz por su hermano, porsigo mismo. Ronald, no hablemos del asunto, no vale la pena. Mira lo que recibí en el correo. Abro el paquete de los primeros cds:

lo mejor de Bob Dylan, Fleetwood Mac, Yes, The Who, The Birds, The Eagles, doce discos en total. En un par de horas ya no podemos. Las botellas que se queden en el piso. Se acuesta con una frazada al lado de la pared y yo dormito hasta que el despertador me levanta. Cuando retorno al día siguiente, Ronald está en el teléfono, conversando con Fernando, que ya viene. Hasta que llegue permíteme dormir. Al mediodía comenzamos de nuevo. Fernando trajo dos cajas de latas que se acaban. Ya llega la hora en que Waldo sube por Monroe desde el metro. Allí, antes de llegar a su casa, lo decomisamos y lo emborrachamos con nosotros por varias horas. Sin comer a dormir otra vez. El despertador, caminar a Virginia Square, transfer en Pentagon y hasta Union Station. La cabeza me revienta y la sed. Sudo como loco y me envían a eso de las cinco de la mañana de ayudante de Joe Day, A Maryland y al Sheraton Washington. Joe para varias veces para echarle un sueño que aprovecho también. Saca crack y lo prepara. No hoy, Joe, gracias, y me compra un six-pack de Bull. Regresamos a Kerry casi a mediodía. Joe me acerca al metro y llego para encontrarme con los amigos que se aprestan a salir, ellos trabajan igual.

Germán se mueve como un fantasma con su indecente cabeza. No critica la venida de los amigos. Disfruta la cerveza gratis y aprovecha para comerse mi comida porque él no compra. No sé cuánto gana ni me interesa. Pero de vez en cuando debiera traer cosas. Soy mayor que él, su modelo probablemente. La hermana asoma como cuentagotas y dice estar muy bien. Seguro.

Julio llega de Filadelfia. Tiene papeles falsos hechos con gran profesionalidad. Cabezón y yo tenemos visa de seis meses y un seguro social que dice que no podemos trabajar. En Kerry solo di el número. ¿Cuántos dependientes? Cinco. Pero cómo cinco si eres soltero. Tengo gente a quien mantengo.

Bueno, es asunto tuyo con los impuestos. Ciento veintinueve dólares por semana, después de los descuentos, pocos por mi gran número de dependientes. Germán, imberbe todavía, creo que gana menos, declara cuatro dependientes.

Llevaré a Julio a Kerry. Cabezón no quiere trabajar de noche. Además, en el restaurante se pone sobras en los bolsillos (los ha forrado con plástico) y come todo el día aunque el strogonoff chorree por sus pantalones. En el baño de nuestro townhouse se para de puntas ante el lavamanos y va arrojando las migas y restos allí. Sus pantalones huelen como un bazar internacional. Su fiesta son los asados que compro. Nos sentamos y se pone a verborrear sobre sus hazañas juveniles en Cochabamba. No tengo otra cosa, muchas horas y días, que Cabezón y por lo tanto lo escucho distraído.

XXXII

Aparte de los hermanos y padre Kerry, la empresa contaba con dos managers del depósito: Chris Brown, un negro claro que en principio creí mejicano. Yo no sabía qué mierda eran english cucumbers, pepino sí, pero inglés, no. Chris Brown se refugiaba en aquel momento en el refrigerador 1, el más próximo a la salida. Chris, dónde están los pepinos ingleses, por favor. En el cuatro. Me los puedes mostrar; sé que son cucumbers pero estos son nuevos para mí. Mira, siempre están envueltos en wrap, y son más largos y delgados que los regulares. También les dicen european cucumbers. Gracias, Chris. No problem, babe. Y me alcanza el puño cerrado. Le choco el mío y luego él golpea de arriba y viceversa, siempre con la mano cerrada, un vínculo de hermandad. Sonríe. Los ojos además de luminosos no están fijos en nada. Fuma en la soledad de los freezers, abandonado a las cajas, apoyado en frutas, rodeado de aroma de albahaca y orégano fresco. Viene de Baltimore, no como la mayoría de los otros morenos, del sur. Al pasar me señala el dedo. Unos negros cierran el puño y levantan el antebrazo como haciendo pulseta. Saludo entre iguales. Lo aprendo y con mis amigos lo practico. No con Joe porque se ríe y dice este motherfucker is becoming a nigger, watch out! Fuck you, Joe, y meta a preparar la orden para el hotel X de Maryland. El otro manager se llama Kevin Trebacz, blanco perezoso de origen polaco. Como se droga con los Kerry le permiten muchas cosas. A las dos, cuando ya el depósito debe estar listo, tienen que subirse a las cajas de Idaho potatos y despertarlo. Como yo debo llegar antes para no perder el último metro, me ofrezco a preparar el warehouse personalmente. Entre medianoche y las dos dejo el lugar listo para el despegue. Pongo tres pallets de lechuga iceberg, que es la que más se vende, adelante. A su lado un pallet de green leaf, como vi hacerlo. Papas y cebollas alineadas contra las paredes metálicas de los refrigeradores: russets, number one, B size, burlap potatos que son papas en talegos como las que usan para zanahorias en Cuchu Punata, Bolivia, bajando de Tiraque al valle, debajo del puente, las casas de adobe amarillento donde el sol descansa relajado en las paredes. Agua turbia y eucaliptos agachados al viento. Se saca de las conservadoras lo que se vende en cantidad y rápido. Se mantiene dentro lo que puede quizá salir. Hongos de primera o segunda, en canastitas de madera, se juntan a las cebollas. Piña de Hawaii, pequeña, y de México o Centroamérica, más grandes, bien cerca de la puerta porque vuelan. En realidad no hay puertas sido persianas verticales de grueso plástico transparente. Cuando se levantan las cortinas metálicas que dan al exterior, quedan estas mismas cortinas para evitar que el frío salga, o, en invierno, que penetre la helada. Cargando los camiones hay ventisca y la sensación térmica es de casi veinte grados bajo cero. Dentro de los refrigeradores se mantiene un poco arriba del punto de congelación y uno puede estar actualmente sin camisa allí. Bañados en sudor nos refugiamos para refrescarnos. Y para salir, abrigo encima, un gorro negro de conejo, estilo ruso, que compré en downtown, y soy otro mujik que se rompe el lomo en las negruras de la historia.

Para pagar el cheque guardaban una semana, como seguridad. El primero fue de 129 dólares, una miseria. Y sin embargo, como declaraba cinco dependientes, mejor que lo que en verdad debiera ser. Al llegar al departamento robaba continuamente el Washington Post del vecino. Allí había visto en una tienda famosa, Marc Jeffries de la capital, abrigos en oferta. Fui. Ya tenía cuenta de banco con cheques provisionales hasta que llegaran los oficiales. Tenían bellísimos abrigos en ochenta y nueve dólares, con precios que subían a doscientos. Me gustó uno británico, azul, hasta las pantorrillas. Tres botones al frente, muy sobrio. Pagué con cheque y esperé que confirmaran sus fondos. Lo llevé puesto. Como siempre, me había engominado y con el abrigo parecía un Maigret cobrizo bastante respetable. Tanto que hasta un policía que subía las escaleras automáticas del metro mientras yo descendía, me saludó. Salimos con el infantil de Lorgio, noche libre de sábado, al mall de Springfield. Lorgio buscaba persianas para el ventanal del condominio. Encontró unas color crema. La vendedora sonreía porque en ello le venía el sueldo. Infantil, me pidió Lorgio, háblale en francés —había, creo yo, que ocultar de algún modo nuestro origen indoamericano y quizá, por la lengua, simular un afrancesamiento inverosímil—. No lo hice; no jodas, Lorgio. París del ochenta y seis formaba parte de otro espacio que no quería transferir. Nos fuimos a bailar. Cuando entramos, no comprendo cómo, en la penumbra, Lorgio divisó a un tipo que llevaba los mismos zapatos nuevos que él. Se acercó al grupo, y gentil vallegrandino, le tocó el hombro para indicarle que tenían los mismos calzados y que dónde los había comprado. Satisfecho consigo mismo y a despecho del rictus de asco del gringo, sacó a bailar a una vieja y alternaron unos oldies for a while. No me animaba pero al fin quieres bailar conmigo, a la amiga joven de la pareja vieja de Lorgio, debajo del abrigo azul, el agua del cuerpo había hecho surcos que parecían ríos. Tarde ya para sacarlo, la camisa semejaba cargar con diez globos de carnaval. Felizmente me rechazó, tal vez porque me secaba el sudor de las sienes con el novedoso abrigo inglés. Me compré una cerveza, cuando digo una significa una, cinco dólares, y la deleité hasta la sequía indescifrable. La vieja vio a Lorgio embalado, el hombre de los zapatos lustrados giraba como un derviche cruceño y gentilmente lo hizo a un lado; vámonos, darling. Lorgio quedó, como quien dice, con el pájaro en la mano. Me invitó un trago más y nos subimos a la Nissan gris rumbo a casa por las oscuridades de los roads de Virginia.

He vuelto a Springfield una vez más, diez años después, para ver a mis amigos Jimmy y Julio constantes en su vida de penumbra. De Lorgio no supe más, sino unos chismes que no escucho. Las cosas cambiaron. Arlington y Alexandria que en algún momento remplazaron a Cochabamba —uno encontraba hasta a sus enemigos en la calle; los Condenados paseaban cadenas con el mismo desparpajo que en el Prado; los de la calle Uruguay jugaban fulbito sin que tiempo y espacio se hubiesen alterado, las salteñas sabían casi igual y en el Cecilia's, alguien de Generación 2000 había instalado un sistema de video en el baño de mujeres para verlas cagar, el súmmum de la escatología, cosas de músico dirán aunque los federales no piensen igual—.

XXXIII

Con Cabezón no siempre fue mal. Hijo de gente que se hizo rica vendiendo chicharrón de perro, denles can por puerco, llegó escapando de un parimiento. Parece que embarazó a —supongo— una mujer, uno ya ni sabe lo que come, y lo que afirman ser no es. Su padre quería que se fogueara en la vida, para regresar y hacerse cargo de la chicharronada. El descubrimiento de pozos y baldíos llenos de cientos de calaveras de este animal, frustró negocio actual y futuro. En Cochabamba hay más perros que hombres; a veces los que deambulan por el sur o el río, devoran niños que sus madres abandonan para ir a lavar ropa en las aguas servidas. Eso solo aumenta su sabor y quién come a quién ya ni importa. El siglo veintiuno retorna al canibalismo y unos devoran a otros sin más, ni preámbulos para que los yanquis asfixien prisioneros Talibán en containers bajo treinta y cinco grados de temperatura, Celsius, ni que los afganos supuestamente religiosos vuelen Budas de piedra que no son más que piedras deformadas, representación de nada, ni nadie, ni Siddhartha o Mohamed, polvo sí, innúmero, volando sobre la pobreza, metiéndose por debajo de los faldones en el culo y ni agua para bañarse.

Cabezón llegó a mí, me lo mandaron recomendado, y pasaba la vida entre trabajar, llenar sus ropas de comida, escuchar a Billy Idol y robarse los asados que con gran sacrificio Carlos compraba.

Waldo lo colaboró mucho, le regaló una radio, un televisor. Amigos hasta que Waldo tontamente hizo un comentario gratuito sobre lo "buena" que estaba Cabezona. Germán Cabezón lo empujó, quizá con razón pero era mi primo —Waldo— y lo defendí. La relación se deterioró. Carlos, necesito ir a putas, le dice un día. Qué tipo de putas quieres, blancas o negras. Mejor blancas, hoy, ayer comí pollo, dark meat. Alístate y toman el metro. Anochece. En la calle catorce, las muchachas caminan de un lado a otro, algunas gastan sus ganancias en el McDonald´s local en cuya puerta los negros chulos persiguen con sus blanquísimos ojos al cliente para entregar sus "hermanas", ella no trabaja aquí, man, vino hoy por la necesidad que tiene de alimentar a su mamá enferma. Te aseguro, limpiecita, como que es mi hermana y la vi crecer y jugábamos en las aceras de southeast ajenos a esta puta miseria. ¿Y tú entrarás, Carlos? Por qué no, pero vamos juntos, Cabezón ya que la última vez me asaltaron. Junamos dos blanquitas, de unos veinte, caminando juntas. Una toda de negro, ya casi primavera, medias de telaraña, cabello negrísimo como de la Addams Family. La otra petite, rubia y con bella nariz. Cabezón la eligió. Mientras caminábamos al taxi, yo iba detrás, le noté las caderas intensas y le sugerí a Germán cambiar de pareja. A ellas les importaba un carajo, primero la plata, amigo, understand? Tetas al aire diez dólares extra, toda la ropa afuera, veinte más. La petite recibió los treinta que le pagué y se desnudó. Resulta que tiene una faja de palmo y medio de ancho y al quitarse aparece su vientre de pecado, un crío que duerme calentito en su interior. ¿Te importa? Sentimental no soy, y lo de la vida humana y mierdas no me tocan. Me da algo de asco, me quita el hambre. Te das la vuelta y listo. Así mi paisaje son las corvas y cuando termino me ajusto el cinturón y entro en el espacio donde Cabezón monta. Su trasero peludo sobresale del piso. Vámonos, hombre. Ahorita. Un cuarto grande dividido por cortinas como las que separan las camas de hospital. Cuatro parejas pueden copular al mismo tiempo. Cabezón se retrasa con que dame un besito, chau, y lo mandan a jalar.

Ese fue el momento más cercano de nuestra relación. A pesar de ser marzo, luego de la calentura, afuera corría fresco. Ya abrigados caminamos calle abajo para ir a tomar unos tragos al Connection, el bar de Ronald.

Con el asunto de Waldo nos distanciamos. Fancy Terán, amiga de mi hermana y mujer que me ayudó a establecerme en Virginia, me llamó porque quería presentarme a una francesa. Le dije, Carlos, que hablas francés, viviste en París, cocinas e idolatras a Balzac y a Nerval. Y desea conocerte. Está sola y le gustaría tener un interlocutor. Fancy me había llevado a Tysons Corners para que consiguiera mi número de seguro social. Que sobre él estamparan not valid for employment no tenía peso. El número me sirvió para trabajar, hoy, ya hábil para employment, lo continúo usando. Así saqué mi primera tarjeta de identificación, polera negra, mirada de halcón, menos de treinta años y pura vida.

La francesa pasó a buscarme en un Toyota blanco desvencijado. Fuimos a comer. Venía de la región del Loira y en la capital de Francia tuvo un tórrido affaire con un nativo de la "gran" ciudad de Punata, en Bolivia. Punate es bella, según Marcial. Sus bulevares y avenidas salen a los pueblos del valle. La feria de Punate no tiene par. Qué le contaría, y en qué situación, Marcial de la ciudad de Punata, que la muchacha necesitaba ligarse al recuerdo de Bolivia como fuere. Ahí estaba yo, disponible, con trabajo fijo, maduro, soltero, de una ciudad menor, Cochabamba, pero vamos. El Connection tenía que ser siempre la cita oficial. Mario Arandia nos recibió en la puerta, pasá, Carlos, señorita, sin cobrarnos. ¿Los conoces? Amigos viejos. Ronald mandó dos cervezas para relajar. La francesita se desesperaba por bailar, pero no le hago ni a salsa ni merengue. En la pista se podía reconocer a los bolivianos, tiesos entre los malabarismos de los centroamericanos y caribeños. Simplemente no estaba para el ridículo y me dediqué al charme de la conquista. Su interés en Carlos era más bien lejano. Sus ojos cafés rastreaban las caderas de los bailarines y le concedía a ratos una sonrisa. Consumía, claro, alcohol a la cuenta del hombre. Cuando llegan Lorgio y Cabezón, ya chispeados y se sientan en la mesa. Al rato siente unos pies que le tocan las pantorrillas. Mira disimulado y es la francesa que busca los pies de Cabezón. Carlos se da cuenta que los zapatos que lleva este son los mejores suyos, y lo hace a un lado esos son mis zapatos de lujo, Germán, por qué los estás usando. No tenía otros para ponerme; no se disculpa. Carlos hierve. Cuando Cabezón va al urinario, pide a la francesa bailar. No quiere. Le pregunta acerca del toqueteo de pies y ella responde que Cabezón le recuerda a Marcial, tienen el mismo toque labriego, y los mismos pies que en ese instante deforman sus zapatos. Con él me quedaré, si no te molesta, pero viniste conmigo, ya somos mayores, déjate de pendejadas. Ya para entonces Cabezón está de regreso. Lorgio gira en *Cali pachangero,* ajeno al drama de amor. Esta puta se va. ¿Cómo? ¿Quesquetiudi? Tiudi o no tiudi te vas y la arrastra hasta la puerta, Mario, por favor, que la perra no entre de nuevo. La ve irse, humillada, tan lejos como nunca de ver Punate, subirse al automóvil y alejarse por la medianochera Washington D.C. Que sea la última vez, Cabezón de mierda, que usas algo mío, ya me cansó que te comas mis steaks, y sácate los zapatos o te los sacaré yo. Para evitar inconveniencias Lorgio decide llevárselo, descalzo, a su departamento de Alexandria, no lo quiero en casa. Ronald me alcanza una bolsa plástica que cierro herméticamente con mis zapatos dentro. ¿Te fue bien? —Fancy— Muy mal.

Nos fuimos a pique. Cabezón no retornó. Lo que podíamos pagar entre Julio y yo no alcanzaba. Decidimos otro traslado. Llegó la cuenta del teléfono y quedaban quinientos cuarenta y 3 dólares impagos de llamadas de Cabezón a su fértil amada. Los contacté, en un refugio de la iglesia donde se escondían de la ira de Dios. No pagaremos. Has sido un patán con mi hermano y clic terminó la conversación. Luego de infructuosos intentos por cobrar lo que se me debía, recurrí a una amiga común. Aseguré pregonar la historia del filipino y la creyendo que era soltera me la llevé al río, en Cochabamba. Si se entera tu marido... A los dos días recibí un sobre por correo con un cheque por la suma adeudada.

XXXIV

Entrevistan al escultor Richard Serra en Canal 12; en el 24 juegan Gustavo Kuerten y Marat Safin por el abierto de tenis de los Estados Unidos y voy de un programa al otro. De la victoria del brasilero a escuchar a Serra decir que si no hubiera tenido la experiencia de provenir de la clase obrera nunca hubiese podido crear su obra; habla de tecnicalidades de volumen, dureza y gravedad. El conocimiento de primera mano de los metales, el acero, le permiten acceder al arte con más simpleza y precisión que un advenedizo salido de la academia. ¿Obrerista? ¡Quién sabe! Pero lo consideran un gran macho hijo de puta, hijo de español de las Baleares, su obra se vende en cientos de miles —o millones— de dólares. Al principio no lo reconocí, y su ruda cara parecía más la de un beisbolista o un camionero que la de un escultor. En La Coupole, París, alternaba con Brancusi y Giacometti. Hablo de Serra porque veo en él a Lorgio. Una común pelada, los rasgos toscos, o quiero inventar una imagen distorsionada del amigo, positivamente. O porque me gusta que diga que del trabajo rudo de las manos y espaldas puede salir arte que a pesar de compacto o sólido tenga la delicadeza de lo bello. En Nueva Zelandia, un millonario le compró una escultura, pared de metal, que se extiende gran distancia en su granja, entre ovejas y pastos de colinas suaves. La escultura no se superpone a la naturaleza, se liga con ella y de lejos parece cúbica montaña que bien podría venir de Cézanne. Y Lorgio y yo, Carlos Flores, para siempre obreros, nos guardamos el arte dentro y hacemos un cálculo más o menos exacto de los gastos semanales. A lo sumo nos permitimos un baile mezquino en Springfield, y así y todo no somos tristes y nos gusta manejar de noche, al punto de la borrachera, por ese bosque interminable que es Virginia. Segunda ocasión que hay que trasladarse. Ahora me acompaña Julio. Por intermedio de Ronald conocemos a un paceño que dice disponer de dos cuartos. Su esposa es peluquera ecuatoriana y ejerce la profesión en su propia casa, ignorante de impuestos y normas. El hijo de ella, el paceño tiene muchos años menos, bordeará el bachillerato. Hay gente que dice que los indios son gente bella, de piel tersa y brillosa, pero este era como un trozo de alquitrán, lampiño y sudoroso. Despertaba la pasión de una pelirroja, condiscípula, que lo visitaba con frecuencia. Hola en la puerta y al dormitorio. Me asombra que mi novela derive constantemente en el asunto pero parece que la vida transcurre así, un saludo y a darle que el mundo se acaba. Si no hay otra cosa por las calles que animales que hablan. Cuando quise ir a Nueva York, antes de 1989, pregunté a una amiga sobre los días allí. El arte, ja, Carlos, te vas a encontrar con una maratón sexual, promiscuidad, primero el pene, después el arte. Tres boletos usados de lotería me afirman que no tengo un céntimo de más.

XXV

Historias de putas.

No fue solamente una vez que nos acompañamos con Cabezón, Germán. Ya terminaba el primer invierno. En la desolación del townhouse, incluso antes de que llegara Julio, no había nada qué hacer. Mi noche libre. Germán tampoco trabajaba el fin de semana. Con unos dólares en el bolsillo y mucha ansia de mujer. ¿Qué dices; otra vez? Bueno. A alistarnos, once de la noche. Al metro; conversar de cualquier cosa. Hasta Cabezón, y yo para él, era compañía. De la sociabilidad extrema de Cochabamba a la solitud extrema de Arlington. Consuelo de putas, eso necesitábamos. La teorización de lo fáciles que son las norteamericanas que hacen los que regresan de acá allá tiene mucho de mentira. Virginia, Carlos, será la culeadera. Y en verdad cuando duermo de día lo hago solo. Observo a Julio o Cabezón en sus habitaciones y hablan consigo mismos acurrucándose entre las frazadas para olvidar más el frío del alma que'l externo. Las putas, a despecho de Goya y de Moratín, refugian la pena del inmigrante. Calle Catorce, la paralela, los pasajes entre ellas. Nada que gustara, poco accesible. Decidimos ir al bar de Ronald. Al alejarnos nos cruzamos con un grupo y escogemos dos negras, una para cada uno, al precio usual de cincuenta, más el taxi y la cama. Unos pasos y se atraviesa otra negra bellísima, seis pies de alto e, increíble en este frío, con minifalda y bikini. Lo haremos a tres, si les parece. No tienen prejuicio. Cabezón desaparece por un pasillo de esas casas viejas de Washington D.C., altas, angostas, de atractiva y arcaica arquitectura. Las muchachas se alternan sobre mí. Soy un Cristo yaciente al que crucifican con sexos. Mientras una mueve el cuerpo rítmicamente y sonríe, blancos sus dientes en la penumbra, la otra acaricia el cabello, acerca una teta, hunde las tetas en los ojos, frota los pezones sobre el pecho sin pelo, sangre india que no puedo evitar, ni quiero. De pronto alguien grita en uno de los cuartos contiguos y una mujer que advierte, asoma la cabeza hacia nosotros, que hay que salir, vendrá la policía. Un poco más, demando, que los dólares van por el instante. Siento una mano. La negra que me muerde el lóbulo de la oreja mete su mano en el bolsillo de mi camisa abierta que no quité. Se la agarro justo cuando termino. Y queda ahí. Cabezón, a medio vestirse, se apresura en salir. Me robaron sesenta dólares mientras lo hacía. Felizmente la contuve, se hubiera llevado el resto. Me robaron también afirma Cabezón, no sabe cómo. El Connection tiene poca gente a esta hora, ya van a cerrar. Ronald nos alcanza dos Rolling Rock heladas en la barra, y dos tragos para estabilizar la cerveza en el estómago. Tomamos con premura, nos despedimos, y andamos al metro. North Pollard Street, donde está la casa, es una breve subida, a treinta metros del bar de la esquina, a cincuenta de lo de Waldo. La llave y cada uno a su pieza. La temperatura del termostato marca sesenta y cinco grados. Sin sábanas, únicamente frazadas, con calcetines, polera y pantalón. No se oye un alma, una luz que de cuando en cuando atraviesa la calle, automóviles donde la gente se mueve en busca de hogar.

Hoy no cambia, una parálisis de vida. Si no está la esposa, lucha en el momento con los niños de la escuela, cada uno con su tara, nueva o inventada, en Norteamérica; si no están las hijas, cada una en un aula no sé si aprendiendo pero pasando el tiempo, hay el mismo estatismo de aquella noche de Virginia, el domingo en Tenleytown, el parque de Rockville, Maryland. No se oye ruido alguno, parezco aislado en una burbuja con árboles alrededor. Aunque últimamente, la llegada de los inmigrantes con su bagaje de hijos, las mujeres que día a día pasan horas debajo de mi ventana hablando de las telenovelas que consumen su existencia, ha traído el tan extrañado ruido, que después de tanto silencio se hace demasiado, demasiado acordeón, exceso de asados cubiertos de chile, de latas de cerveza, de mugre arrojada alrededor, de rancheros que anhelan olvidar su español y rebuznan un inglés machacado a gritos, mírenme, yo no soy como los otros pinches, hablo inglés, mis hijos son Franky an Yony y traigo una troca del año con las ventanas cerradas, el penetrante olor a pedo de mi hembra y los Tigres del Norte, de paisano a paisano, todos juntos, mejicanos... por ahora.

Llueve. *Para qué quiero vivir con el corazón deshecho. Para qué quiero la vida después de lo que me has hecho.* Una hora atrás colgaba el teléfono. Yo quería hablar de nosotros y Erika comentaba la delicia del amor de Ramiro Arandia, haciéndome sentir lo pobre de mi cariño. Quién yo, sin vida o camino, sin rastro. Deambulo por Washington, parece que no valgo ni un recuerdo. Sin quererlo llego hasta la Dieciséis. Nada que hacer, la noche invita a putas. Tal vez la tristeza pero invita, ven, pasa, nada mejor que calor de coño. Paseo a las mujeres como vitrinas. Los billetes del bolsillo tienen el dominio del mundo. Ellos se pueden vestir de rubio, de panameño y húngaro, de Virna Lisi o Dominique Sanda. El monoliso sonriente de los billetes de a dólar sabe hasta donde alcanza su peluquín. Una muchacha negra sonríe y me gusta. Sencilla, no como las grotescas meretrices que juegan a condesas, me da la opción: amigo, cuarenta en cama y veinte en el callejón. ¿Cómo en el callejón? ¿Qué quieres decir? The alley, right there, behind the bar. Es tan simple, meternos en la calleja, a un lado un bar, al otro una casa vieja. ¿Preservativo?, pregunta. Esta noche juega la muerte en la soledad, hay epidemia de aids, sida, y no, le digo, sin condón, a la intemperie, escuchando el ruido de los autos, viendo pasar a la policía y alegrarme de mi burla. Ahí estoy, el pantalón en las rodillas, acariciando el cabello enrulado de una desconocida agachada frente a mí como idolatrando al dios del fracaso. Un neón de Guinness da luz naranja mortecina a los ladrillos maculados húmedos de donde ella y yo amamos cada uno quién sabe qué. Quizá solo quiere plata, ganarse la vida, pero entre su espalda, su nuca, sus nalgas que casi no veo porque hace oscuro y siempre negra, ella, le toco los hombros, en mis dedos gracias por el instante y aunque creo que llovizna hasta se podría decir que lloro. ¿Te gustó? Mucho, gracias. Y en nuestras vidas ella y yo veremos otra vez nunca más. Como en París, hambriento de asado y cadera, de comida y piel, cansado de subir las escaleras del Centro Pompidou porque no tengo fuerzas. *Vienne, 1880-1938. L'apocalypse joyeuse,* Gustav Klimt. Y yo que dormía de prestado envidiaba los almohadones barrocos del austriaco y acariciaban mis ojos como manos los senos tenues de sus mujeres. Entonces a la calle Saint-Michel, a refugiarse en brazos cuyo abrazo cuesta doscientos francos, los últimos, y unos que restan para tomarse un pastís, en la esquina de la rue Chauvelot, y eso que odio el anisado.

Se vistió, saqué veinte y se los di. Amiga, mi amiga esta noche para siempre. Y la bisnieta de esclavos se aleja, su figura entre las dos paredes, con el neón que la hace surreal, nuestra señora del socorro que viene cuando claman los necesitados.

Carlos entró a los Estados Unidos a fines de enero de 1989. Le dieron seis meses de visa de turista. Cuando iba a cumplirse llamó a Fancy. Se me acaba el plazo, Fancy, qué aconsejas. Quédate, es peor que pidas renovación, y salir hacia México puede resultar más grave. Y si voy a Canadá, a visitar a mi hermana. Quizá no te permitan entrar de nuevo. A partir de julio estaré ilegal. Así hemos estado todos, mi madre aún no tiene papeles y sin embargo guarda una cuenta de veinticinco mil en el banco. No hay problema; mira a tus primos, casi diez años. Si no te metes en líos no pasa nada. Piensa Carlos Flores cuán problemático es: mesas rotas de bares, sillas destrozadas en su espalda, la esposa del Awicho, chichero célebre cochabambino, que le incrusta una piedra en la frente, y él le devuelve el favor con un puñete de pintor que le dibuja ojeras en los ojos; el basquetbolista Covarrubias, de uno noventa contra su uno setenta y metámosle, qué mierda, a los puños, en el descampado muladar del parque arqueológico y etcéteras. Bajar del taxi y perseguir a los polillas en la plaza Colón, cuchillo contra cinturón, máscara contra cabellera, luchador aficionado, sabor de muerto.

XXVI

Las manos le dolían. Más que eso, no podía moverlas. Al despertarse parecía que se las habían cortado. A duras penas, lentamente, agarrar un borde de sábana, levantarse a fuerza de codos y piernas, correr al baño y abrir la canilla con los muñones para poner agua caliente. Remojar los dedos, frotarlos uno a uno, mano contra mano a pesar del calor. Y volvía la vida por el día, el trabajo. A la mañana siguiente, en el metro de regreso a Pollard Street, dormido y babeándose el pecho. Tirarse en el colchón sobre el piso. Desnudez de cuarto, ni un televisor. Varias horas para despertarse de nuevo inválido, llamar a papá mamá y decirles que creo que agarré artritis. Un año así, mejorando en el verano y después desaparecer el dolor nunca estuve no me acuerdo y hasta hoy doce años más tarde no volvió qué sería ¿artritis? o las manos universitarias que se cansaban de estirar brócolis congelados y berenjenas en cajas demasiado grandes para los handtruck de los peones.

Entre enero del ochentinueve y mayo del noventa no hubo televisión. Ni noticias, sin presidente o naciones unidas apenas las notas de casa: la coca, Sánchez de Lozada, Banzer, el hundimiento de Falange, por fin, dice su padre, se pierden en el olvido los asquerosos fascistas aunque, muy de vez en cuando, todavía una pared carga con la tísica imagen del fundador Unzaga de la Vega y nos apresuramos en quitarla. El 80, en la cárcel del servicio político de La Paz, Chino Murillo me cuenta que comparte la celda con Carlos Barbery, el falangista terrateniente caído en desgracia con sus amos militares. Trata de adoctrinar a los otros detenidos pero no lo escuchan y se van detrás del embajador sueco, a Estocolmo y Malmö, a olvidarse de Marx, Engels y Lenin, de Trotski y Mao y dedicarse con seriedad a la muchedumbre de tetas suecas que tiemblan con la idea de entregarse a las bocas ávidas, revolucionarias, jóvenes, inconsistentes, olvidadizas de los exilados.

La gran mayoría de los revolucionarios no retornó a Bolivia. Lo vimos los que nos quedamos. Del avión bajaban todos menos los profetas del cambio. Mauricio Antezana, hoy prominente movimientista, llegó de un exilio que ni sé, con la ropa cambiada, la mujer otra. Antes llamaba a las armas, en las aulas superiores de la facultad de Sociología: muchachos, hora de la revolución y mientras tanto se escapaba en mente para transformarse en miembro pleno y respetado de la vieja guardia corrompida. Ciro, buen amigo del POR de Guillermo Lora, se quedó; dicen que lo atraparon dos tetas. Y, en verdad, entre los lentes de Lev Bronstein Trotski y los pezones que de carmesí van decolorándose, como ondas en agua, en rosados y marrones tenues no hay confusión. Chino Murillo regresó de Malmö cargado de esperanzas en el gobierno democrático. Llevaba una boina de tanquista del ejército sueco, una foto de Gramsci que copió para mí, varios discos de Bob Marley y *Tonight is the Night*, de Neil Young, que escuchamos extasiados ahogados en singani que don Enrique, su padre, amablemente nos proveía. La democracia se hundió en la mierda que eran sus políticos;

nunca hubiera sido mejor. Marley y Young se acumularon en estrechas celdas oscuras con Mick Jagger y bailecitos bolivianos —encierren a los artistas, en ellos está el peligro—. La fiera gorra tanquista cayó, como trofeo, en manos de Cecilia, mujer del sur, que convirtió a Chino de revolucionario en mono, monito, para no ser tan drásticos. Tantos recuerdos mientras uno se lava con agua caliente las entumecidas manos, proletarios del mundo uníos ¿cómo me voy a unir si apenas puedo agarrar un vaso para evitar morirme de sed? Ahora debo lidiar con cajas pequeñas, que arriban de Maryland en container especial, con verduras finas para los mejores hoteles. Baby carrots, baby cauliflower, baby kale, green leaf, read leaf, baby endives, pansies, shi-take mushrooms, hongos portobello, jícamas, baby zucchini and yellow squash, sun dried tomatoes. Unas cajas van allá, otras a la izquierda, todas en el refrigerador seis que contiene los gourmet produce. Una cajita de estas, bien liviana, cuesta cincuenta dólares. Pongo unos babys en mixtura en el bolsillo para echarlos en casa al agua que hierve y comerlos en un más mundano guiso de carne, sin veleidades de chef ni mariconerías francesas.

XXVII

Elmer Cartagena telefonea de San Francisco, hará una hora. Hablamos de las hijas, las mías, la suya. No sé qué haré, Carlos. Hasta pienso que mejor si emigro de vuelta al país. Con mote y charque sobreviviré sin la angustia de no tener el dinero para la renta. Acá no se está mejor. Leí que Colorado ha descendido tanto que es el estado menos aconsejable por la desocupación. Y las cosas empeorarán, de nada ha de servir el papel de ciudadanía si a donde voy no hay trabajo, señor, porque ya no me dicen joven, y la muchedumbre mexicana que rebalsa por todos los costados de la nación; ellos tienen los trabajos y no los sueltan. El restaurante donde estoy apenas recibe un par de clientes por noche y el dueño vive de las comidas que tenemos que pagarnos los empleados, a mitad de precio. Sí, hace diez años yo era el único latino en el depósito. Hoy más del setenta y cinco por ciento viene de Zacatecas, Chihuahua y Michoacán. Primero los rusos, luego los armenios y ahora los rancheros. Cada grupo trajo consigo un aumento de las labores y una disminución del salario. De cuatro mil mensuales que ganaba apenas alcanzo dos mil. Por lo menos, dos mil para mí suena a fortuna. Escarbando pago mi alquiler de mil y me guardo doscientos para luz y pan y agua. Mi título de chef de comidas internacionales descansa en la gaveta, no vale la pena sacarlo.

Mientras tanto, en la Casa Blanca el niño malcriado, el boyescaut maligno y su séquito de ejecutivos, preparan la guerra del fin del mundo. Total, su universo no se acabará, y sus hijas, las del presidente, podrán seguir emborrachándose, drogándose su sobrina, impunemente, al mismo tiempo que nosotros los trabajadores lamentaremos la mala suerte del hambre. El bocachueca Cheney ha desaparecido nuevamente. Estará robando, stalking young girls in the computer, preparando el show de los muertos, indagando si podrá conservar su lampiña testa para continuar enriqueciéndose en los siglos futuros por siempre amén.

Showdown with Saddam se llama el último espectáculo. Las veinte, las cuatro, las horas, las todas del día machacan con sus bigotes que parece encanecerán bajo tierra. No se escucha otra cosa. En Brasil no hay elecciones, ni Lula presidirá; las Naciones Unidas son la Desunión; el tercer mundo no existe; Tony Blair flirtea con gil y mil con su característica honvría inglesa, con nv; Afganistán pasó a un corpúsculo de polvo en el desierto; nadie menciona ya a Tajikistán, ni a los guerrilleros musulmanes en China occidental; Islam Karimov ¿presidente? ¿de dónde? Saddam, Saddam como invocación, Saddam a oeste y sur y norte y centro, sur saddam medio saddam y en el Webster's Dictionary: Saddam: malo, amlo, loma, olam, y cualquier conjunción que signifique maldad, paraíso robado, infierno. El boy scout con su ropa de fajina, terno y sonrisa estúpida, exclama una frase y mira alrededor sorprendido de su cada vez más aguda inteligencia.

No creo que mejoremos, Elmer, irá peor. Llega diciembre para regocijo de la judería vendedora y cuando Aly y Emi, niñas mías, me piden un catalejo para Navidad, les entrego en papel el catalejo pirata de la *Isla del tesoro*. Por ahora, por dos meses, Stevenson me cubrirá la espalda, hasta que el Anticristo, Jorge Bush, ataque y nos joda al resto.

Bueno, Carlos, así van las cosas. No puedo hablarte más o mucho por la cuenta, sabes eso. ¿Te contactaste con Julio? La semana anterior, cuando cumplió años. Igual, el trabajo escasea, las casas enmohecen, la gente tiene miedo, un asesino anda suelto en Virginia, D.C. y Maryland y preferimos no salir de noche ¿y quién dejará los periódicos, Julio? ¿No tú, no mí? Tanto tiempo en vano... y en silencio...

XXVIII

Elmer fue el primero de nosotros que vino, ya quince años. Lo llevamos a la estación, cuando todavía había trenes. Mañanas frías de Cochabamba. Tren a Oruro, siguiendo a La Paz, cruzando el valle, subiendo la cuesta por Arque y Aguascalientes. En el mercado, al frente, las mujeres del pueblo cubrían sus largas mesas de madera con plásticos de colores, o las limpiaban con trapos húmedos. Del grupo se levantaba el vapor caliente de los apis y chirriaba la multitud de buñuelos —pasteles— friéndose en aceite. La hazaña del amigo consistía en ir a enfrentarse con lo desconocido. Un tío en California le arreglaba los papeles. Pero la primera etapa sería Ciudad de México. Espera en México que te haré llamar. No te impacientes. Millones se agolpan aguardando su oportunidad y tú no eres nada especial para que se adelante la historia. Nada de eso sabíamos. Del montón el único que no terminó en Estados Unidos fue Hans Ramiro Cáceres. Porque se casó, porque trabajaba en el acopio de coca y ganaba mucho. Julio, Chino y yo, uno detrás de otro, seguiríamos los primerizos pasos del amigo al mundo donde las monedas te caían por tu trabajo. No deambularíamos, en California pensábamos todos entonces, como parias igual que aquí. Reunimos unas monedas y podemos comprarnos api. Azul el plástico mantel. Las vendedoras quitan las telas que cubren sus productos y la ciudad comienza a despertar. El desértico cerro siempre parece a esta hora llenarse de rocío. Quizá.

El ferrobús se acerca. Con Elmer jugábamos fútbol; él era un pésimo jugador y lo poníamos en la posición más prescindible. Jimmy y yo nos adelantábamos. Hacíamos una pareja goleadora en 1986 y todavía en el 2002, en Cochabamba. Elmer se negaba a entrar de arquero, pero inevitablemente terminaba allí. Se desquitaba haciéndonos beber de más. Vamos a lo de don Casto —cantaleta eterna—. La chicha era excelente, cliceña. Bajo las parras jugando rayuela. Los viejos revolucionarios del cincuenta y 2 se mantienen pasivos. De cuando en cuando peleamos con otros, sin motivo ¿qué miras, carajo?

El ferrobús se acerca.

Elmer se casó muy joven. El amor lo arrastraba por los sembradíos de los C'achitos Gutiérrez. Había sauces, agua, eucaliptos. Se era joven y los ojos veían más verde que ahora, sus ojos verdes, tus ojos verdes que contrastan con la frazada gris. En la iglesia no había árboles. No se olía el maíz, no se chupaban los tallos. Como una alucinación se mezclan en la mente el terno de Elmer, el vestido de novia de su niña mujer. Adolfo que ya no quiere levantarse porque de sentado toma más y si se para se caerá. Suceden las imágenes un par de años después de terminar el bachillerato. El amor que venía de tarde, pleno en color, se transformó en cocina y cuartos breves. Lavar las medias y lidiar con el acecho de la suegra. No duró. El ferrobús se acerca y en él se van quince años de separación para Elmer y su hija. Se acercan los vagones plateados. No se abrían las ventanas. Elmer apoya sus manos y nunca de nuevo amigo joven, nunca blancas tus palmas ya tienes encima de cuarenta años, quince que no te veo, con dos intervalos.

La supuesta espera de México se convirtió en un año. La experiencia del hambre, sobrevivir debajo de las calaminas y el tío que se olvidó. ¿Volver? Su madre le dice que no hay vuelta. En él se cifran las esperanzas, su vida se tragó los ahorros familiares. Al norte, vámonos al norte con Pancho Villa, muchachos, y lástima que no estamos haciendo cine. Pero amanece en Tijuana. De entre las nalgas saca el último dinero. Lo han contactado con un coyote, pollero, o lo que se llame para cruzar. Una masa heterogénea de inmigrantes latinos, algún árabe. Una mujer embarazada mea agachada y ni se cubre. La pared que la apoya reza vote por tal. Amanece igual a Cochabamba, la misma mugre, vendedoras de comida, chales y mantas, políticos que se ofrecen en lemas inútiles. Miseria. La noche antes Elmer alquiló un cuarto y se duchó con un chorro frío que olía como agua termal, a huevo podrido. Con los restos de la plata se había comprado un lustroso maletín James Bond. Desdobló su terno, el del matrimonio. No engordó desde entonces porque no comía.

Llegó a la cita. El pueblo cabizbajo, esperanzado. Elmer el único universitario y lo demostraba, bien peinado. Llega el pollero ¿qué es esta chingadera? Y le toma el extremo del saco. Se le acerca y le huele la camisa blanca ¿a dónde crees que vas, princesa? Si tendrás que correr. Patea el maletín que estaba en el piso. ¡Si no obedecen no van, carajo! Ya de noche, agazapados entre arbustos, se lanzan a la carrera. La corbata le ajusta; el terno se le estrecha con el sudor. Tira el saco, su matrimonio se queda en las zarzas de la frontera, irrecuperable. Corbata afuera, camisa abierta. El pecho lampiño contra el viento del desierto, noches de verano del sur de los Estados Unidos, como calor de piscina.

California.

El tío hace un esfuerzo y colabora.

Elmer me llama hace un rato. Me veo en situación de emigrar de vuelta. A caminar, los pocos que quedamos, y sentarse en las plazas. Tráeme dos cervezas, hermano. El mozo va al congelador. Saco blanco hecho de sábana, cosido por la sastrería Altiplano, cerca del Tránsito, barato. Y parece que el mundo es inamovible y lo único que cambia son colores y arrugas. Sobre las chicherías al frente del colegio Anglo Americano echaron calles de cemento. El canal de la Angostura, baño de borrachos, se cubrió con losas y ahora corren bicicletas encima. Las lechugas, verdes con tintes rojos, no están. Autos último modelo hacen carreras. Los jóvenes quieren hablar inglés, se disfrazan en inglés, con música rap de negros, en inglés, sin idea de nada. Se tratan de man, de OK, de m'sorry y se emborrachan con la desidia pueblña de sus antepasados. No son de aquí ni de allá, no tienen edad, imberbes idióticos, ni porvenir.

Quizá sea, antiguo amigo, edad de reemigrar, volver a las fuentes que se han secado y posiblemente inventar otras. ¿Nos sirvieron tantos años en los Estados Unidos?

Acumulamos soledad, archivamos las voces, cortamos la fraternidad y los amigos de raíz. Aprendiste a vender autos que no podrás vender allá. Sabes hacer pizzas que nadie come, hamburguesas que macdonalds ha copado ya, ni burger king se acerca; eres el mejor repartidor de periódicos de la ciudad de Denver: en Cochabamba no podrás ser ni del sindicato. Te convertiste en maestro albañil y no venderás tu arte por nada, por trecientos pesos bolivianos. De qué sirvió además de envejecer. ¿De irradiar tu aura masculina ante las sombras? Y Elmer, con un espacio de dos semanas me contesta, una voz en un auricular, que estamos en jaula de oro, como la calandria de Pedro Infante ¿o era Jorge Negrete? Tendría que preguntárselo a George Harrison que era admirador de este último pero se ha muerto, hace poco, antes de que yo alcanzara esta página que anteladamente debía nombrarlo.

Elmer continúa dame una semana para que te mande mi historia por e-mail, desde cruzar la frontera hasta su actual departamento de Redwood City, casi en la esquina, a cuadra y media de la licorería donde compramos cajas de Corona para tomarla a nuestro estilo, sin limón. Hago un alto en su historia; la recomenzaré luego.

XXIX

Arugula, watercress, llamado berro en la infancia, anaheim, poblano y jalapeño peppers, dry poblano, flores de pensamiento para ensalada. Me voy convirtiendo en un experto en frutas y verduras. Los salvadoreños de la empresa al lado me saludan con respeto. A lomo voy creando una reputación de duro trabajador, además de solidario. Mahmud, un hombre de Esmirna, Izmir, ya entrado en años y sin una palabra de inglés, comienza a cargar los camiones. Se me pega, me hace escuchar sus órdenes, me arrastra por el depósito para que le muestre qué es una celery root. Y aprende. Con voluntad se le van pegando los nombres y los lugares donde están. ¿Flowering Kale? No problem, Joe Day, I got it! Y Joe, que le comienza a tomar afecto, igual que le pasó conmigo, dice, puta, para qué me traen a estos extranjeros de mierda, kamman, Mahmud, sanababich, hurry up with those potatos, motherfucker qué es lo que comes en tu país que ni papas puedes encontrar. Shut the fuck up, Joe, leave him alone, le dice Ernst y se ríe porque Joe lo amenaza, si vuelve a abrir su negra boca, con abrirle su negro culo y meterle su verga negra hasta chocar su estómago contra su espalda. Y en este universo de mothers y fuckers, de voces elevadas y exabruptos, encuentro que en verdad no hay violencia, es un rito de diversión entre ellos, se ríen de sí mismos y tratan de hallar comedia en esta puta, esta vez de verdad, vida.

Al terminar la noche la mayoría de los cargadores son enviados a casa, para ahorrar la empresa. A partir de las diez comienzan a regresar los choferes que salieron desde las cuatro en delivery. Joe Day es siempre el último y llega como a la una de la tarde. Ya se ha calmado el rush y los Kerry, Dan sobre todo, dejan la oficina a cargo de los managers e invitan a algunos a sentarse, yo entre ellos, en el Cherokee. Nos aprovisionamos de cerveza. Steve, capataz italoamericano y excelente persona siempre está, John Pollard también. Tomamos, sacan marihuana y pasan el pitillo por cada boca, ventanas cerradas. Dos horas generalmente. A veces Daniel Kerry me acerca a casa, o al metro. Bien fumado y con varias latas encima llego durmiendo. Botas y todo hasta que el azar toque la puerta y se aparezca la figura del primo o tenga que lavar la poca ropa que tengo.

XXX

Cuando se rompió el trato que tenía con Cabezón y dejó la casa, Julio y yo nos trasladamos a Rockville, Maryland, a la casa de la peluquera ecuatoriana y el marido boliviano. Cada uno un cuarto. Julio abajo, yo en el segundo piso para escuchar claramente, a las cuatro de la tarde, los jadeos de la pelirroja con el engendro hijo de la dueña. Me despiertan, me parece que sueño, estoy mareado, creo que es el hotel de La Paz, al amanecer de enero del ochentainueve, y una mujer que jadeaba, aullaba, escaleras arriba, a cada golpe de cuerpo, pum, ah, pum, ah. En la otra litera dormía Álvaro Aguirre que llegó conmigo en la flota y tenía negocios en la capital. Cierro los ojos, en la ventana cielo gris completo de nevada.

Anocheció. Tengo un cd player personal. Aún está en mi ropero como un artefacto de antaño. No utilizo la cocina; comeré a medianoche en el McDonald's de la esquina del mercado, mirando a los mudos de Gallaudet que han dejado el campus para emborracharse en silencio. Contemplo a una de las mujeres, hermosísima, de la mano con un horripilante mudo que parece extra de película medieval. Sus caderas y nalgas perfectas. Algo más alta que yo, castaña; emite mugidos que intentan ser palabras y ordena su cena. No sería infeliz con ella. Si al despertar quisiera hablarle y no me contestara, levantaría la sábana —que no tengo en mi cama de Virginia— y observaría su cuerpo variado, decorado de gusto, su pelo largo en almohada y le diría: muda, me importa que seas bella. La vi varias veces, muchos tiempos, hasta que se graduó seguramente. Mientras imagino, echado en Rockville, mis recuerdos, pongo 20 tangos de Carlos Gardel. Compré el disco en Union Station, en las tiendas de la planta alta, cuando casi no había música latina en los Estados Unidos y debíamos ir a D.C., en expedición a Tower

Records, para encontrar la patria y sus alrededores. Los estantes dividían la música por países y aunque eran caros para nosotros sin alegrías, su compra significaba mucho. Argentina: Atahualpa Yupanqui, edición francesa. Boliviamanta, Toto la Momposina y sus tambores de Colombia. Música de los jenízaros del ejército turco, Payita Solá, la hija del Payo Solá y las reminiscencias que su nombre trae: Hernán Figueroa Reyes, Cosquín, la sierra de Córdoba, Altagracia y el Che, Villa Allende, jugar ruleta o rummy y póker, los tíos y una colección de monedas romanas de Augusto y Marco Aurelio, los hermanos Ábalos, el norte argentino. Todo se lo tragó Estados Unidos... no es jaula, Elmer, sino pulpo.

Cuando llegaba el domingo, después de una descansada noche, reunía mis cien monedas de a veinticinco para ir a un teléfono público a llamar a mis padres. Estaba frente a una escuela, en un lugar desolado. La caseta me cubría el tronco y la cabeza del viento. ¿Cómo estás, mamá? Te extraño también. ¿Y Zarita, el ratoncito, mis hermanos? Y en cuarenta minutos quiero aprehender todo lo que pasaba por mi vida antes y que no miraba. Tarde ahora para tocarlo pero no para hablarlo. Cuelgo.

Carlos se sienta en un banco que mira a una pared. Un gran graffitti de Black Flag, una bandera negra ondeando sobre un cúmulo de basura. Camina tres cuadras. Lleva abrigo azul oscuro, botas amarillas, jeans, chompa de alpaca, guantes, el cuello levantado. Llega al Safeway de Rockville y sale con media galonera de leche de chocolate y 16 onzas de galletas Keebler. Vuelve al banco, enfrenta de nuevo las banderas de una silente revolución, abre la caja de cartón, le hace un pico, lo acerca a sus labios. Sabe bien, dulce, bueno para el frío. Con las dos manos levanta un extremo de la caja de galletas para no romperla. Shortbread, galletas de tipo escocés. Entre leche y keeblers pasan tres horas. Desde

138

un micro que volaba a Quillacollo por la avenida, hasta el deseo de conocer a la pintora Robin en Nueva York, un cheque en el correo, los amigos del periódico en Cochabamba. La columna diaria, "Textos para nada", "El Londres de Pío Baroja", "Nostálgica Inglaterra", "En la Chimba, con amigos". La llegada a Miami, Savannah, Raleigh, Richmond, un paseo por la historia, un desencuentro enriquecedor, a pesar de triste, con el mundo al revés.

Cuando no se tiene personas se recurre a la música. Cada uno de nosotros se llenó de discos los primeros años. El hábito se nos quedó y tanto Ronald como Julio pueden preciarse de una excelente colección. El mundo de los hombres solos. Carlos termina su leche. Tira los desechos en un basurero en medio del descampado ¿alguien pasará por aquí, alguna vez? Cruza la avenida, después de su callejón de árboles. Una macrodisquera, miles de opciones. Sale, con un bill de sesenta pesos —llamar pesos a los dólares es como un rito de rebeldía—, con cuatro discos de Pink Floyd. Al caer la noche, mientras arregla el lecho y dobla la almohada por la mitad, Pink Floyd toca *Us and Them*, muy bajo porque los músicos decidieron no despertar a nadie.

Suena el despertador. Salgo y subo la loma desde donde se ve la estación del metro. Está a la intemperie, arriba, no como otras protegidas. Francamente no recuerdo si era la línea de Ash Grove o la de Silver Spring. Hasta la estación central. Camino. Llego al mercado de abasto, a la izquierda, paso por el comedor del coreano, a la derecha, la empresa de los salvadoreños todavía cerrada tiene ruidos de preparación adentro. Toco la puerta metálica para que Gustavo me abra. Conversamos un minuto porque tiene una orden inmensa de tomates para una fiesta del Hotel Willard. Tomo la tarjeta de horas y la marco: 11:56, un día más. Entro al calor del cuarto de tomates. En las cajas de atrás está mi ropa de trabajo. Me cambio mientras escuchamos algo de radio con Gustavo. Enciendo el jack eléctrico, el más grande, de color verde. Monto en él y directo al cuarto 1. Necesito dos pallets de lechuga iceberg y uno de green leaf. Los tres van al frente, al lado de la oficina.

XXXI

El azar, la mala suerte para algunos, me trae hoy en el dos mil dos, Virginia y Maryland en la televisión a cada minuto. Hay en la región un francotirador, el sniper más famoso del crimen hasta hoy y lleva diez muertos y tres heridos. Llamo a los amigos. Hasta suena absurdo pero cuídate, te mira el francotirador con su ojo crucificado. No cargues gasolina, no trabajes, deja de tirar los diarios. Jimmy y su hermano trabajan en Mannassas, VA; Fancy vive todavía en Falls Church; yo acabo de hablar de mi estadía en Rockville. Fuera de la tragedia, de la noticia, de la alegría de los medios de comunicación que tienen algo que vender, revivo el pasado en el este. Entrevistan a un muchacho. Detrás suyo el Capitolio. Y ya no escucho, porque cerca de esos árboles, subiendo a la izquierda, estaba la casa de Big Mike. Por esa acera caminé el día que iba a comprar a Gardel. El jefe de policía del condado de Montgomery, en Maryland, transmite en vivo desde Rockville. Las cámaras hacen tomas de la extendida urbanización de la ciudad, y puedo reconocer mis pasos de diez años, el banco donde dejaba mis cheques en la máquina de la entrada, el domingo, cuando estaba cerrado. Duelen los muertos pero no los conocí y no veré sus tumbas. Solo quiero que los amigos vayan con cuidado, no se expongan en la construcción. Felizmente Julio y Jimmy trabajan adentro, uno afinando cielos rasos y el otro aislando interiormente los departamentos contra el frío. La muerte ha venido para mí, en imágenes, justo en el momento que escribo mi novela. Sé que suena cínico, pero me ayuda manejar con los autos de la policía por el Belt de Washington, o atisbar de a ratos los vetustos buildings de Georgetown, o el metro cruzando el Potomac frente al monumento a Jefferson. Sin el francotirador tendría que exprimir la memoria. Y aprovecho, diez páginas hoy, porque cinco mil agentes lo buscan, y varios aviones, luces infrarrojas, cámaras de televisión, aprendices de camarógrafos que sueñan con sus videos personales hacerse ricos con una toma del asesino. Lástima no tener línea directa con los periodistas. Les pediría, señores, por favor, por qué en lugar de tomar el Capitolio de frente no nos movemos a las calles laterales, detrás, en el lado oscuro de la luna de enfrente. ¿Por qué? Porque me falta un detalle; no recuerdo con precisión si la locomotora encima de la calle, en los rieles flotantes que cruzan, enfilaba a izquierda o derecha. Pero parecen no escucharme. Todos aguardan a que el ojo en cruz, rifle de alta potencia, marque a la siguiente víctima. Será que quieren agarrarlo ahora, o es bueno para el negocio si el orate dura un par de semanas más, con media docena de muertos, si total, es la historia de los Estados Unidos y una película al respecto resultará en un thriller fascinante que se verá tanto en Hong Kong como en el cine provincial de Vinto.

Las últimas novedades, en vivo, son el jefe del condado pidiendo a los ilegales, que son los que pueblan la noche y los rincones más inesperados del país con su trabajo, incluyendo a mis amigos, que salgan a la luz y declaren lo que han visto. Nosotros nos movemos, insectos que somos, donde no se mueven los blancos, y si alguien observa algo somos nos, yo, repartiendo periódicos que video en mis ojos a amantes, ladrones y drogadictos, a posibles asesinos, pederastas y putas. Insisten en televisión que la comunidad hispana debe saber algo, ella tiene los espías involuntarios donde menos uno lo imagine. Mas no ofrecen garantías de protección inmigratoria para aquellos que se adelanten a declarar. Así solo conservarán el silencio. Si soy ilegal me importa la comida de mis hijos, las cuotas de mi auto, he visto al asesino pero no he de denunciarlo porque si lo hago veré la campiña de Paucarpata de nuevo y no quiero verla; deseo olvidar mi pobreza. Entonces se abre el debate, se pide en voz alta, en cámaras que miran millones, garantías para los ilegales que sin duda tienen el retrato del tipo.

XXXII

Agarraron al francotirador. Los amigos duermen ya. Trabajar no vuelven porque trabajar no hay poco hay. Para desgracia suya el francotirador y su posiblemente amante socio cómplice joven son negros. Washington se alivia; asar carne negra es siempre más fácil que clara, suerte sin blanca. Los de la Asociación Nacional del Rifle suspiran felices y el ya casi retardado Ben-Hur Charlton Moshe Heston levanta su eterno rifle y grita que pasarán por sobre su cadáver antes de quitarle las armas. El pobre con el alzhéimer no se acuerda que ya hiede. El miedo cubrió las calles. El temor olvidó la guerra y una nación llamada Iraq, por una semana.

Matan a los guerrilleros chechenes en un teatro de Moscú. Muestran los cuerpos sin vida de las mujeres con velos negros: lindas narices, frentes blancas, ojos vendados, estómagos de bomba plástica. Que se acabe la guerra en Chechenia, así no se puede trabajar...

Sospechosamente el senador Wellstone de Minnesota se cae en avión, días antes de las elecciones, como en Missouri, el dos mil ¿te acuerdas? Wellstone parecía un poco raro, excéntrico diríamos para no insultarlo, pero era un tipo mucho mejor que Rumsfeld, Ashcroft, Cheney, los "halcones" de la casa presidencial, acostumbrados a la muerte de los otros.

Aparte de eso no todo tan malo. Una retrospectiva de Modigliani, en Buffalo; Klee y Feininger urbanos, en New York; estrenan una película sobre Columbine y comienzo a leer una biografía de Diego Rivera que parece excelente. Estoy en Guanajuato, todavía, a fines del siglo pasado, momias y Todos los Santos, una fuente del agua, el reflejo del agua. La casa del pintor, en el 47 de tantos: "Diego Rivera, pintor magnífico". Estrenan también *Frida*, con Salma Hayek que parece buena actriz, un par de filmes en inglés, una adaptación de Mahfouz en México, una memorable escena de carne con Antonio Banderas en una película de Rodríguez. El mundo avanza demasiado rápido cuando estoy sentado; las cajas de los trailers no se terminaban nunca, a los hombros no les está dado mirar relojes. En Virginia no iba al cine. Y en el metro anunciaban las estrellas. Miraba al caminar, Jodie Foster, la más recordable, a la rápida.

Llegó el verano. Cambio abrigo por piel. Así como me refugiaba del frío dentro de los refrigeradores, me protejo hoy del calor en el mismo lugar. Los choferes ya se fueron, quedan algunos. Los camiones se parquean frente al dock o un poco lejos; al frente, el número cuatro, el mayor.

Kevin Trebacz, capataz joven, me llevó aquel día como ayudante, al centro de la capital. Cuando terminamos quiso pasar por Corcoran Gallery a recoger a su chica, chick, pollito, como la llamaba. Este es Carlos, de Bolivia, trabaja con nosotros, entre artista y sanababich, yeah, baby, watch out with him. Ni Kevin ni su novia que aprende dibujo en Corcoran saben que conozco el lugar. Ya tenía entonces mi abrigo inglés, había cobrado algunas semanas de sueldo, me iba afincando como virginiano, washintoniano también. Leía los periódicos que levantaba en los sillones del metro, el post que algún pasajero hojeó y dejó porque no hay tiempo en USA para llevarse nada a trabajo o casa, a diferencia mía que cargo un libro de eecummings o dos tomates y un parsnip para mi sopa. Fui a Corcoran por Lee Miller, fotógrafa, antes bella —en mi interés— que artista, amante de Man Ray, esposa de Penrose. Desnuda en la entrada, en toma de Man Ray, delicia de pechos en blanco y negro. Y la exhibición de material diverso. Lee Miller en Corcoran. Pero ahora, entre Kevin y Christine, me tocaba jugar al obrero extranjero, callado, retraído, ignorante. Déjalos pensar que son más...

De la casa de la muchacha vuelta a Kerry. Un alto por dos cajas de cerveza. Agrupamos como a cinco choferes negros, el capatacito y yo, metidos en el fondo del camión grande, con vacías cajas de Idaho potatoes como asientos.

Creo que pensaban en mí como un ser de misterio, un exilado romántico a la manera de Aleksandr Herzen; duro trabajador, incansable. Ajeno a frío o calor, a diez como a quince horas de trabajo: cargar, barrer, lavar, preparar pallets, amontonarlas en pilas arriba de dos metros, a mano, con cada pallet pesando mucho. Contribuían a mi halo mis historias de revolución, mezcla de lecturas de libros, noticias de diarios, cosas que había escuchado. En un universo difícil no quedaba otra alternativa que construir mi propia leyenda. Sabes, Rosselle, cuando encima de la colina aguardábamos por los soldados, el aire oliendo a podrido, ahí vienen. Una botella de licor a mi costado y la ametralladora que sobrecalienta. Los soldaditos, cuando les disparas, se mueven, saltan y chisporrotean igual al popcorn. Si tus balas tocan los muertos, los reviven, agitan los brazos como si saludaran ¡salud! Mis compañeros miran alelados, se dicen que pobres negros que somos, aquí y allá un cuchillo, un culito, nada de excepción. Y este Carlos, seguro comandante, sufriendo en otro país el castigo de la derrota por amor al freedom. Tomo y obligo, es la manera de mi país, carajo, ustedes están hechos unas putitas sorbiendo sus latas. Kevin quiere demostrar que es macho. Agarra una lata llena, sin abrir. Haz esto: perfora con un cuchillo un lado de la base y luego tira de la oreja metálica y abre la lata. De inmediato ajusta su boca al corte y con la presión de aire de arriba la cerveza sale por el agujero en un par de segundos. El chiste consiste en beberse el contenido, todo, sin derramar nada. Cuestión de velocidad. Tenemos sobra de cervezas para tratar y cada uno lo hace con suerte desigual. Lo hago dos veces positivamente. No será este muchacho quien me enseñe a beber. Ahora, chicas, a ponerse en fila porque tomarán como hombres. Y como si fuese una rutina militar les enseño a secar la bebida, no dejar un rastro. La tarde, entre dos y cinco transcurre así. Alguien va por más cajas. Comienza a anochecer. Se van marchando: me espera mi esposa, me siento mal, quiero vomitar, eres una mierda, Carlos, contentos sin embargo. Kevin se despide el último. Wayne y yo lo vemos tomar otro de los camiones y partir. Muchas veces lo hace, llega y se va en los carros de la empresa. Wayne sale a conseguir una pizca de crack. Cuando lo conocí era un muchacho negro vivaz e inteligente. Ya avanzado el año su adicción nueva al crack no le permite vivir. Buen amigo. Volverá mucho después, cuando yo esté dormido. Sentiré que abre la cortina metálica del camión y se acostará a unos pasos de mí. Gustavo me despertará a medianoche, como convinimos, para recomenzar el día. Mi camisa hace de almohada. El piso de listones de madera del camión incomoda pero estoy cansado. Y borracho, Carlos está. Dice que en sueños, esta y otras veces, gustaba de oír los trenes nocturnos de carga pasar por atrás, en medio de un mar de arbustos que crecen rodeados de escombros de construcción, maderos inservibles, cajas vacías del abasto.

Despierta media hora antes y toca el portón. Gustavo abre. Desde arriba en la oficina lo saluda su esposa con sonrisa cómplice: se están haciendo célebres sus borracheras y sus hombradas en los mercados, el "hispano" de Kerry que se emborracha con los negros y se calienta con ellos alrededor de los turriles de fuego. Lo han visto sentado a la diestra de Yampo, mendigo poderoso, cargador eventual, que vive en el mercado por los últimos veinte años. Su sillón prodigioso, raído sucio, ubicado en una de las calles paralelas a Kerry Produce. Lo secundan dos turriles y varias sillas y cajas para los circundantes. Hay crack, a veces hashís, marihuana siempre, pastillas, preservativos, dadivosas muchachas de color que a los hermanos presentes les ceden cuerpo y alma por centavos. Amigo, wanna fuck? One dollar, uno. Fifty cents for a blow job. Un par de ellas preciosas, otras acabadas, cadavéricas como judía en Belsen, la marca del sida, los ojos y dientes en sonrisa del fin, la máscara de la muerte negra. Declino la invitación, les invito un trago. Yampo y los demás se cansaron y dormitan, el rey en su sillón. Por atajos volvemos a Kerry, a la parte trasera del depósito donde parquean los vagones del tren que traen alimentos. Un agujero en la malla, unas plantas que cuelgan sobre la brecha y que había en Cochabamba en mi niñez, de flores amarillas largas. La puerta, Gustavo, hermano, me queda media hora, me acostaré a descansar, despiértame. Me subo a un pallet de cebollas, yellow onions, y duermo al instante, mis miembros acostados irregularmente como un contorsionista, una historia más para mis muchas: duerme sin problemas sobre la irregularidad de las cebollas...

Kevin se fue a buscar a su chica desde el trabajo, alcoholizado y enmarihuanado. La policía lo agarró downtown y lo arrestó. El camión decomisado por un par de días costó a los Kerry alquilar otro y demás gastos. They fired Kevin, lo botaron. El muchacho rogó, le echó llanto en el hombro de sus amigos de droga, los dueños; tantas cosas hicimos juntos, les conseguí la mejor hierba de la ciudad, pasamos horas sentados al fin del trabajo, no me hagan esto, tendré que emigrar a California, tengo un hermano allí. A mí no me importó, nunca me había caído bien. A los negros tampoco, que se vaya el hijo de puta, lameculo. Jojo reía Joe Day cuando cabizbajo Kevin caminaba hacia su auto. Kevin, blanquito motherfucker, para qué te pones a tomar con Carlos, goddammit, él es demasiado hombre para ti. Ahora aleja tu culito de estos lugares y no aparezcas, dedícate a actividades de hembras, costura, o hazte palpar tus nalguitas rosas con la poderosa verga negra de un brother. Jo jo jo. Los otros negros, el turco Mahmud y el boliviano Carlos, rodean a Joe Day y observan. Los brazos cruzados sobre los hand truck hasta que Joe decida que es hora de traer otro camión y llenarlo. Vamos con las órdenes de Maryland; Charles, mother, dónde mierdas está tu camión, ya lo debiste traer. Si no te apuras te empujaré esto —y se agarra el cierre— y saldrás corriendo.

Que el polaco se fuera me resultó bueno. Dos días después de que ocurriera el asunto, un martes, se me acerca Ted Kerry, el menor de los cuatro hermanos y me dice que a ellos les gusta mi trabajo, que todo está listo a tiempo, cada día, y que aunque saben que tomo me consideran muy hombre para hacerlo y que ello no afecta mi trabajo en absoluto. Nosotros, los Kerry, mi papá incluido, te agradecemos tu esfuerzo, y a Gustavo por haberte traído. Son varios meses que trabajas acá y decidimos promocionarte. El puesto de Kevin es tuyo. Conoces el manejo, conduces el forklift y cada tipo de jack, eléctricos y manuales, con soltura, nadie como tú para saber dónde está un producto, la forma de una fruta, el tiempo que tenemos un vegetal en stock. Nadie como tú para enseñar a los nuevos, mira solamente a Mahmud que ha resultado un gran trabajador y pronto será chofer. No lo entendíamos y sin tu ayuda no lo hubiésemos hecho, perdiéndolo. ¿Te parecen quinientos semanales? No es tanto como lo que hace Chris Brown pero él lleva años con nosotros y sin duda llegarás a su nivel de salario porque lo superas en trabajo. Gracias, Ted, claro que sí. Haré —pienso— lo que hacía a diario sin ganar tanto. Además te reconoceremos una semana de trabajo y tu cheque del sábado ya será por este monto. Ya no necesitas marcar tarjeta porque tu sueldo es fijo. Y no tengo otras explicaciones, tú sabes el movimiento.

Quinientos, una fortuna. Empecé con cien y algo; me dieron horas extras y aumenté; me subieron el rate por hora gracias a la dedicación, pero quinientos significan montón de cosas nuevas, dinero para papá y mamá. Cobro el sábado. Hago el cheque cash en la licorería de la esquina, por una comisión. Me cambio y enfilo al centro. En metro hasta Pennsylvania Avenue, a pie hasta Adams Morgan.

Feriado de festejo. Ronald me presenta a Fernando Vargas, de quien habló mucho. Vecino suyo en Cochabamba. Fernando me saca del Connection; pregunta si deseo hablar con Bolivia. ¿De dónde? De aquí mismo, del teléfono público ¿Gratis? Espera. Marca un número y habla en español con alguien. Daré la vuelta al manzano mientras hablas con tus padres. En Cochabamba los viejos duermen y despiertan a la voz del hijo que parece haberse enmendado. Si supieran que Fernando ya dobló la esquina. Me voy, mamá, a casa, a dormir, no trabajo hoy. Gracias, hermano. Cerca un pub, el Black Rooster. Lleno de muchachitas rubias. En la barra, con cerveza negra, hablando de Charles Bukowski y Henry Miller. Un estruendoso rock en el tocadiscos. Ruido incesante, frotarse uno con otro por falta de espacio. Alguna chica sonríe. Pero hoy hablamos, Fernando y yo, y por diez años continuamos la conversación, él o yo en la cárcel, ambos en la rehabilitación, dos años de probation para mí, cuatro para ti. De vuelta al Connection. Ronald cierra pero nos quedamos, *por no querer perdonarte me está matando el dolor*, Bolivia, la calle donde vivieron, donde quizá tomamos juntos, mesa a mesa, codo a codo, desconocidos de entonces, desconocidos de siempre, together en Washington que brilla de humedad negra por la ventana. Hora de las nostalgias *llora llora corazón, llora si tienes por qué*. Ella, mi esposa, era así. Cuando mi hermano llegó de Suiza, aquella vez, lo recibimos. Historias van y vienen. Ella era así, hermano, y ya no está. Cada ella, la mía, la tuya, la nuestra, *caminito que el tiempo ha borrado*, es la mejor, la única. Y se han perdido, el total de ellas, en cuerpo y alma, *desde que se fue nunca más volvió*. ¿Un vodka? Meta vodka ¿Amaretto? Amaretto. Exquisito Ronald en su convencionalismo alcohólico. ¿Miller? Cerveza, claro, y Rolling Rock y amanece.

Conocí a Fernando en D.C. y me gustaría acordarme la noche exacta, en número. Hace ocho años que no lo veo. Hablamos cuando podemos y por meses conversamos en silencio. ¿Hay alguien ahí... afuera?, pregunta Pink Floyd: en la esquina de la capital, ni frío ni tan oscuro, quieres llamar a tus padres, pregunta Fernando y con eso ya me cae bien. En abril último me dice que sale por la Columbia Pike a tomar el bus, que llamará mañana. En la encrucijada de ese teatro viejo donde sirven cervezas mientras miras cine. Y la búsqueda de Fernando en la memoria se asocia íntimamente con la ciudad, no Alexandria donde vive, sino Washington donde vive también. Fernando, mejor que ningún otro boliviano posiblemente, hace de la ciudad su alma espiritual. D.C, para él, lo que París para Picasso y Dresden para Kirchner. Me encantaría, Carlos, volver a Cochabamba, pero ya no podría. Washington se convirtió en mi casa. La vi crecer, cambiar, los cerezos en flor, caminar por la arboleda, leer libros de Bukowski, escuchar a Serge Gainsbourg, un draft en the Oxford Tavern. Y no oí a otro con tanto amor por esta aldea urbana aunque yo también amo Washington con la eternidad de la alegría, de haber sido joven y pudiente trabajador, el embeleso de su arquitectura, su cosmopolitismo, rincones de ciudad antigua, paseos de modernidad, canales de Georgetown, guisos de cerdo con especias de oriente, variedad de tragos, piel de mujer multicolores, tabasco en la sopa en lugar de locoto, pero, en Fernando, D.C conformaba un universo impresionante, de diez años de contacto, de hacerse hombre, no muchacho romantizado de Cochabamba, sino amo de los destinos. Maneja Fernando, camino de Alexandria, su Cadillac desvencijado. Cargamos bebidas. Aumenta el volumen cuando doblamos por las embajadas. Las ventanillas abiertas, *Born to Be Wild*, a todo volumen.

Old Town Alexandria. Ladrillo.

Ladrillo rojo.

Ladrillo colonial.

Julio llegó, espera abajo en la entrada del edificio. Aguarden unos instantes que ya bajo, dice Fernando. Julius, como estás; Carlos, hermano. El ascensor se abre y Fernando regresa de saco café con una bolsa de papel madera que oculta el alcohol. Enfilamos hacia el departamento de Ronald. En el balcón mínimo se cuece el asado. Sol de otoño. Fernando mientras se pone el mandil para cocinar ajusta un cd de Tom Waits.

Mario arriba. Saco un cassette del bolsillo, *Stand by Me*, en versión de John Lennon. La tarde se evade en la espuma. El cielo pone cortinas grises en las ventanas. Una fotografía:

cinco sentados, cinco bebiendo, y la música que no se puede retratar. Busqué fotos de nosotros y no las encontré. Por la vida corrieron matrimonios, salsa y dolor. En el trayecto se han perdido los objetos. Seres sin arqueología, puñado de recuerdo. Alexandria pesa en la vida tanto como Cochabamba. Su historia vino veloz y consumió años en instantes. Cuando hay tiempo de nostalgia me asombra ver que no solo los paseos por la campiña boliviana, en la adolescencia, valen; también los cincuenta pasos que hay entre el departamento de Fernando, Julito (otro Julio, de Nicaragua) y la taberna, al lado de la avenida, a una cuadra de un gran mural de *Marylin, d'après Warhol,* encima de una zapatería chic. La moza anota las preferencias. Mi nombre es Samantha, y huele a nombre inventado, veintitrés, mira soy fotógrafo, y me gustaría pagarte cuarenta dólares la hora por posar para mí. ¿Desnuda? A medias, nada que rehúses. Me encantaría. Pero como mucho en el vértigo de Washington, las fotografías rubias en cueros de Samantha ¿Samantha Eggar? no se imprimen, ni revelan, ni se toman. Salud, la espuma cuando seca permanece amarga en los bigotes. Ronald se ha desmayado ya. Lo ponemos en un taxi. Vino Charles, uno de los choferes negros de Kerry, a un bar yuppie, y ríe alto. Se acaba el dinero. Voy a una máquina y saco ochenta más. Charles alega que su esposa lo castrará y decide irse. Tomo un taxi. A casa, maestro. Me duermo. El chofer africano me despierta al llegar y no me cobra. Gracias, bro ¿de Malí? Me gusta Malí y Mauritaní y Algerí tambaleando abro la puerta. Al amanecer, como trabajo de noche no puedo dormir nunca bien, reviso la camisa y falta el resto del dinero que saqué. Igual a Cochabamba, alba en Caracota, los choferes de taxi le quitan en la capital a uno los relojes, la plata y la confianza. Sin embargo mi cuenta bancaria tiene como cinco mil en un año más o menos y dejo de preocuparme. Lindo estar solo, frazada en hombros, calcetines de lana. Dormitar... la magia de ser dueño de mi persona... mi bolsillo, mis discos. Suave en el tocadiscos personal susurra Bob Dylan, The Durutti Column (que muchísimo después servirá, gracias al gusto de un selecto y querido amigo muerto, Adhemar Uyuni, en el Teatro Achá, de vuelta en mi ciudad, de fondo musical para una lectura de dos textos míos de guerra: *Falsuri* y *Antietam,* dos batallas en un extremo norte y otro sur, igual a mi vida, dividida entre Bolivia y los Estados Unidos, y las ligazones de ambas que son los amigos hundidos o salvados en la misma dualidad mía. El busto de José Miguel Lanza sobre ruinosas tumbas de doscientos años. Coronas púrpuras y negras de papel sobre las cruces, polvo, la historia es lo menos que se quiere recordar. Causa pena, al anochecer, la excesivamente grande testa del guerrillero mirando al valle. De hora en hora atraviesa un camión cargado de mulos y tiestos. Ya de noche baja el frío de la montaña. Me arropo y aguardo por un movimiento que no vendrá, algo que rompa el silencio. Un anciano zorro rojogris que ya habrá muerto se pierde entre los molles. Al país le estará ocurriendo lo que a Miguel Lanza, se va quedando ciego de tanto mirar fijo. Sin espacio para el poema o la filosofía, con un vértigo incomprensible, el valle cochabambino se lanza en una extraña mezcla de criollismo y falsa modernidad, y pierde consistencia, se evapora, deja de ser importante. En diez años más el busto de yeso caerá en la lama, lo usarán de asiento los que llorarán a sus muertos. Nada permanece, y, aunque Illataco parezca inmutable tendrá dentro suyo más de Virginia, EUA, que de Falsuri y sus olvidados espectros. Sentado frente al computador, con un café en la mano, mirando por la ventana la casa de la pintora Mérida, la hija que juega en el jardín con un fémur humano recién desenterrado por el perro, escribo *Antietam* intentando acordarme de la impresión de la muerte: *Evita tu ancianidad, me dice mi acompañante, y bésame. Y cuando la beso, pienso más que nunca en los azulados labios fallecidos de los soldados.*

Ladrillos de Old Town Alexandria. Un collar de ámbar para la mujer que no está todavía. El puerto. Sports Bar con Chris Kerry, hablando francés con una fascinante mujer alexandrina que viste largabrigoegro. Quesquesé Sé moa, Carló, de Bolíví, que quiere t'emer, t'aimer, no tenerte miedo. Chris Kerry paga las cuentas. Él, Julio y yo, afrancesados, después de descargar camiones con cebolla y papa, ruibarbo y pimentón púrpura, cargadores del primer mundo con la posibilidad de cambiar sudor por snob, amigos negros por vocecitas dulces que desconozco; moi, je veux t'aimer aussi ¿aussi cuándo? ici? maintenant? Right now, ahora mismo ámame take a walk on my skin. Ladrillos negros, rojos adobes cocidos de la ciudad vieja. Tiempos mezclados, rostros confundidos.

XXXIII

Cuando Gloria me amaba, repetía en el colectivo al Paso y camino de Anocaraire también: contigo me voy hasta la mierda. Parecía verdad, porque, y a pesar de la presencia de otra gente en el vehículo, me abre la bragueta, me acaricia y estira el miembro. Y así, con un público que se hace el distraído, Gloria me ama en la boca y apenas puedo refrenar un sollozo de gusto cuando termino y que espero se disimule con los vaivenes del cascajo.

Avenida Guillermo Urquidi, justo frente a la universidad. Hoy hay canchas de pelota vasca, de fulbito. Entonces pastizales con culebras y culos. Hormigas y muchachos; arañas, basura. El cerro San Pedro todavía sin bendiciones de Cristo, pelado, hermoso, árido. Piedras anaranjadas con negro, ferruginosas, greda que recogemos con Armando en baldecitos de niño, a casa, en la Oquendo a practicar génesis de animales y bestias mitológicas, de gente y autos, en el patio de atrás, mientras los vecinos brasileros de la otra calle, cuyo balcón se inclina hacia nosotros, molestan a las dos empleadas de mamá. Demetria, de trenzas largas, en quien los niños Armando y Carlos apoyan la cabeza para descubrir la redondez del seno.

Avenida Guillermo Urquidi. No te miento, te lo digo, a la mierda nos vamos juntos, a pintar piedras de colores y sentarnos en plazas para venderlas por pan. Como decirme contigo me vuelvo hippie, hobo, vagabunda al estilo de Máximo Gorki. Y abre su camisa a rayas para asomar tímidamente a la tarde y a mis labios sus pequeñipuntiagudos pezones.

Se acuesta sobre el musgo. La cordillera de fondo, q'ewiñales en las cimas cercanas. Tu blanco cuerpo sobre un fondo verde, tus púbicos oscuros españoles vellos, crecidos, revueltos. Ven y verdad mujer Gloria amiga que mientras me acuesto sobre ti pienso que juntos nos podremos ir, de la mano, pegaditos, más sexuados que romantizados, al culo. *I am he as you are he as you are me and we are all together. See how they run like pigs from a gun, see how they fly I'm crying... I am the walrus.*

La casa de Ana Crespo, amiga y socióloga. Su chico, novio conocido amor amante compañero, Ronald. Gloria, Carlos, Carmen, Ronald para ustedes y le hace dar una vuelta de baile para observarle bien las caderas estrechas de dibujante, pelvis de arquitecto.

No podemos cerveza porque doña Ana madre vigila. Risa y hablar de revolución. Poesía, sabes que Carlos escribe, él es como una tumba llena de regalos, que lo diga Gloria. Y Gloria le arrima el cuerpo extraordinario, mayor que el suyo y le reconforta en un beso todo el verso jamás publicado. Di algo. Odio leer poemas y sé que esta gente no espera que los declame, argüimos ser diferentes. Para qué decirles lo mío, y les doy Miguel Hernández *beso soy sombra con sombra*. Debemos dejarlos porque tenemos que ir a la fiesta del hermano de Marco —un matrimonio— nuestro profesor de economía. Marco nos espera en su silla de ruedas y se disculpa por no bailar. De joven, en el golpe militar de Banzer, dicen que lo tiraron por una ventana de la calle España en el vértigo sexual de la tortura. Marco se quedó mecanizado, para siempre, y su verdugo sonríe hoy a siniestra como lo hacía a diestra, imita la dulzura de George Harrison, toca música y se estancó en paz y amor de los sesenta, la bondad después de la muerte, y aún hay gente como yo que no cree en las ventajas de la cristiandad, en los cambios repentinos del mal a la bondad. Perdónenme Karol Wojtila, santo Parkinson, santo opus dei Escrivá y santo humilde, india mi sangre en algún lado del cuerpo, Juan Diego, pero a toda esta puñetera cristiana de piedad y perdón...

El matrimonio es una boda comunista, de miembros del partido, pero comunismo a la boliviana no la idiótica cara dura del Comintern y se baila, cuecas de Nilo Soruco, sí, y cumbia y saya. Marco se emborracha pausadamente en su sillón manual. Carmen se ajusta a Julio en la hermandad de las almas, y mi alta muchacha de seis y veinte años de piel suave y extendida prepara en verbo lo que se hará en carne cuando la fiesta se haya extinguido.

Carlos se acoda en la pared construida a medias de la facultad de Tecnología. La tarde es plácida. Una sopa de fideos de almuerzo hierve todavía en su estómago, perejil picado y medio locoto tostado al fuego. Ojos que recorren los eucaliptos hacia el cerro, la grama amarillenta de la cancha de fútbol, el enrejado, ese dejo de niñez antigua que prevalece en la universidad, quizá porque él vivía cerca, porque sus padres lo traían a escuchar folklore revolucionario, tal vez porque entonces uno se hacía matar y parecía que morir tenía un mensaje. Puto romanticismo, Gloria. Caderas que pueblan sus jeans, las corvas que le sobresalen de los calzones, polera breve, anteojos, la bolsita de las sociólogas con ánimo de vestirse indias, todo lo que dejará al lado cuando la eche en el pastizal y fuuu el viento fuuu correrá fuuu por encima, hoja puntiaguda de eucalipto que se revuelve al caer. Los dos mirando el cielo a pinceladas de árbol, el vecino parquea su camioneta. Amor de calle, amores perros, dulce amor.

Como en la canción tarijeña, Ana y Ronald estaban entre idas y venidas, tanto pasar por aquí. Y en los entreactos aparecíamos nosotros, congraciándolos, agraciándolos. Ronald se situaba entre el borde y el lejos. Semejaba ser más viejo, era arquitecto y no sociólogo. Miraba el mundo entre rectas y perspectivas, nosotros ni lo mirábamos, intentábamos soñarlo unos, aprovecharlo los más. Con Ana nos perseguía la noche, cantos y amaneceres, *Molly is a singer in a band*, los tonos de la chicha, de rojo ladrillo hasta cal mezclada con sol, no con sal.

Una noche varios de nosotros supimos que Ronald se iba a Estados Unidos. Pasamos por su casa. Bebimos en el patio de losas cuadradas de cemento. Chicha entre el 18 de mayo, el Cuartito, el Osito, hasta finalizar en la casa verde cerca del mercado Calatayud. 1898 la fecha de construcción. Mesas de fórmica imitación de mármol. Chicha regada como pasada de lluvia. Pancho Ardaya, camarada para nosotros y controvertido en otros círculos con un gran sombrero porque "me persigue la policía secreta". Cambiamos camisas, la mía era verde. Terminamos tomando en los dinteles de las puertas con un mugroso balde chichoso. Me hace frío. ¿Frío, Ronald?

Toma mi chaleco —me lo había traído de Córdoba— y nunca más lo vi. Se esfumó no se lo vio otra vez ebrio arquitectural deambulando por los bares. Ana decía de cuando en cuando que me escribió y me ama y nos prepara casa y chimenea, y calcetines sobre ladrillos para cuando llegue Papá Noel. Hoy Ronald, ya mucho más cercanos él y yo que entonces, ilusiona su espacio con Ana por encima de sus más esposas que Mahoma y los once mil falos de Apollinaire. Lo escucho y admiro la persistencia de la memoria, el objeto del deseo, el dulce encanto de la burguesía. Hasta dos años atrás la posibilidad de un viaje por el espacio que los reuniese en largo beso era casi concreta. Cada lustro se abre un resquicio de ambigüedad, de quizá y tal vez y termina en nunca. La mujer, Ana, se parece a la ciudad, la nuestra, siempre allí, espejismo que se puede tocar con algún esfuerzo y la certeza de que jamás volveremos a ella, porque tendríamos que horadar el pretérito y nuestros ojos no querrían ser los mismos de allá. No deseo ver de nuevo a los amigos muertos, el túmulo de la vida ha crecido tanto que Ilión, como la Troya de Homero y la de Schliemann, se ha transformado en quimera y bastantes problemas me circundan para que me ponga fantasioso o melancólico.

Ronald se pierde en avión. Los años caminan. Ana se casa y con el hijo se sientan a contemplar el sol rojo de Recife. No hay noticias de uno ni de otro.

Come together.

Recife, Alexandria, Redwood City, Columbus, La Baie, Poitiers, Cali, Los Angeles, New York, Arlington, Philadelphia, Portchester, Munich... nombres de exilio.

Come together.

Luciano de Samosata puede convocar los fantasmas de quien desee. Yo soy más humilde en mis alcances pero no en mis pretensiones. Quisiera a Marta Giorgis que fracasa en enseñarme antropología, joven de nuevo con su chaleco a cuadros verdes, desnuda mejor, si pudiera usted, profesora, como donación al espíritu de su alumno poeta. Quisiera tantas cosas y me quedo con pocas que no significa que no son excesivas, demasiadas. El instante mínimo pletórico de riqueza, temática y memoria. Solo avaricia aspirar a más. Avaro soy y deseo la inmortalidad de la presencia de todos y todo, bello y feo, bueno y malo en mí. Ahora. *I'd like to be in an octopus's garden with you.*

XXXIV

Cumpleaños de Ronald. En una esquina del bar una mínima parrilla asa bocaditos gratis para el público. Nos sentamos con los gringos jefes del Connection, Fernando, Julio y yo. Apagan las luces, prenden las velas, *negrito ven préndeme la vela*, y aparece una rubia exceso de armonía en cuerpo hembra. En el maderamen se suelta a bailar. Profesional de striptease; la pagan los jefes. Queda en malla; con la mano izquierda baja el suspensor de la derecha y muestra un seno rosado con pezón rojo, por las luces de neón. Muestra el otro y como si le costara baja la malla hasta dejar una burla de calzón cubriendo los pelos que le salen por los costados. Nos traen más cerveza, cada vez más fría, y ella pregunta ¿quieres, cariño, quedarte con mi última prenda? al del cumpleaños. La baja por las largas piernas anglosajonas y se acerca a Ronald apoyado en la barra, con tremenda infección de sexo según se nota en la penumbra. Acerca el calzón a la nariz, se arrima a ella, le busca el calor de las tetas. Se escurren detrás del mostrador, y en el reflejo de espejos y botellas de licor, jadea el amor pagado. Julio me mira, salud, Carlos, hermano, puta, quién creyera que estamos aquí. En cinco minutos revive Ronald, un revuelo de cabello sin peinar. Ella agarra una servilleta, la dobla en dos, se la acomoda como un tampax y calza su malla de nuevo. Besa a cada uno de nosotros, bye, baby, y su olor pegado en nuestras ropas de hombres solos. Le empalmaremos de una vez sugiere Julio. ¡Meta! Nadie sale vivo de aquí, no one here gets out alive, chupemos rápido para no emborracharnos; chupemos hasta la embolia. Una mujer pasó por la noche; a uno le dejó jugos y al resto aromas para que las horas no pesaran tanto, para olvidar el trabajo. Carnal, Fernando, por el placer de conocerte. Carlos, hermano, poca gente me ha impresionado pero tú. Ronald sube al tocadiscos y *Cali pachangero* invade los Estados Unidos sin que los servicios de seguridad del Estado se den cuenta que esto se está haciendo costumbre y que ya no podrán pararlo, ni reformarlo. Ronald es un año mayor que Carlos, pero cuando se tienen treinta aún no se cuentan los dedos, solo los vasos.

Imagine.

So long Marianne.

Tú solo tú.

Hablamos hace una semana. Ronald daba de comer a su hija mientras sostenía el teléfono entre hombro y quijada. Las mías pintaban en el piso. Me digo escribe de una vez, se te olvidará todo, y desde diciembre del año pasado que no tocaba estas páginas. Lo malo de escribir así, espaciada en cinco años la novela, es que ya no te acuerdas de lo dicho, y te la das de Joyce, de hablar del estilo y la modernidad para justificar tu indisciplina. Pero, señor autor, usted cuenta la misma cosa varias veces en su libro. Señor, nunca nada es la cosa misma, la misma cosa, la missa maco, la masa misco, la comis sama, la coma sammi, si las palabras son solo pretexto de expresar sentimientos, ideas, voluntades, y la significación de los signos varía de usted a mí. Un hecho cualquiera, la rubia bajándose las trusas, es un objeto que puede ser tratado, perspectivizado desde infinitos ángulos. No me repita que escribo sobre lo mismo, porque ni yo soy el mismo que fui entonces, ni lo soy ahora. El preguntón, abrumado por su ignorancia, se retira con pesadumbre.

La noche olía a mujer. Ronald olía a mujer. Ella se había vertido completa sobre nuestro alcohol. Fantasma que ya no tiene rostro, pero cuyas piernas aún quedan serpentinas movientes contra el vidrio de la ventana.

TREINTAICINCO

La guerra de Irak ha terminado. Para no olvidarla, permanece el frescor de las balas en el aire, los días traen todavía muertos, siempre.

XXXVI

La guerra de Irak no ha terminado. Hace un año, desde la proa de un barco, Georgie Bush declaraba que sí. Hoy se apilan los muertos en féretros embanderados y los presos iraquíes, desnudos uno sobre el otro, se apilan también para las delicias perversas de los soldados de la democracia. Las hojas del árbol están verdes. Dos semanas atrás no había hojas y más bien semillas. Extraño país este donde las plantas paren antes de madurar.

treinta y 7

Nos veremos en Adams Morgan, a las dos. Hay un bar, Montego Bay, en la avenida... y nos puedes esperar allí. Iré con Mirella, la hija de Jorge Suárez, para que la conozcas.

Dicho; salgo cuanto antes del apartamento. No son ni las doce, pero desde el centro, no desde Dupont Circle esta vez, subo hacia Adams y reconozco los restaurantes, esquinas y parqueaderos por donde repartimos comida. Hoy no trabajo; hoy visto de otro, de negro cuero, con salario en bolsa y contemplo en la vitrina de Hispania Books una fotografía de desnudo del dueño, no del dueño desnudo, sino un desnudo, mujer, que fotografiara el dueño. Si hasta me invade la nostalgia de aquellas caminatas solas, abrigado porque caía el otoño, en el sol de la temporada, con brillo y sin calor. En Hispania hablo algo con el patrón; nunca fui muy sociable y a pesar de que tiene interés de comunicarme su saber, lo eludo gentilmente y me acerco a los estantes con pequeñas joyas en español.

Nada como la librería esa. Menos veces de las que hubiese querido asistí a su penumbra. Alguna vez una gringa desarreglada, pero bella, sentada entre los pasadizos, dejaba ver el nacimiento del ano. El dueño y yo, chileno y boliviano, desvividos por mostrarnos interesantes, mientras ella descascaraba con una mano los uñeros y con la otra revisaba *Huasipungo*. Al final, ya me cansé, te digo, de andar revoloteando sin alcanzar ni carroña, y hundí el hocico en un librito azul que aún conservo detrás del televisor y que narra la cruzada de los niños. Schwob, sí, Marcel, por cuya casa en Chaville me había paseado, con un sol similar pero en medio de hierbajos dejados por la desidia de inexistentes jardineros. En DC salía de Hispania a la intemperie, al sol refulgente mezclado con los edificios de ladrillo blanquinegro. En Chaville a caminar por la vía del tren, sin rumbo, hasta que la brisa helada del septiembre francés me hacía saltar el retén donde cobraban entradas y correr a refugiarme en los vagones de pasajeros de dos pisos. Cuando el guarda asomaba por los pasajes, bajaba, o subía si era el caso. Vías ferroviarias de Chaville, tan distintas a las de Vinto, camino de Quillacollo, con la joven Francine que ilustraba sus delicadas tetas al aire y al ferrobús que atravesaba, mientras me amaba, ella sobre mí, en sus espaldas los eucaliptos como dramáticos rayados de crayón.

A Montego Bay, bar jamaiquino entonces, con Schwob y recuerdos mixtos de sexos trepanados y cajas de verduras en los hombros. ¿Qué cerveza era aquella, de Jamaica, fuerte, que me advirtieron tomar sería peligro? Dos, vamos, dos Red Stripe, ahora sí, mientras espero a la hija del poeta y al amor de la hija del poeta, mi amigo Ronald.

Me dice Mirella: Carlos, cuando escribías tus *Textos para nada*, en Opinión de Cochabamba, 1987 en adelante, te odiaba. Quién se cree este cabrón para delirar sobre Lubicz Milosz mientras se juegan en Bolivia el hambre y la muerte, tan lejos de su fábula y su ego. Mirella, ya cuestan las dos Red Stripe en mi lengua, no es que estuviera alejado de la realidad. No, porque salía del trabajo, en el diario, a eso de las tres, y con el Enano, el Enfermo, Don Carlos, y otros golpeábamos el cuerpo con botella tras otra de Chapaco, comiendo restos de pollo flotando en grasa, masticando charque semicrudo caído de los alambres de cualquier sur. Pero Milosz escribía que habría de llevarme, llevarnos si quieres: *habremos volado por encima de un país en el que todas las cosas tienen el color apagado del recuerdo.* Como mi literatura Mirella, como mis lágrimas bajo la noche cochabambina, cuando Chino Navarro me cuenta —eran jóvenes ellos— que trenzado se había, en amores, con Elisabeth Michenot, a quien yo tanto quería...

¿De Montego Bay adónde fueron?

No me acuerdo. Ronald decantó una serie larga de cervezas sobre nosotros y creo que comimos. Él se había convertido en un sibarita capitalino, ducho en salsas tailandesas, en vodkas y en el mercado internacional del culo, como cuando se es joven, se gana y se ha emigrado al extranjero. Que no necesito tan craso lenguaje para explicarme que me hallaba envuelto en los lazos del amor. Huevadas, hombre, así como Lituania se mira apagada por la sombra del recuerdo así se miran las nalgas cuando ya la noche ha pasado, el alcohol se disipa del verbo y las mujeres toman la prosaica forma de oficinistas perdiendo su misterio. Como que cae un velo, opaco, y la maciza realidad de un glúteo ajustado en tu mano se esfuma y huele a ropa guardada.

Ronald nos deja, a Mirella y a mí, en casa de Carlos Pariente, donde se aloja, para recogernos en un rato mientras consigue una lana. Alcoholizados le pido un beso a Mirella, como si fuese traidor, y un beso consiste la cumbre más cercana de nuestra amistad. De allí regresa Ronald y al salir alquilamos un auto, quizá era de Mirella, y enfilamos al Connection donde una retahíla de botellas susurra los secretos que guarda en su líquido poético. Que vodka va y dos Michelob, que tequila mientras comemos Doritos arreglados por la hábil mano del anfitrión. Por supuesto hablamos de Jorge Suárez y recibo un libro de regalo donde sutilmente se materializa Santa Cruz de la Sierra en tiempos de represión.

Todos amamos el arte. El arquitecto Ronald Arandia a Le Corbusier; la hija del poeta con sentido disgusto de autores bolivianos, su herejía personal y fructuosa de haber crecido y hecho crecer a los músicos de Konlaya; Carlos, por aquel tiempo, enfrascado en las luchas tupamaras, criticando algunas acciones de niño que él no habría cometido, porque —se explica— para hacer revolución no basta con la logística de tomar un poblado, izar una bandera y difundir himnos nuevos por la estación de radio local. Para la revolución hay que matar y casualmente cruza un insecto la mesa del concilio y lo aplasta. La muerte como único recurso de cambio y sí quiero a Gandhi pero a mí no me pones a comer arroz y andar casi en pelotas. Es un asunto de huevos como diría Roque Dalton en su libro sobre Mármol...

XXX y ocho

El autor sugiere a Carlos un alto. Hay momentos de charla y otros de ocupación. Ya se me pegan los cojones de estar sentado, Carlos, y he de tomarme una ducha. Grab a Heineken downstairs and wait for me. Ajusta play en el cd player y *un hombre tan valeroso y a Montilla lo han matado*, joropo venezolano...

XXXIX

Transcurren las horas allí en Washington DC. Como a las cuatro de la mañana ¿quieres ir a Nueva York, Mirella? Alistamos equipaje: un amaretto, 24 cervezas, media botella de ron, y hacia la salida al norte, bordeando el Potomac de amanecida mientras las grullas —supongo— limpian su pico de moluscos del barro en el fondo helado del río. Marzo, quizá abril, por qué no pasamos por Filadelfia para hallar a Julio. A Filadelfia me voy, a Cochabamba quisiera, a Filadelfia nos vamos, mientras en la entrada de la ciudad (como si fuese villa medieval que tuviera entradas) nos avisan de un festival cajun. Cajun vendrá de cajú, almendra tropical. No. Las explicaciones versan sobre Francia, España, la herencia negra y el creole. Cajun sobre los chalecos de metal donde raspan los palos que producen música, y violines, y temperamento como en veinte años después miraría en su lugar de origen, la nueva Orleans.

Conseguiste hablar con Julio. El teléfono no responde, quizá haya un código que desconocemos. Mientras tanto bailamos, más tomamos que bailamos, con las caras pintarrajeadas al estilo cherokee, con el alma cubierta de brochazos multicolores que unos llaman a la ausencia y los más alegran las perspectivas de vivir de nuevo.

CUARENTA

Carlos se recuesta frente a la ventana. Hay nieve derritiéndose, haciéndose barro en las orillas del parque. De alguna manera está confinado en un lugar que no escogió, con invierno de 6 meses como si él puta madre fuera Jack London, en talento y en aguante, y bien sabemos que no.

Mamá, llama a Cochabamba (habrá terminado el almuerzo, las hojas de paraíso a esa hora caen justo sobre la ventana del cuarto de adelante, suavizadas por las delgadas cortinas de lino). Cómo estás, mamá, yo aquí como siempre, trabajo, cague y duerme (sacados los zapatos, el sol que alcance tanto pies como el cabello en las sienes al lado en el cuarto de papás la radio con música clásica como cuando éramos niños cuánto tiempo demasiado). Sí, ella está bien y tampoco me quejo. No me hagas caso. Pero cada vez que me telefoneas pareces deprimido. No es que me quedé pensando en los días de joven; ahora mismo recordaba un viaje que hicimos con amigos a Nueva York, te acuerdas de Julio (la siesta cae pesada en los párpados por tres horas apenas gorjearán los chiru-chirus los tejados de calamina de los vecinos rebotan un agradable calor en los ladrillos de la casa). ¿Y de salud, te encuentras mejor? Claro, te entiendo, quién puede con esos cabrones médicos bolivianos, banda de mestizos adoctorados con ánimo de extranjeros y lengua nacional. Bueno te dejo descansar ¿harás la siesta? Sí a esta hora ya la necesito. ¿Qué comieron? Las milanesas no estaban mal, aunque quizá nos excedimos en el ajo para el puré y la ensalada como te gusta, sí ya sé que prefieres aceite vegetal al de oliva, pero bueno. Y tú. Ya comí. Adiós mamá; besos; te quiero también. Extiende la mano Carlos Flores hacia la repisa de color crema debajo de su lavaplatos y extrae una latita con media docena de chorizos Viena de tres centímetros. Se los traga enteros. Por el teléfono, día y noche, los vendedores lo atosigan. Que no que no necesito, que no quiero refinanciar la casa. ¿Mister Floures? No mister Floures se ha muerto, lo han matado, lo pisó un camión y los cuervos se refocilaron con sus intestinos repartidos en la calle... parecían lombrices forzudas. Ouh! I'm sorry. Wait, si quiere le cuento más... El gringo colgó el auricular.

XXXXI

Pasaron por New York en el hálito de un par de cervezas. En alguna orilla de Manhattan un bar los acoge. Para entonces era todo humo. Alcohol en Filadelfia, alcools por cada lado. En el auto, amontonadas, las botellas vacías mientras Mirella maneja: Michelob, Budweiser, me gusta la Killians roja, Ronald, y un seis de killians se evapora en las gargantas. A la mejor moda de Bolivia comenzaron a tirar botellas y latas por las ventanas. Corríamos a setenta millas la hora y los objetos estallaban al caer, producía el vidrio un chasquido como de corazón roto, casi el grito de un suicida enamorado.

Enfilamos al norte, hacia Portchester. Ronald recuerda una amante allí, Carlos ya ni se acuerda de su nombre. Ella no se había casado y recibió a Ronald con maternidad más que con erótico; estaba Mirella además, casi pelirroja y entusiasmada. El desmadre de viajar ebrios, salir de la noche de improviso, un cuadro de Pollock, pintura tirada al azar y en ese azar se encuentran delineadas sendas con algo de sentido.

Antes de acomodarse a dormir, vamos al parque, allí está Alejandro. Alejandro un abrigo llevaba porque el invierno se estancaba terco. Alejandro era quien viajara con Carlos, 1981, con ánimos de Europa a Santos, Brasil. El mismo a quien Carlos dejó porque mucho extrañaba a su perro y a su sobrina Zara en Cochabamba, que a esta hora están durmiendo y no quiero alejarme de ellos ya que corta es la vida y te dejo en São Paulo con tus sueños y puñetera vida la tuya qué me importa a mí.

Pero, si así eres ante la dificultad, Carlos, no llegarás a nada. A cuarenta y cinco he llegado que es mucho y miro por la ventana como en el jardín toman sol las tortugas de mis hijas, el gato Jeremy salta de un lado a otro y escribo una novela que no tiene principio y menos va a tener fin.

Que te vaya, bien, Alejandro, y sé tu odio hacia mi persona por fallarte. Fallarte, crees y dices, fallarme me interesa y me cago en tus concepciones de futuro y de éxito, mayor es mi amor por los míos, mis ansias de acostarme en cama y que mamá me llame para el té. Ahí te veo...

Estábamos en Portchester, retomando la historia. La galería seguía así: una mujer conocida, cuerpo y pechos que de Ronald en su boca se habían aguado, una hermana desconocida con un marido que era Alejandro, inusual y efímero compañero de viaje de Carlos Flores, cuando contaban ellos veintiuno. Otra hermana desconocida y su esposo Ramiro que también compartía una generación y se había paseado en las chicherías con nosotros aunque él era de La Salle y no queríamos tener que ver con maricones semejantes. Era, si mal no recuerdo, compañero de curso del mucho más adelante hombre fuerte de Bolivia, de la época de Sánchez de Lozada, de nombre Sánchez Berzaín y que degustaba lo más típico de aquel colegio insano que era esa cáfila de curas pajeros que sudaban el ojete debajo de sus impuras sotanas.

En aquel parque de Portchester, cerca de Nueva York, hicimos una parrillada criolla; la regamos muy bien con trago. Al atardecer, llevaba Carlos una camisa prestada porque la suya la entregó en Filadelfia a un barrendero negro, camisa francesa, fina y suave como de Francia son las cosas: las tetas, las nalgas, el lino y el vino...

De la parrilla la sugerencia de una ducha. Ronald y Mirella desaparecían de a ratos, sacándole jugo a su juventud.

La ducha, el agua que se escurría en un mínimo baño. Me miro los pies, peludos los pies y el agua entre ellos; el jabón como río de montaña, pura espuma. Al lado he dejado mi botella de vino. La descorcho, ya está a medias y entre las gotas en túmulo que escancian mi cabeza bebo, alistándome para la noche que promete fiesta; es el cuatro de julio.

Hay fuegos artificiales. Los recuerdo mientras hago un alto en mi almuerzo. El gato Jeremy y yo estamos solos. Se llama Jeremy por el personaje de *Yellow Submarine,* el animalito medio hombre que habitaba la nada y sabía todo. Jeremy y yo entonces pasado el almuerzo. Agoto la última copa de un Bonarda tinto de Mendoza, acompañado de una carne al horno envuelta en achiote y mejorana con pizcas de rosé californiano para el jugo.

Hay fuegos. Artificiales dicen. Fuegos.

En la pequeña ensenada de Portchester miramos la gran ciudad, la novísima York con cabellos de metal incandescente que duran segundos. Ya van casi veinte horas de tomar sin calma. Corre la cerveza por las piedras donde nos sentamos. Era yo, en mi ciudad, un niño que cuando podía se hacía espacio en una piedra y contemplaba la montaña. El aire eludía eucaliptos y sauces. Para qué negar lo apacible de ayer. Salud, y otro tinto que se anuda a mi corazón, que me enternece de nostalgia.

Hay fuego en Portchester, *fuego en las llanuras del Cayatte*.
Ya he contado la historia. No implica que retroceder y revertir, y retratar lo mismo desde distintos ángulos sea malo.
La diferencia —y la ventaja de uno sobre el otro— entre pintura y escritura está en lo concreto que se puede lograr con una paleta. Hacer cubismo en verbo implica más trabajo, exceso de razonamiento también, sin desmerecer a los coloristas que su parte hacen en esto de mejorar el mundo.

Dejamos Portchester algo después del alba. El coche olía a alcohol, las ropas, la boca de Mirella crucificada largamente en el beso de Ronald evaporaba alcohol. Añadimos un par de vodkas al equipaje esmirriado que llevábamos (las ropas nuestras). Nos detuvo un accidente en la carretera apenas entrados a New Jersey. Un cuerpo colgaba de la barda de protección como un fantoche sangriento. Miraba con el único ojo que le quedaba justo hacia nosotros: una especie de zombie matinal. Su vista apuró un cascante vodka que sonó en la garganta igual a si se raspara un sexo no lubricado, falto de foreplay... El muerto además mostraba parte del parietal, blanco como si le hubiese caído nieve y por la mejilla abierta asomaba una mala dentición con ausencia de muelas.

No puedo verlo, dijo Mirella, mientras entreabría los dedos para continuar en la escena. Medía quizá la distancia y la luz para grabar una fotografía en su mente y contarla a los hijos en noches de terror, bajo la intensa lluvia y los truenos que abanican el bayou. No puedo seguir viéndolo y masticaba el club sandwich por cuyo costado asomaba un trozo de cecina y goteaba, lenta porque era espesa, una gota de mayonesa Hellmans. No, no. Entonces de atrás la abracé, le acerqué el pico de botella sorprendido dequel color de sus lágrimas fuera exactamente el del vodka. Y me puse a cantar *Stenka Razin,* mientras arrastraban por la estepa al condenado, ajustado entre horcas. Así hacia el hogar de retorno, volviendo de Portchester, New York, New Jersey, a las apaciguadas calefacciones de Virginia.

Llegados, no sé dónde vivía en esa época ¿en la calle Monroe? ¿En Maryland? ¿Ya había con mis cuchillos de cortar sandías querido asesinar a mi mejor amigo? Son casi veinte años e intento exprimir la memoria. Bueno, llegué, me dejaron y tuve que subir al lecho y acostarme en las frías frazadas (sábanas nunca tuve de soltero). Soñé aquella noche con Colcapirhua, con Francine. El pueblo tenía tonos extraños, púrpuras. De pronto Francine que caminaba desnuda sobre mí, que me agarraba el sexo inerme y frotándolo suave contra su pubis lo despierta. Nos escondimos debajo de unas matas espinosas, huyendo de los nimbos morados que arrastraba el viento. La amé, me amó, y apareció vestida, apenas abierto su pantalón para relacionarnos. Corrió hacia arriba su polera negra, es de Irlanda, repetía, y escanciaba su pequeño seno en mis labios secos. Me dormí.

42

He aquí, decía Joe Day, como dijo meses antes Chris Brown para mí, dos pepinos, a cucumber and an english cucumber. Se parecen aunque son distintos. Cortó uno, el regular, y había infinidad de semillas en círculo. El vegetal inglés tenía menos, pero fuera del largo y el grosor semejaban ser especies de un mismo tronco. No me las daré de gourmet, repetía Joe Day, porque no como esta culera verdura británica. Déjenme con la tradicional, cuando acompaño un plato de pollo frito y unas papas fritas. Después enciendo el televisor y duermo porque este motherfucking job nos consume la vida. Ni siquiera ya puedo encamar en paz a mi esposa, además que la muy puta ya está vieja y no me atrae. Hey, Big Mike, tú sabes las que a mí me gustan, esas quinceañeras que por pizcas de coca te succionan hasta volcarte los ojos.

Así eran las lecciones de produce a medida que aprendí. Luego las dictaba yo a los nuevos: el amigo Mahmud, turco, los marielitos que escaparon de Miami y gastaban bromas pesadas acerca de los bolivianos. La diferencia, y presten atención, entre una piña mexicana y una hawaiana está en el tamaño, el color y la acidez de su carne. Lo mismo ocurre si comparan una papaya azteca con estas llegadas de Indonesia, más caras y más sencillas de utilizarse en platos exóticos a la diferencia de su masiva prima. Es importante que no confundan los tamaños de los cítricos ya que los precios difieren enormemente en el mercado. Los grandes son comprados por gigantes como el Sheraton o el Willard, mientras que los pequeños, más ordinarios, se reparten entre los restaurantes de downtown. Hay que cuidar, sobre todo, cuando estaquean los productos en sus camiones o carros de mano, no poner los hongos debajo de cajas pesadas. Si se somete al hongo a presión pronto adquiere un tinte negro que disgusta a los chefs: por eso vendemos hongos de primera y segunda. Menos imaginar que otros, los shi-takes, enoki o los portobellos se dañen en el transcurso del delivery. Cada caja de estas cuesta suficiente para pagarles un día de trabajo. Las flores, atiendan bien, los pansies o pensamientos como se llaman en español, deben protegerse del frío o el calor. Entreguen las cajitas envueltas en celofán cuanto antes a los encargados, para que no se ajen. Se las utilizará en elegantes ensaladas para los magistrados y diplomáticos de Washington, para una dulce y florida cagada, ya digeridos, llena además de pensamientos sobrios acerca de la humanidad. Y esa la lección de hoy. Mañana hablaremos de cómo manipular las cajas de broccoli congelado, las variedades de greens de que disponemos: espinaca, acelga, collard, etc, y también los vegetales asiáticos que se venden muy bien y traen grandes beneficios a la empresa. Allí están kale, nappa cabbage, bok choy y harta gama de delicias naturales. Hasta pronto y que Dios no bendiga su puta vida en este depósito donde para protegernos del frío debemos meternos al refrigerador.

FORTY THREE

Allí, en uno de esos refrigerantes cuartos, temperatura específica cada uno, alardeaba mi juventud sin camisa. Entró de pronto una mujer, pequeña blanca y negro el cabello. Karen se llamaba, Karen italiana. Nos miramos. Observó el vientre mío a tiempo que levantaba una caja de manzanas, two hundred-fifty count, red delicious from Washington State. Anotaba Karen. Los Kerry le informaron que nadie conocía el warehouse como yo, nadie para encontrar las cosas y para diferenciar lo bueno de lo malo (hablando de verdura y fruta). A momentos entraban los dos managers a cargo en Kerry. Esforzaban sus mentes asniles en seducir a la muchacha. Pero no en vano vine de Cochabamba, que a vivo no me ganan, por corbatas que tengan.

Ganaba mucho dinero encima, tal vez más que los encorbatados. Y los brazos que se inflaban al tirar los sacos de cebolla roja, los ubicaba yo de manera de mostrarle a Karen el mejor perfil del valor, el macho que se expone como puta en vitrina, como mi amigo Chino comprando meretrices en los mercados de Amsterdam ¿o era Christiania?

Karen despertó el fulgor en Kerry Produce Co. Le insufló color a esa triste vida de hombres solos, enfriados y mugrientos, de guantes y dedos destrozados, en los amaneceres de Gallaudet bajo el ruido del tren diario a Nueva York, descoloridos y destapando la miseria del ghetto, de condones en los enrejados, de basura, de la infinita variedad de razas pobres. Llegaba unos minutos antes del alba. La mayoría de los camiones ya se había marchado. Quedaba el late truck, el de las órdenes de último momento, con el chofer asignado para la semana: Will, que no era amable, el bueno de John Pollard, otros que murieron en la vanidad de la memoria, cada vez más simple y reducida. Karen arriba en su coche rojo, último modelo, modelo del 89. Sonríe. A veces, comentamos con Chris Brown, llega hecha mierda. Toma, dice Chris, toma y culea como loca. Su cuerpo sierpe del pecado, entrelazada entre las ramas, abierto el sexo como sonrisa profana. Te digo, brother, esta bitch maneja el coito, es la emperatriz del tiroteo.

¿Qué tal, Karen? Hey, Carlos boy, como siempre, aquí vamos, a vender y colectar. Tal vez podemos ¿quieres? tú y yo unas cervezas, hay barras saliendo de aquí, y me comentas sobre tu ciudad, exótica Bolivia ¿no? donde los niños van a la escuela en borricos atravesando la floresta.

Decimos, habían pasado dos semanas desde su llegada. Venía perfumada, el invierno persistía en marzo; alientos congelados. Lleva abrigo, me cuenta Carlos, abrigo negro y camisa roja, y labios carmesíes de vampiro. Poison, creo poison su perfume, elevado sobre el ácido olor de podridos watermelons, por encima del rico, delicioso, aroma de los perejiles, ambos italiano y chino.

¿Salieron finalmente? Rodeas los hechos con ínfulas poéticas, Carlos, que no vienen bien con un descargador de camiones ¿cómo les dicen en tu país: cargadores? Salimos. Terminé el trabajo hacia las ocho. Era sábado. Día libre en la noche, el único. Ya regreso, Karen, a qué hora te busco. El papeleo estará listo a la una y de aquí nos vamos. Camino apresurado hacia Union Station. Lo que es cuarenta y cinco lo hago en treinta. Felizmente llega la línea roja y me voy hacia Tenleytown. Me recuesto una hora, necesito fuerza, me ducho, hablo con Harry y salgo con una flamante chamarra de cuero café, trescientos dólares contantes.

Otra vez a caminar, en sentido contrario, de Union Station al mercado. Paso el McDonald´s de la esquina, el Roy Rogers cruzando la calle. Doblo a la izquierda, otra izquierda. Atravieso los negocios de mariscos. El hielo y el hedor escapan en hileras al medio de la calle. Qué pasó, carnal; qué hubo, pisón, saludan los salvatrucos. Un gesto al coreano donde desayuno en la mañana, eso si no abro un pan, corto una jugosa palta californiana, picante serrano en rodajas, tomate fresco, hojitas de perejil y me como un sandwich vegetal, rociado con sal, único, entre mi refugio, casi una quebrada de las paletas de papas Idaho por un lado y las bolsas de cebolla amarilla de cincuenta libras por otro. Tengo, siempre, mi galonera de jugo de naranja, puro no concentrado. Pero a veces al coreano, alitas picantes, barbacoa de puerco estilo negro, sopas de fideo asiáticas... Un gesto al coreano luego derecha, otra vez una bodega de mexicanos y salvadoreños qué hubo, pisón ¿qui hubo?... Primera puerta levantada, parte trasera de Kerry Co. No hay nadie. Allí amontonamos los gigantescos envíos del sábado, aquellos que no necesitan refrigeración a no ser que se tema perderlos. Hay sandías, en empaques redondos con cincuenta frutos adentro, ovaladas y redondas. Papa, uno de los productos de más venta, miles de cajas, aguacates de California verdes que hay que dejar madurar. Segunda puerta. El auto rojo parqueado. Big Mike que me mira y comenta, puta, Carlos, te has aliñado, pareces puto, hasta colonia llevas y pensé que tú eras como nosotros: vergudo y negro y popular. Cállate, huevón, palmeo a Big Mike, es tiempo de comer pussy. Ah, ya, ya, go ahead, my friend. Hey, Carlos is gonna get some pussy. Hey, hey...

¿Lista? Retrocede y dejamos el depósito. En la sombra de adentro, casi al lado de la oficina, donde están los cuartos 1 y 2 veo los ojos cómplices de mi querido Big Mike, mi mejor amigo negro, brillando. Un poco este triunfo es el de todos nosotros, los ofendidos. No pudieron los jefes encamar a Karen y aquí el amigo que sale con ella, y un hombre sale con mujer para eso, como cuando se saca la pistola, solo para matar.

A casa de Gustavo y su esposa. Llevamos una caja de 24 —veinticuatro cervezas Miller Draft—. Aceitunas y fries. Un jueguito, por trago, que consiste en hacer rebotar en la mesa una moneda de 25 centavos y meterla en un vaso vacío. El que mete invita. Y tengo la práctica en juegos de alcohol de años de desvarío. ¿Recuerdas, Julio, Raúl, bordeando el cerro, en los altibajos del Cero, en Balderrama y Wasa Línea en Quillacollo? Invoco las artes del alcohol cochabambino y les doy duro. Pronto se relajan las bocas y la lengua se enternece con el paladar e irrumpe sórdida en la conversación.

Me acariciaba los dedos, suavemente, cuando luego de jugar bajaba las manos. Un vaso tras otro y la camisa roja de Karen que se pega de sudor. Un tenue collar de piedritas grises se estampa en el costado de su pecho. Le muerdo el oído, le digo que quiero verla sin nada, solamente con la susodicha joya. Uno se pone imbécil de deseo, ebrio además. Induje a Karen a la cabina de teléfono y mis pantalones no soportaban la expresión de sangre que crecía abajo. Le agarro la mano, combo el estómago y metiéndosela le digo que sienta el latido de la fuerza.

Al baile ahora. Cuando bailan las norteamericanas se alejan de ti. Cierran los ojos y parece que te movieras solitario, no hay la afirmación de la mirada, de la sonrisa. De pronto te agarran, se te aferran, frotan pubis contra pubis y en medio del ardor crees que ajustas un animalito asustado, desprotegido, que sin embargo entre índice y pulgar palpa el latido de tu vida y te demanda: penétrame con pasión.

Karen se durmió en la noche. Si invento memoria, sus muslos robaban un tinte dorado de la luna afuera. Brisas nocturnas de Washington DC, la persiana que se agita, tus vellos que semejan rizada barba entre mis dedos.

Antes, al albor de la tarde y un plenilunio anunciado de deseos subimos a tu auto, subí, te digo, hombre, al automóvil de Karen. Tuve el tiempo, al retornar a verla, de parar en la tienda de música de Union Station, la misma donde conseguí un Gardel ¡a principios del 89! Te traje esto, Karen ¿por qué? por nada. Es un cassette de los Mekons, su segundo disco: *New York*. Es hacerle el quiebre sentimental a esta nuyorkina mientras domino las ansias que se agitan como ser aparte detrás de la bragueta. Los Mekons, Karen, son un grupo post-punk británico. Disquisición mínima acerca de Jackson Pollock y la portada del primer album. No le interesa. Pregunta cómo es el sol en Bolivia; en Cochabamba... susurro y pienso en la falda de la montaña, el sol se escurre entre los eucaliptos, cae sobre la espalda de Francine, de Elisabeth, de Gloria, toma los pechos de Dalia, mojados por esmirriada cascada. Me mira. Lo siento, Karen, divago. El sol es fuerte, estruendoso, al sur. Arrebata los árboles de raíz, quema la piel de los amantes. El sol es como el viento, es el viento qué digo, el calor que se acerca apenas pasa una nube y sube con lentitud de segundos por las blancas nalgas inglesas de Francine. No hables del sol y le ajusto la rodilla derecha. Me duele, me caí de chica en bicicleta. La realidad que destruye el romance, por ahora, y The Mekons se adentra en DC con nosotros, dispuestos a todo.

Ahora sus vellos, sudados, más negros que esta oscuridad. Karen no despierta, continúa borracha. Y salgo a la intemperie fría del amanecer y pregunto a un pasante por alguna línea de metro. Quince cuadras hacia abajo.

44

How was it?

It was... no preguntes cagadas, Mike, ni tú, Houston, fucking Rosselle, I'm sure you want to hear the details in order to jerk off later in the bathroom.

Carlos, qué es esta puñetera "carambola". La ordenan del Sheraton y dicen que es para ensaladas. Ya te la traigo, Joe Day, carambola para que te frotes con ella los huevos.

El insulto, lo aprendí entre negros, es parte del ritual del verbo. Aquí no hay amañadas ni cultura, tu cariño hacia ellos está en decirle si se limpió bien el culo, luego de que un negro vergudo se solazara con él.

Aquí tienes, son of a bitch, carambola para tu gusto.

Carambola es una fruta tropical, la traían de Nueva Zelanda, y me recordó la conversación con Karen acerca del sol. Es amarilla.

How was it, dammit? No necesitaba ejercer presión alguna. Su cuerpo era como de mantequilla. Pero qué sabes tú, fucking nigger, de la poética de la comida en su relación con el cuerpo femenino. Carlos, cabrón, ya te enseñaré yo con esta rugosa verga africana la reflexión entre fruta y coño, entre bermellón de frambuesa y carmesí de sandía.

Esa fue Karen, una adicción momentánea. El idilio, que recién comenzaba terminó bien pronto. Otra era la dinámica. Carlos no podía perder el tiempo en las mundanas ambiciones de ella, de una casa, un Mercedes rojo, como Daniel Kerry, un Jaguar metálico como el otro hermano. Aquel era tiempo de experiencia. Nada recordaba Bolivia. Sentado en el dock, idos los camiones con su carga, en el breve instante de alivio por la labor cumplida, Carlos se sienta y se apoya en la pared. Cómo ama estos barrios industriales, comerciales, sus enrejados rotos, las botellas esparcidas; sensación de abandono y sin embargo explosión de vida. Las ratas pasean por los bordes de los grandes basureros; junto a las ratas, los chinos. La mañana asoma por el puente que divide la ciudad: por un lado la opulencia de DC, por aquí la mugre y el desarreglo, pero ellos comen de nosotros, en lo más sofisticado de sus madrigueras toman lo que nosotros, los trabajadores, hemos escogido, empacado, limpiado, enviado durante la noche.

CUARENTA-FIVE

El viaje de un inmigrante hombre consiste de tres cosas: hambre, sexo y trabajo. La única manera en que va a adherirse al terreno es si una, o varias mujeres, lo dotan con sus artificios de cama de seguridad y confianza. Eso de ser "hombres" es una falacia. Sin la mujer la melancolía lo devora, le corroe los pies y, antes de que se descomponga del todo, se pone a correr, de regreso a mamá. Por eso en las noches de la inmigración, muchas veces en lechos casuales, la imaginación y la fortaleza se juegan la vida en un revolcón, y si no hay hembra que acompañe, uno se pone a pecar como Onán, como el mago de Lublín en aquella novela inolvidable de Isaac Bashevis Singer.

Carlos recuerda los epitelios de Gloria y de Francine, el pubis amarillo y redondeado made in Alemania, las cuasi africanas tetas de Miriam, la línea de sombra vertical que decora el casi imberbe sexo de la egipcia... Abre una página con distracción. Afuera se esparce la noche silente del otoño en Maryland. La casa huele a comida ecuatoriana; en el dormitorio del lado jadea una pelirroja bajo el embrujo —y sobre todo el pase— de un indio caribe. Bob Dylan canta. Las páginas de Schwob se ajustan al ambiente y de pronto se obvia la carnalidad de esta vida y pulula la angustiosa nostalgia de Monelle. Una mujer que acoge a un desesperanzado Napoleón; otra, la misma, que arrulla a De Quincey. La noche semeja un fumadero de opio, un cubículo donde el tiempo ha perdido su razón de ser. El paso al sueño.

cuarenta y seis

Ya ni cuento lo que ocurrió en Irak. En tres años de novela lo único que consiguió George Bush es que me desinteresara del asunto. Baño de sangre, muladar de cuerpos descompuestos.

Su obra va más lejos que toda ciencia ficción. El hombre ha logrado, quizá era su intención, la palpable presencia del infierno. Así pueden hoy, de rodillas, él, Cheney y Rumsfeld, entonar canciones bautistas que hablan de las verdes pasturas, las blancas iglesias de punta, el ganado y la mies, de los anchos ríos que cruzan el valle de Ohio y la inmensidad de Nebraska bajo la pupila de Dios.

Hoy, como nunca, la Bolsa de valores alcanza altitudes insospechadas mientras la clase media se debate en agonía. Es posible que la sonrisa malévola del Fiscal General, Gonzáles, tenga su razón de ser: Norteamérica se convierte en una nación más del Tercer Mundo, y los ricos podrán, con displicencia y sin temor acumular ganancias habidas sin trabajo.

47

La historia con Karen. Nos separamos. Un sábado en la mañana, luego de descargar cebollas rojas, bolsas más pequeñas que las normales, la asedié en el refrigerador mayor, al fondo, a la izquierda. Allí se guardaba la papa cuando comenzaba el calor a podrirla. Estaría a cuarenta grados, adentro. Ella apareció, con sus botines escarlatas y una blusa amarilla. Cuando entró, los plásticos cortinales, gruesos y duros, que impedían salir el frío chasquearon. Aparecí por detrás de un pallet de idahos, me dio el deseo, me golpeó fuerte como las manzanas verdes, las granny smith, en el concreto al caer. La atraje hacia mí y la besé en aquel penumbral edén de patatas. El collar de beads rojas que sufría en su cuello se hizo a un lado. Metí mi mano derecha profunda en su pantalón. La subí después hacia las tetas. La teta izquierda cupo en mi mano acostumbrada a separar melones de melones, limas de limas. Cupo en mi mano y no sé por qué pensé en Isabel Sarli, en su voluptuoso pecho que traían las portadas de las revistas argentinas de los sesentas. Pensé en Coca Sarli y pensé qué chiquitas tus tetas, Karen, como las de Hedy Lamarr, teticas de jovenzuela. Te imaginé en Nueva York, en tu ciudad, ante una ventana abierta. Y te amé, no había otra, entre varios cajones de papa... ni que fuésemos obreros. Te hizo frío. Tu piel se irisó, erizaron tus pelos, tus poros se erizaron, rizaron tus piernas. Los bordes de las cajas eran helados al tocar los costados. Indecente, no te puse una camisa debajo del cuerpo. Te atormenté conmigo por encima, con frío por debajo. Y allí, en ese instante de insano lucro, de ambición perversa por sentirte caliente en el fondo, te perdí. No dijiste nada, pero supe que eras oficinista, ejecutiva, y que no podías congraciarte de tal manera con los peones. Sacaste los pechos y te escurriste con una sonrisa. Un beso tenue y adiós. Pero yo era joven. Palpé el sexo aún sediento, húmedo. Lo acaricié y sequé los dedos en los cartones blancos que decían "Pride of Idaho".

48/Carla

Ay, pena penita pena, pena, pena de mi corazón. Qué pena ni qué coño. En la noche libre, sábado para domingo, dormí bien. Una tela por sábana por encima basta. Karen me dijo: llámame para ver si puedes verme. Me pareció extraño, críptico, riddle de ejecutiva. Que ver te quiero pero no respondes al teléfono.

Mañana de domingo. Te hubiera amado decente, en cama. Me hubiese puesto pijama para ti, y unas canciones de Laura Nyro. En lugar de eso tomo un bus, luego camino, derivo hacia la Columbia Pike, un cine viejo en una esquina. Unos bloques después un bar boliviano. Hora de almuerzo.

No había celulares entonces. Ni un puto teléfono para llamarte. A ver si me puedes ver. Estoy ciego. Aparece alguien. Hermanito, todos hermanitos somos los bolivianos. Hermanito, besito aquí, besito allá, mankakanca deliciosa, arroz blanco, carne en jugo; cerveza. Te disuelves, Karen, te me pierdes hoy, domingo, hundido en el agujero del mundo que es Arlington, Virginia, atenazado por el dolor —pero soy joven— arremetido por la fidelidad cariñosa, aparente, de mis hermanitos de Punata, Cochabamba, Melga, Sacaba y San Benito. De a ratos me huelo los dedos, distraídamente, como acariciándome el bigote y atrás, bastante atrás del olor de papas terrosas, queda un aliento de ti, un aroma, una intuición.

Aquella mañana de lunes, como siempre, llegué a Kerry y preparé lo necesario para comenzar el día. La "mañana" eran las once de la noche. Entré al cuarto de tomates, tibio, acogedor. Unas palabras con el tomatero, boliviano como yo, y a la rutina. Dos pallets de green leaf, primero, luego dos de iceberg y dos pallets más de papas Idaho, en cajas blancas, cincuenta libras de peso cada una.

Los promontorios estos subían hasta unos dos metros. Era, finalmente, trabajo de hombres, y tenían los empleados que poder bajar una caja de veinte kilos y algo, de una altura tal, sin problema. A veces la caja era defectuosa y se abría y las papas marrones, con polvo seco adherido, corrían por el piso de cemento, se escondían debajo de las cebollas, entraban a la oficina. Y... Joe Day... motherfucker nigger, dónde putas aprendiste a descargar así, o esas manos solo te sirven para agarrar tu pequeña manguera a tiempo de mear. Mueve tu culo, seguía Joe Day, if you don't want me to fuck you in front of the gentlemen here. Allí se convertía el martirio del trabajo en un instante de fiesta. Los negros reían sin límite, se golpeaban las rodillas, chocaban antebrazos entre sí. Yo reía con ellos. No eran los tristes negros del Tío Tom, eran los músicos de Leadbelly, los fogosos caminos del sur. Las calles arboladas, los olmos en cúpula de New Orleans. Era el loco adorable de Little Richard, la carcajada de Satchmo, los joints de yerba mala que se fumaban en los baños. Otro mundo donde los blancos miraban sin atinar a participar. No había resquicio para su puñetera ambición, su insano aburrimiento. Este era el imperio del culo, de la piel, de la santidad del coito esperanzado, cuando la vida parece terminada. Joe Day y su banda de negros salteadores, humildes, cariñosos hermanos de entonces, rimaba con la supervivencia, con el amor entre la desgracia sin par de la esclavitud.

Entré en el cuarto de tomates y discurrimos sin sigilo por la mentada recordación de nuestra tierra. Siempre hablamos de nuestra tierra.

¿Quienes hablan, Carlos? Nosotros, el tomatero y yo, de nuestra tierra. A esa hora no hay otros que nosotros, un par mínimo en la catedral del warehouse, donde el Cristo es un racimo de apios y el silencio es Dios.

Pasó la noche, se cortó con el rasqueteo del tren nuyorquino, más allá de los alambrados donde cuelgan trozos de papel higiénico y se secan al sol los condones usados a la intemperie. Es la capital del mundo.

En Georgetown, sobre el río, los muchachos de la universidad practican regatas, apenas flotan sus largos botes sobre el agua. En Georgetown las muchachas caminan con tenues blusas color durazno. En Georgetown contemplamos regatas desde el cómodo asiento de una cervecería en el canal.

En el market los condones se secan a la intemperie, después de haber sido utilizados bajo el sol.

Pasó la noche. Al amanecer llega Carla, chica nicaragüense de veinte años. Es la ayudante empaquetadora de tomates, la licenciada de las cajas de 4X4, doctora de las cajas de 20. Ayudante de empacador de tomates. Un digno sueldo y un trabajo de mierda, parada por horas armando cajas y separando los tomates por tamaño y color. Pero esas cajas se pagan en oro, son seleccionadas personalmente. Los mejores hoteles de DC las piden, para las ensaladas de embajadores y flautas, de flautas y cónsules, que comen las rodajas de los tomates más grandes, los 4X4, rociadas con aceite de oliva y orégano. No saben que con ellos se comen las manos de los trabajadores, las blancas manos de Carla, muchacha nicaragüense de veinte años. Blanca era Carla, Carlita le decían los bolis y los negros se morían cuando agitaba sus jóvenes nalgas en los largos docks. Carlos, preguntaba Joe Day, qué necesito para echarle un polvo. Estoy dispuesto a pasarle una droga, fill her up with shit, you know? Joe, viejo pendejo y masturbador, no te culearás a la ninfa con tu negra fea cara. Y ponte todo el shit de que dispones, crack barato y atontador, por el ancho agujero de tu culo.

Al frente, en los docks opuestos cruzando la calle, los chinos y vietnamitas de Sam Dong cargan los camiones como hormigas. Su trabajo es diurno mientras el nuestro se hace mayormente en la oscuridad. Los forklift entran y salen del warehouse de Sam que es un sucio amarillo hijo de puta, explotador y multimillonario, aunque no se cambia los pantalones de mezclilla por nada.

Joe llena un par de papeles, los firma y ready, Mickey?, se lleva a Big Mike consigo para descargar. Un día, años después, Big Mike llegará a ser receiving manager como yo; primera vez que un negro subirá así con los Kerry. No cuento a Chris Brown que es más bien mulato. Chris Brown, que cuando abro el cortinaje del cuarto 1 apenas puede abrir los ojos. Ya se echó el desayuno, una mixtura de crack con marihuana. Cigarrillos aparte. En un rato comenzaremos con la cerveza, en el auto de Dan Kerry, un Cherokee Wagoneer.

Chris Brown me pregunta cómo —es más decente que Joe— podría él enamorar a Carla.

Chris Kerry me pregunta lo mismo.

Un sábado, que siempre fue el día más tranquilo en el warehouse, porque en la noche descansaba, había terminado de barrer el depósito con los largos escobillones de metal. Conecté la manguera y moviendo pallets el piso quedó deslumbrante. En su modestia de ser un lugar de almacenamiento de fruta y verdura, parecía un lindo hotel. La luz entraba por los dos portales del frente y por los dos de la parte trasera. Atrás, donde teníamos vías de tren privadas, los pastos crecían libres. Me recordaba al patio de casa. El sol era el de Cochabamba. Y la mañana de sábado parecía la de domingo en Bolivia, apacible, tibia, silente.

Muy pocos quedaban en la bodega. Karen salía de la oficina. Steve, otro manager, se había encerrado con Dan Kerry en el auto de este para drogarse. Desde lejos veía el brillo lunático de sus pupilas. Pensaba yo en la hermosa mujer del jefe, tan bella y tan sola. Dan me confesó que se acostaba con ella una vez por semana, los sábados. Aquel era, entonces, día de honrarla. Y esa sugerencia de mecanicidad, de cita programada, arrebataba la herencia del sexo. Él llegaría, además, a casa hastiado de los humos de la mota. Sus sentidos, que algunos consideran embravecidos por la droga, estarían embotados, y aquella angustiante rubia de largas piernas y caderas muelles, se agotaría en el preámbulo del coito. No era justo.

Sábado.

Sábado.

Decidí que era bastante, que el trabajo acababa por el día. Entré al cuarto de tomates, más caliente que afuera. Carla se hallaba de pie, en el lado izquierdo de la puerta, llenando cajas de tomates, cajas color madera con tapas blancas y frutos dibujados encima. ¿Qué hubo, Carlita? Me voy; voy a cambiarme. Seguí al fondo, donde, detrás de un muro de cajas tenía amontonada mi ropa. Bajé el cierre del overol y me senté para sacarme las botas y de pronto Carla frente a mí, parada, sonriente. Me dice: "Muéstramela, pisón". ¿Que te muestre? Muéstrala y me señala el cierre que está apenas por encima de mis calzones.

Había un silencio de tumba en Kerry. De a ratos algún sonido del warehouse vecino, donde trabajaban los salvadoreños y donde el feudo se disputaba entre ellos y los negros, con violentas trifulcas que terminaban con ojos reventados y brazos rotos. Los salvadoreños llevaban todos machetes cortos en sus automóviles, y los negros lo sabían. Eran tantos, los centroamericanos, chaparros, feos y larguipelos, que decidieron tomar control de las cosas. Los bolivianos del mercado éramos tres, dos en Kerry y otro en la calle paralela, en otra produce company cuyo nombre se absorbió. Los bolivianos nos manteníamos al margen, éramos universitarios. La mayoría de los de El Salvador venían de la guerra, de ambos bandos. Un buen porcentaje eran soldados acostumbrados a matar, la violación como norma. Uno me relataba, en las albas al borde del basurero, mientras ambos descargábamos los desechos, que su unidad era "La Jungla" y que en las mañanas, cuando hay neblina por la humedad del monte, entraban con sus camionetas y jeeps militares despertando los pueblos. Descargaban por las calles grandes bolsas de cocos, pero cocos no tenían sino cabezas que cercenaron en sus raids nocturnos por las poblaciones adictas a los rebeldes... o no adictas.

Sábado. Bájate el cierre, pisón, y sácate la verga. Esta que habla es una muchacha de diecinueve, veinte a lo sumo, risueña, jovial. Tiene tristezas profundas. A su padre lo mataron los somocistas, siendo ella niña. Lo hincaron en el predial y le metieron un tiro en la frente. Lloraban ella y su hermano, mientras su madre era arrastrada al interior de la casa. Nicaragua dulce y presente. Dulce, no creo; presente, sin duda.

Sácate la verga, pisón. ¿Para qué?, pregunto de manera estúpida mientras me baja el cierre, me separa hacia abajo el calzoncillo y se agacha. Hay paz. No hay sonido alguno. Mis botas rozan los cartones y ese susurro resuena en el cuarto de tomates. Miro el cabello negrísimo de la empacadora. Lo lleva corto. Lo acaricio. He bajado el overol azul oscuro de mis hombros, casi lo he puesto en las rodillas. Y llego, me asomo, Carla me regala un inesperado sábado.

Cuando intento acariciarla, aún sonríe mientras se limpia los labios, se hace a un costado. Hasta ahí nomás, pisón, y se aleja a retomar su trabajo. Tiene un galón de jugo de naranja a sus pies, 100 % jugo que vendíamos a cinco dólares. Estoy pasmado. Intento dialogar, hablar, explicarme, explicarse pero su mutismo me calla. Le beso la mejilla, ya me he puesto la ropa. Gracias, Carlita, nos vemos el lunes por la mañana. Que disfrutes del sábado (ella terminará a las cinco de la tarde).

Doblo hacia la izquierda, por el largo callejón techado. Ya varios de nuestros camiones regresaron y están vacíos, con la puerta de atrás abierta como es obligación tenerlos. Eso desde que una noche, cuando el maestro empacador, Sweet Pea, negro viejo y ducho en yerba, llegaba a trabajar y un par de muchachos afroamericanos como él lo secuestró de la vida por unos momentos y se aprovechó de su flácido cuerpo anciano en la parte trasera de un camión. Desde entonces, como regulación del mercado, se dejaban abiertas las puertas de atrás, para mostrar que nada se ocultaba y que lo único que había en la noche eran la espera y la esperanza del trabajo.

¿Qué sucedió con Carla? ¿Salieron juntos? ¿Salir qué significa?, preguntón. Salir dónde íbamos a salir si pasábamos las horas trabajando. Cierto que yo ganaba entonces un salario de $700.00 semanales y Carla no sacaría ni doscientos. Triste decirlo, pero, por un año al menos, aquello se hizo rito diario, casi un desayuno. La veía llegar, con su carterita de mujer latina, a pie, por la puerta adyacente, no la de la oficina. Cruzaba el warehouse para ansia de los que aún estaban allí. Agitaba su mano en saludo hacia mí, órale, pisón, decía estilo mexicano. Me desligaba de mis labores, una ojeada alrededor. Chris Brown no es inconveniente, anda como si se lo hubiese tragado la memoria, con los ojos vacíos y sin afeitar. El segundo enamorado, Chris Kerry, apuesto y alto jovero, dueño de fortuna y una esposa aun mejor que la de su hermano, también deambula por los refrigeradores, llena su mente de humo, de crack y juanita. El campo está libre. Entro al tomaterío. Entre Carla y yo no hay besos ni palabras. Detrás del encajonado, apoyo mi espalda en la pared metálica, y Carla desembolsa mi personalidad con sus dedos ágiles y livianos. De rodillas esta vez vacía mi cuerpo de conocimiento, me retrae a los días de eucaliptos, de acequias corriendo en las vecindades del pueblo de El Paso, en la vertiente de montaña cochabambina. En Carla, en sus mechones que de a ratos arregla, se han reunido las hembras del recuerdo, jinetas de la pasión y de la desgracia: Gloria con sus piernas que me llegaban a la cadera; Francine con sus piernas igual que mis piernas; Erika con sus flacas piernas de nieve y sus calzones minúsculos; Elisabeth con un tenue olor de sobaco que la hacía más francesa y más deseable; Pilar que no daba sexo sin botella, que no hay sexo sin ebriedad y así vivíamos ebrios día y noche.

Cada mañana, Carla, seis días por semana, tu boca en mi sexo, hasta que me casé y dijiste que no pondrías tu boca en algo que había entrado en "sucia gringa". A veces, tanto año pasó por encima y por debajo, me acuerdo de ti. Nunca quisiste amarme, recostarnos como personas normales y penetrarnos en el calor de la carne. Nunca. Dijiste que te gustaba, que darías lo otro a tu marido, tenías un novio de tu tierra que te buscaba como a las diez, a la hora de tu break. Era muy respetuoso conmigo, calzaba botas en punta de vaquero, y según supe era muy chingón entre los suyos con su aureola de cabrón bravo. Nunca Carla yo en tu vagina insoluble, indisoluble, sin solución. Cierta vez te desnudaste, mostraste las grandes ubres tuyas de caribe abierto, tus vellos negros como tu pelo. Dejaste mi mano entrar apenas en tus orillas de río y luego a recostarme, al zipper y obviar las circunstancias y los recuerdos. Qué será de ti.

Te hicieron jefa de peladoras. Dejaste los tomates porque te quejaste que el otro boliviano, al saber de nosotros, quería trato similar. Pero no me gustas, hijo de puta, y no te mamaría la verga ni aunque me faltara. Y Julio, cuyo eventual paso por Kerry convirtió a los tres bolivianos en cuatro, nos agarró una vez infraganti y desde entonces te gritaba, hacia el piso de arriba donde ustedes cortaban y pelaban verduras, Carla, chupavergas.

Todas ustedes eran gente de combate, tú, las salvadoreñas, las hondureñas, las mayas guatemaltecas. Y por eso terminaron, ya cuando me fui y me enteré, acuchillándose unas a otras ante los ojos de los espantados gringos. Cuchillos teníamos todos, unos largos, otros no, los de cortar sandía, los de cortar aguacates, los de pelar calabacines, etc. Los llevábamos siempre, eran parte de nuestro trabajo existente. Me hice ducho en arrojar dos a la vez y clavarlos en las cajas de papas, para alegría de mis compañeros y el resarcirse diario de mi gloria de supuesto guerrillero. De poco sirvieron los cuchillos en el transcurso de la vida. No los necesité para el futuro y no los cargo más, excepto los de cocina cuando aderezo un trozo de puerco con zanahorias raspadas, perejil picado, ajo en polvo y mostaza.

48

Continúa la guerra. En Bolivia reina Evo Morales. La derecha se enloquece y juega a la democracia. Llega el momento en que la novela deja de ser newsreel y va a dedicarse en pleno a literatura. Entierro ahora, lector, las intermisiones que se sucedieron a lo largo de estas páginas. Se acerca el desenlace de mi vida y ya que no hay fin en vista de los conflictos del mundo, hemos de obviarlos. La persiana divide al sol en longas líneas verticales. El perrito de casa, Marco blanco y negro, hurga los recovecos por donde se escondió un ratón. La basura huele mal y hay que sacarla al garaje. La existencia se hizo prosaica pero mejor. Ahora sentado, escribiendo, puedo ordenar los recuerdos y verte, Rosselle Houston, cojeando camino de tu casa. Eras gordo y cansado, ni muy viejo. Eras vicioso y divertido. Eras mi amigo y te alegrabas como nadie cuando el "Spanish Joe", que era yo, agarraba pussy. Tu voz profunda, Joe Day, resuena en los andenes muertos. Big Mike se habrá casado, tendrá hijos fuertes y pendencieros como él. A Wayne y a Anthony los habrá matado el SIDA, y las muchachas que dispendiaban favores por dos monedas danzarán en la galería de calaveras del infierno, o del cielo tal vez porque su pecado fue ser pobres, no ser malas.

Sweet Pea murió en mayo. Todavía venteaba el frío. Al día siguiente Daniel me avisa que le sorprendió no ver a nadie, "a ningún negro" en el entierro del amigo. Sweet Pea comenzó con los Kerry cuando estos eran un grupo de cuatro muchachos con una camioneta vieja. Venían ellos de diversos trabajos y del fracaso. Más tarde se les añadió el padre, el viejo Kerry, cuyo influjo económico los fulminó de futuro. Ahora eran gente rica, cuatro muchachos ricos y drogados.

49

Comía Carlos bien, no en vano trabajaba con productos frescos. Hojeo su cuaderno de horas: hay recetas entremezcladas con poemas. *La ilusoria forma de tus vellos...* y luego un listado de los tipos de squash que había en los depósitos, y su uso. Al lado de zuchini squash, o green squash, dice "carote". Yellow squash, butternut, spaghetti squash... el spaghetti squash era una gran calabaza amarilla, mayor que una papaya y más delgada que una sandía. La raspaba para hacer salsas de pasta, con tomates rallados y hojas sueltas de albahaca.

Me muestra, en su mesón de falso mármol, la manera de preparar su sandwich preferido, a las seis de la mañana, la hora de su almuerzo. Era mejor, dice, ir a comer alitas picantes a la esquina del coreano, pero mi emparedado de palta, una ramita de perejil italiano y finos slices de picante serrano no tenía par. Eso en pan francés que traía de casa.

Sábado: Llevar jugo de naranja, un pepino inglés, dos mandarinas, una pera, una palta chilena y una de California, un amarro de cilantro, algunos kumquats. Maíz dulce y hojitas de berro.

Sábado: Ir al mall: exhibición de Rembrandt.

Sábado: Dormir de once a dos. Ir al mall. Llamar a la madre de Francine. Escribir una columna para *Presencia*. Terminar Schwob. Comenzar Mac Orlan.

Cortar un acorn squash por la mitad, sacarle las pepas. Luego de retostar la carne molida con grandes pedazos de ajo, añadirle el arroz cocido con una pizca de azafrán. Cubrir y aguardar por media hora en horno a 375. Depositar el zapallito relleno sobre el plato, abrir una Guinness y picar finos unos locotitos de Cayenne (Cayena).

Te recuerdo. Tu blusa negra, escondidos nosotros bajo un arbusto espinoso de Colcapirhua. Mi espalda en polvo. La brisa mece los estiletes de las hojas de eucalipto y...

Tengo que llamar a Mary Curotto. El teléfono inglés suena dos veces seguidas tu-tu... tu-tu. Recuerda *The Wall* de Pink Floyd, cuando él la llama y antes de que el tipo de turno conteste suena el teléfono tu-tu, tu-tu. Por eso me gustó tanto, porque recordaba mi desdicha, el día en que te fuiste y te busqué, desesperado primero, desesperanzado luego, por las huertas de Sarco y Condebamba, Iquircollo y Frutillar. No estabas...

Hojeo sus cuadernos.

FIFTY

The Cure canta *Pictures of You* y pienso que no tengo ninguna foto de época, ninguna de los amigos negros de Gallaudet, nada de la zona. Supe que Kerry Produce Co. se trasladó hacia el lado de Manassas. Lo que queda de ella y de aquellos hombres es mi recuerdo. Solo viven porque los escribo. No había escribas en la dureza allí y nadie pensaba en trascender. Yo tampoco. Sin embargo necesito contar, no quiero que la memoria falle y olvide a los demás como olvidé a tantos. Creía yo, absurdamente, en la fraternidad del trabajo, y día a día me desencantaba cuando los patrones expulsaban trabajadores por cualquier cosa, porque faltaban, se embriagaban, se dormían. Si les pagaban a cinco dólares la hora, más bien a cuatro setentaicinco, de noche, lluvia o nieve, frío o calor. Ni siquiera cuarenta horas, solo las necesarias, mínimas, para que los ricos pudiesen enriquecerse más y los pobres apenas compraran pan, o cerveza que es pan de desesperados, o crack que es pan de desventurados.

Ven, Carla. Era una luz de mañana. No estaba ya tan solo. No me pesaba la ciudad como antes, las horas no duraban tanto. Amor no era, pero en los bucles de la muchacha, en sus carnosos labios de granada la vida se aferraba sin modales, fuerte y segura.

Leía entonces, mucho. Cuando llegué el 89 traje dos libros. El volumen verde, grueso, pesado de las *Obras Completas* de Jorge Luis Borges y la poesía completa de Emily Dickinson, en edición de Tusquets. A Borges lo terminé el mes que estuve cesante, en el fondo de Alexandria en casa de Lorgio. Devoraba sus páginas, sus hombres imaginarios y terribles, como los de Schwob. Aleph y ficciones. El principio y la imaginación. Dickinson era más para cuando la tarde crepusculaba y las aguas de la piscina adquirían un rosa azulado intenso. Entonces pensaba en Francine. Salía a la escalera y la recordaba. Adentro agarraba el teléfono y me comunicaba con Erika, en Singen. Ij, ij, lloraba Erika con su llanto germánico. Ij, ij, lloraba yo contagiado del dolor germánico. Y no quedábamos

en nada. Ni ella venía ni yo iba, y la sombra de Francine de ojos celestes y pezones rosa, de pubis en rosca como arabesco cordobés, flotaba por encima. Empédocles subía al volcán y se arrojaba en él, Billy the kid ni contaba entre sus muertos a los mexicanos, Lorgio llegaba mugriento y atenazado por la nostalgia y la cena de fideos chinos, sin carne ni esencia, terminaba el día con su desolada estupidez.

Me hice de una pequeña biblioteca de ave de paso (pero empezaba a quedarme): *El arte de las putas*, *Actas tupamaras*, Víctor Serge, arte soviético, Eduardo Galeano. Me refugié en la música sobre todo. Los discos compactos eran una novedad y venían en grandes cajas rectangulares con desperdicio de papel. Blues, los Yardbirds, The Birds, las sesiones londinenses de los Stones, *Let it Be*, Leonard Cohen, Gardel, Toto la Momposina, Boliviamanta, Dylan; de moda se puso *Fast Car*, de Tracy Chapman (es la música de recuerdo más vívido de mi primera época en Norteamérica); los Buzzcocks, el magnífico *Killing an Arab* de The Cure. Led Zeppelin II, Doors, Jefferson Airplane. Los discos se acumulaban en el ropero y cuando conocí a Chris McDonald, le mostré mi colección. Replicó que debía guardarlos bien, que eran muy caros (lo eran), justo antes de que nos echáramos en su lecho, subiendo las gradas y brillara su cuerpo blanco bajo la ventana del cielo de Virginia. Bésame, Chris McDonald, aunque luego intente asesinarte y tu frágil cuello cruja bajo mi pulgar como si fuese maíz seco.

Bésame.

51

El basurero era un personaje en sí. En su borde me contaba el recluta de "La Jungla" la manera de cortar cabezas.

No había remordimiento ni redención. Se hacía mecánico como pelar manzanas.

El basurero que estaba afuera de la segunda entrada de Kerry se llenaba desde la medianoche hasta las seis de la mañana. Lo que no se vendía se tiraba. Casi cada día venían las hermanas de la Madre Teresa, en un desvencijado van, a pedir comida para sus refugios. Había una hermosa muchacha entre ellas, de veinticinco. Me sonreía y creo que me enamoré. La esperaba. Alguno de los Kerry me pedía, era en mí en quien más confiaban, que les preparase algo con las basuras del Short Order Room, donde se hacían las órdenes pequeñas para restaurantes chicos. Agarraba el jack con una paleta vacía y lo primero que hacía era ponerles una bolsa completa de burlap potatoes, los de gangocho; otra bolsa de cebollas, completa y fresca, y las cubría con variedad de cosas sueltas: apios, pepinos, squash de todo tipo. Alguna vez una caja de broccoli, o cosas semejantes: berenjenas, lechugas, bok choy, etc. Agradecían, eran pura sonrisas porque sabían que yo hacía aquello adrede, mas solo me interesaba ella. Hasta su nombre tenía. No vi mujer más hermosa; parecía sana, buena, tan cristiana que hubiese querido el tiempo eterno para el vicio juntos. Mientras tanto, ya que no sería posible, le añadía una cajita de frambuesas personal.

Apenas empezaba a clarear, cuando ya nuestros camiones se habían ido, llegaban los dueños de restaurantes chinos a recolectar productos del basurero. Sus carros eran elegantes y casi todos poseían lugares caros en Chinatown. La familia entera se metía dentro del bin, unos afuera con cajas de papel toalla. Sacaban lo que podían aunque sus favoritos eran papa, verduras, frutillas y tomates. Vi papa agusanada, frutilla cubierta de blanca podredumbre, que eran limpiadas con papel y tomadas. Los policías pasaban en autos, a veces

a pie, y no decían nada, a pesar de saber que todo aquello se vendería como comida preparada. No eran solo los chinos, sin embargo. Los italianos buscaban el tomate podrido, amontonado en el basurero, mezclado con sinfín de inmundicias. Compraban unas cajas de tomate sano, cuyo precio entonces andaba por los cielos, y se hacían regalar el resto, los desechos. Supe que esa masa en putrefacción era la mejor para la salsa que se vertía en las pastas. Ganas no tenía de ir a restaurantes al verlo.

Otro grupo usual de visitantes a los grandes tarros de basura era el de los salvadoreños. Lo que pasaba es que del warehouse del lado traían la basura en paletas, toda amontonada, como los encargos que yo entregaba a las monjas. En medio los salvatrucos escondían cajas completas de frutas y legumbres que luego sacaban sus parientes. Jamás dije nada, tanto era el dinero que hacían los negociantes allí que ni cuenta se daban de lo que faltaba, o lo que tenían. El margen de ganancia era tal que podían darse el lujo de arrojar cargamentos enteros al basural, cientos de paquetes que hubiesen alimentado a cientos de personas. Los chinos se alegraban cuando habíamos arrojado al fondo del abismo negro hongos. Esa era delicia gourmet para sus clientes. Extraían uno por uno los pequeños hongos y los lavaban. Seguramente cortarían las partes dañadas y después a servir. Darling, esta comida china es maravillosa; yes, darling, estilo Shanghai. Yunan, Hunan, Shangai, mandarín, estilo que fuere salía de la monstruosa boca del basurero de Kerry transformándose en dinero. Pero no se permitía a los negros empleados llevarse. Si sacaban un atado de bananas, Chiquita colombianas, les cobraban. A mí jamás, y eso que me llevaba un crate lleno de especialidades finas. Adoraba comer.

LA CASA DE BRANDYWINE ST.

Viví en Alexandria, en Arlington, Virginia; en Rockville, Maryland. Ahora era tiempo para la capital.

Salí de Rockville mal con Julio, esa historia de cuchillos y que yo me había acostado con las inglesas Juliette y Anne, que no lo hice. Asunto de borrachera y de penas.

A Julio le gustaba Juliette, con su cabellito corto y sus pantalones turcos, como bolsas. Era increíble, ella con su amiga Francine, en el arte de los tragos. Con la más infame chicha de la calle Venezuela, las inglesas nos "volteaban". Yo vivía con Francine, al frente casi de la chicha e íbamos a casa a amarnos sin piedad. Tenía ella veintitrés. Los fascistas de ADN rebuznaban en la ventanilla cercana. Julio y Juliette se alejaban abrazados, subiendo por la 16 de Julio.

Anne apareció cuando ya Francine era ida. Y a Julio le gustaba Anne. Pertenecía a una comuna en Inglaterra donde practicaban comida libre y amor libre. Menuda, tierna, pelirroja. Alguna vez la abracé, nos abrazamos, llegamos a su casa y me escurrí en la noche que cargaba demasiados fantasmas. A pesar de eso, de que nunca me acosté con Anne ni Juliette, una tarde de Rockville brilló un cuchillo y casi me desgracié como Martín Fierro. Ya pasó. Ya no hay fantasmas en los crepúsculos, las muchachas se murieron por falta de alimento de recuerdo.

Consulté el City Paper, periódico de excelentes artículos y gran liberalidad. Se repartía gratis por toda la ciudad y me encantaba cogerlo cada semana. Anunciaban un cuarto completo, con baño privado y cocina compartida, en Tenleytown, upper Georgetown, lo más hermoso de la ciudad antigua. Dudé; aunque confiado, no olvidaba mi condición inmigrante y aquel era barrio rico, sofisticado, exclusivo.

Pero tenía dinero. Los stubs de mis cheques mostraban solvencia. Había como 11 000 dólares en mi cuenta bancaria. Harry era el dueño de casa. Lisiado, no caminó más después de una sesión de ejercicio y un fuerte dolor de espalda. Lo cuidaba un empleado togolés. Balbuceamos en francés. Le conté que en Louveciennes, cerca de París, trabajé con uno de sus paisanos.

¿Eres ilegal?, preguntó Harry. Le mostré mi pasaporte.

Vine invitado por el embajador norteamericano en mi país. Doré la historia, que no era totalmente falsa.

No puedes traer mujeres a dormir. De visita sí, pero no overnight. No hay problema, Harry, cuido mi espacio. Su sirviente me mostró el cuarto, en el segundo piso, un cuarto grande y antiguo, con una cama de gruesa madera negra. El ropero era un cuarto anexo, se podía caminar adentro. Los $350.00 mensuales incluían una sala de estar en el sótano con baño y ducha privadas. Había un televisor donde más adelante vi todo *EastEnders*, soñando con Gran Bretaña.

Dos cuadros colgaban detrás de la cama, evidentemente antiguos, eran dos variaciones sobre el Paraíso de Edward Hicks. Parecían auténticos y no desmerecían la casa del señor Harry Brogden. La Galería Nacional guardaba otro de la serie. Era como un sueño. El jardín estaba cubierto de árboles de hoja caduca, arbustos, sillones de piedra, estatuas disimuladas entre el follaje. No podía pedir más.

Le caí bien a Harry, cuyo dormitorio era contiguo al mío. A las once en punto de la noche me golpeaba la pared con su bastón (no usaba despertador) y me preparaba para salir. Adiós, Harry. Ve con Dios, muchacho, cuídate. En la planta baja me hacía un café y a caminar tres cuadras hacia el metro Tenleytown. El otoño había decorado el piso con hojas multicolores. En aquella casa, de la calle Brandywine fui feliz. Era solvente, libre, deambulaba por el centro de la ciudad

en mi noche de asueto, enviando vino a mozas de Bethesda, frecuentando putas que parecían Mae West, entre cervezas con Ronald Arandia en el Connection. A mi habitación no entró jamás mujer alguna, ni Judith de quien pronto hablaré, ni la que luego fue mi esposa. No es que mantuviese una palabra empeñada, es que amaba aquel reducto embrujado que me llegaba desde los arcanos de Dickens, una delicia efímera como las de O. Henry.

Nada de mujeres a pasar la noche, Carlos.

No se preocupe, Harry, sé cuidar mi espacio. A veces faltaré. Como voy a faltar esta noche que relato, que dormí, cargador de camiones que era yo, en brazos de una doctora en Antropología, en una casa llena de bellas chucherías étnicas, entre los pechos grandes de una mujer hebrea, cuyos movimientos saturnales traían la esencia de la anciana Asia, la pasión de las estepas rusas, la melancolía polaca, las tetas hermosas de Polonia que leí. Aquella noche no, Harry, no volvería a dormir, me esperaba Judith, de treintayocho años contra mis veintinueve, y no llevaba sostén debajo de la blusa en nuestra segunda cita, ni calzón debajo del pantalón.

Los domingos en Brandywine, después del descanso de la noche del sábado, despertaba temprano. Mi paseo usual para desayunar era el Safeway del barrio. Era un supermercado de lujo, con langostas vivas en peceras gigantes. Compraba un queque de chocolate, uno o medio galón de leche de chocolate, más galletas, y me iba a esconder a algún refugio arbolado, también al patio de casa, y, mientras tomaba sol en las piernas, me llenaba de azúcar. Mi trabajo era duro, muy duro, y el desgaste demandaba energía rápida para reponer.

Mantenía cerradas las cortinas del dormitorio; siempre oscuro. Para leer encendía la lámpara arriba de mi cabeza. Y a ratos caminaba hacia la ventana a ver las tonalidades de verde de DC. Pensaba cómo disfrutaría papá este silencio,

como mamá los pasadizos del jardín, algo descuidados y misteriosos como un parque europeo.

Judith

La conocí en las páginas de City Paper, el mismo semanario donde encontré mi casa. Aparte de leer los artículos diversos y eclécticos que presentaban, miraba la sección de personales. Mujeres en busca de hombre. Bajo ese genérico título al menos cien mujeres de toda edad, buena condición porque era una publicación de élite, daban sus características y lo que buscaban en un hombre que fuese compañero, amigo, amante, esposo... Una vez llamé a una y casi tuvimos cita, pero una borrachera con Ronald, tirados en el piso del apartamento en North Monroe, la canceló.

Decía Judith que ella era artista "tipo B" (jamás supe cuáles eran A y cuales B). Quería salir con alguien. Le escribí.

Nos citamos en una conocida librería de Dupont Circle, casi al lado de Common Concerns, tienda de todo, donde robaba postales de The Clash y fotografías de Jan Saudek. Cierta vez sustraje varias, era fin de semana. Una de ellas mostraba un tendal de condones puestos a secar. De pronto, por mi hombro derecho, un hombre viejo, algo pequeño, me pregunta si soy peruano o boliviano.

Soy Jack White, te invito a mirar una exhibición de arte. No, gracias, me doy cuenta que Jack es homosexual, pero si quieres nos tomamos una cerveza al frente —pizzería griega—. Vamos a casa, tengo cerveza de sobra, y está cerca. Me digo qué puede hacerme este viejo.

Llegamos a uno de los vetustos edificios de aquella parte de Washington. Bella casa, plena de arte, de dinero sin duda. Esculturas originales. Señala un cuadro, Jack

lo señala. No sé a quién regalarlo. Es muy caro. Tiene que ser alguien especial. Estamos en el vestíbulo. Ya en la sala, veo un preservativo usado en medio de la alfombra. Jack White se apresura a patearlo debajo de un sofá. Me siento.

Tiemblan sus manos cuando llena mi vaso de cerveza. Lleva gafas, una camisa blanca a rayas.

Conecta el televisor y pone un video con Marilyn Chambers, *Behind the Green Doors*. Si no recuerdo mal actuaba un negro de sexo espeluznante, con un nombre como el "Longhorn de Texas". Y Marilyn era flaquita, de tetas bien formadas. Jack suda.

A la segunda cerveza le pido el teléfono. Hago una llamada a Virginia: ¿Fernando? Sí, ven hermano, estas son las coordenadas. Del metro de Gallery Place una cuadra... etc. Fernando llega pronto, en su amplio Cadillac, con su habitual música de *Born to be Wild*.

Este es Fernando Vargas, Jack, artista del puño y del hambre ¿leíste a Franz Kafka?

Jack White nos sirve cerveza sin parar, y bocadillos. Y cuando Marilyn Chambers fenece con el coito, nos levantamos y nos despedimos cortésmente. Pobre hombre, esperaba que el término de la fiesta fuese orgía en manos de los aborígenes sudamericanos. Y no fue así. Comimos y bebimos. Alguna vez Jack llamó por teléfono. Para no herirlo le conté que me había casado —era cierto— y fue el final de esta historia de los bolivianos y el maricón.

Escribí a la artista tipo B. Le sugerí que era escritor... y maldito. Que era un proletario de veras y un proletario de la pluma a la vez, que me gustaban las mujeres, la cópula, las tortas de chocolate y los Doors. Que Lautrec me entusiasmaba más que Modigliani y que Janis me producía ternura ligada con deseo.

Te pregunto qué pintas o escribes. Si usas calzón o no lo usas.

Te encuentro en Dupont Circle. Aquella fue mi primera experiencia en librería-cafetería. Me pareció maravillosa. Si bien venía del arte, de la lectura, mis días de Washington DC eran de manos congeladas y de dolor físico, de hombros tornasolados y músculos desgarrados, de crack y negros, y vicio y el paraíso original fruto-vegetal con la selva rodeándome, la agricultura toda.

Te busco. Te encuentro. Sentada en el desnivel inferior, de abrigo negro y sombrero negro. Para reconocerme, me aclaras cuando hablamos, llevaré un sombrero negro de ala ancha. Es el atardecer. Acabas tu café. No, no quiero, mejor te invito a cenar. Dónde. Adams Morgan. Es allí donde vivo. Me encanta Adams, su multicultura, compro libros en Hispania Books, bebo cerveza jamaiquina en Montego Bay, descargo camiones a lo largo de la avenida principal.

De las letras a los camiones, de Rimbaud a la verdura. No son incompatibles, le digo, los colores de Gauguin con el trópico frutal de Kerry Co. Y no me seduce la idea de la academia. Prefiero descargar camiones con el pecho desnudo, y aprender el slang de los negros. Y tú. Antropóloga de profesión, con tesis doctoral en Terezinha, Brasil, de padre, madre, hermano doctores, peachedés, judíos ricos, sin convencionalismos pero tampoco con necesidades. Somos distintos, creo, Judith, no sé si te interesa compartir un espacio tan ajeno. Hoy no trabajo y me ves decente, mañana seré otro paria con la ropa destrozada, los guantes mugrientos, sudada la entrepierna. Ya veremos, Carlos, you are funny, you know? And I like you.

Entramos al restaurante español. Primero el vino. Miro la lista. *Herederos del Marqués de Riscal* (a $20 la botella). ¿Es bueno? preguntas. Huele como mantequilla, Judith, has de adorarlo.

201

Robó Gloria de la bodega de su padre un Marqués de Riscal, hablo de 1983. Nos encerramos en su cuarto. Nadie había, no había nadie. Desempañó la camisa, abrió sus senos a la intemperie de la habitación, tiró el pantalón, las liguillas blancas que cubrían el vello. Quedó desnuda Gloria en su cuarto que tenía una piel de oso como cubrecama, suave, sugerente. Quedó desnuda, ella con el perecido marqués. El vino era fantástico. Desde entonces lo ligo a su recuerdo, a sus besos, a sus pezones puntiagudos que trataban de empalar mi lengua y convertirme en mudo, al movimiento de sus largas piernas que hoy serán viejas y artríticas. Nos amamos mientras terminamos la botella de Riscal. Me pasaba vino en la boca. Su piel era un manojo de rocío. De sus muslos y rodillas caían gotas de jugo resplandeciente, me había bañado el vientre de sí. Esa era Gloria y en la botella que el garzón nos ponía en aquel bar de Adams Morgan, seis o siete años después, revivía la calidez de las que entonces eran las caderas más bellas, y más anchas, de mi ciudad.

Vuelve Judith. La acompaño. Entro a su casa. Esculturas brasileñas de caimanes y serpientes, en barro y coloridas. Etnias del mundo en sus representaciones artísticas. Me regala su libro. Le regalo un poema tonto que habla de sombreros negros y de cuánto me gustaría acariciar sus tetas, grandes tetas a decir verdad, para su estatura, de un metro sesenta aproximadamente, eran tetas grandes, de judía regular en cuerpo, tetas que tendrían los pezones negros siendo hebrea del este, de los que Franz Kafka miraba como extranjeros en las calles de Praga, que sutilmente admiraba y envidiaba. Un poema, Judith, para que lo leas en la noche (¡!).

Vienes de Nueva York.

Pienso al día siguiente. Hago un plan de ataque. Simulo frente al espejo la afectación del poeta obrero. Ilumino los detalles de la seducción. Hoy será mía, si ayer no fue.

Daniel Kerry me llevó un paquete que ordené bajo su nombre de L.L. Bean, compañía de ropa. Era una chamarra de cuero tipo piloto, que aún conservo pero que regalé a mi hija ahora que el tiempo se adueñó de mi cuerpo. Terminada la jornada de trabajo, casi mediodía, me peiné en el baño y con la campera puesta tomé un taxi en la esquina del mercado hasta Adams Morgan. Me recibiste alegre, con un beso en labios cerrados. Vamos que tengo que ir de compras ¿quieres? En el supermercado mientras hace los mandados de la semana, escojo dos filetes de asado, corte rib eye, buenísimos, y le digo que los prepararé a la vuelta, en su cocina.

Acaricia mi chamarra de cuero marrón oscuro. Subimos las gradas del hall, luego el ascensor hasta el tercer piso. Abre la puerta, se descalza, a esta hora qué estarán haciendo en casa, en Cochabamba, se pone cómoda, con un blusón beige, mientras humean los asados en la sartén. Los acompaño con una ensalada simple de lechuga romana, con pedacitos de radicchio para darle un gusto privado. Comemos sin alharaca, en la cocina, con un par de botellas verdes de Grolsch, cerveza holandesa.

El living es amplio. El sillón es amplio. Cuando la beso noto que debajo de la blusa no lleva corpiño. Introduzco mi mano y toco, con escalofrío, los pezones en que he soñado el día anterior. Levanto tu blusa. Los beso. Nos abrazamos hacia la cama y mientras te beso te abro el cierre y bajo tu pantalón. Cuando la unión se logra me preguntas si no tengo sida. No ¿y tú? Poco me interesa su respuesta. Ya está hecho responde, sin embargo tengo que cuidarme y se levanta para sacar un objeto de goma flexible de una cajita húmeda especial. Lo introduce en su cuerpo. Tengo vergüenza de preguntar qué es, pero jamás vi cosa semejante. Recuerdo, sí, las veces que iba a farmacias a comprar preservativos, en los preámbulos de las locas expediciones al campo, que eran

sexo y árboles, eucaliptos y sexo, con Francine o Gloria, que el dueño preguntaba si preservativo de hombre o de mujer. Y ahora, en este momento de Adams Morgan me desayuno con su significación. Se apoya en mí, Judith, ya desnuda y su pubis que era un laberinto de greña negra maravillosa, dobla una de las rodillas y acomoda su impedimento de niños. Nos acostamos. Anochecía ya, y no quiso cerrar las ventanas. En la luz del cuarto nos expusimos a las miradas de los vecinos porque el edificio tenía forma de espuela. No me importó. Extranjero en una ciudad ilimitada, en una cita que de entrada no quise que prosperara... Judith pidió ir abajo, porque era la única manera en que podía alcanzar orgasmo. Sus piernas eran una máquina de viento, sus rodillas chocaban mis costados a una velocidad inaudita. Su gemido oí como de fiera herida. Mi sensualidad se había perdido. No me asustaba, pero sentí hallarme ante un teatro desconocido, quizá la gran ciudad me tragaba, quizá era el desdén de la vida por mi ser boliviano. Tal vez crecía. Hasta hoy el amor de carne un ritual magnético de placer, pero aquel era imperio animal. Y en animal me convertí, me hice remolino y grité con ella mientras al fondo los Beatles cantaban, en cassette, *Hey Jude*. Tránsida y mojada tiró los brazos atrás. Había estado con una mujer rusa, no importaba hebrea, y la había deshidratado de gozo. El ventanal inmenso semejaba una pantalla de televisión y la noche se adueñó y brillaban de luciérnagas los apartamentos contiguos.

CINCUENTA I CUATRO

Llegó Carlos Flores a los Estados Unidos en 1989. El azar lo trajo, una visa ¡tan difíciles eran! caída del cielo, aunque cielo no era la idea de USA para él. Indagó entre los

amigos. Una mañana en la calle Baptista, Bermúdez, el mayor, le aconsejó Virginia. Carlos planeaba un viaje a Los Ángeles, a causa de su amigo Chino Murillo. Virginia se hizo, a principios de enero del 89. Días antes

Julio salía rumbo a Filadelfia.

Está sentado ahora en su patio de la calle Brandywine, refugio plácido y elegante. El otoño arroja hojas amarillas; aceras mullidas. Se sienta en el banco de atrás, protegido de las ventanas de casa, absorto e invisible. Lee Raymond Radiguet, *El diablo en el cuerpo*. Escribió mucho atrás un breve texto sobre *El baile del conde de Orgel*, libro que regaló en noche de alcohol y amor. Cochabamba era tibia, las mujeres que enriquecían el crepúsculo no eran únicas, muchos las habían tenido. Era la lástima de un círculo tan estrecho, tarde o temprano unos habrían de estar con otras y el asunto no paraba ahí, en el deseo de la esposa del amigo, en la amada que ya había sido de todos. Esa absurda sensación de competencia promiscua. Era mejor este patio, la pulida prosa del francés. Aquí nadie me conoce. El silencio me hace inmune; mi única compañía son los míticos animales de Edward Hicks, en el oscuro cuarto, y el dueño inválido que parece no existir, aunque trata a veces de dar charla, de enterarse, el pobre, del mundo exterior. Pero no comparto mi rincón. Están, hoy, Radiguet y las corvas de la judía rusa que promete amarme, que añade que soy dadivoso en la cama, halago que no me hicieron antes.

Me lleva y me trae en automóvil azul. Parece no importarle que yo sea estibador y ella presidenta de la asociación de antropólogos americanos. Se desvive por presentarme a su círculo, por introducirme con sus padres que llegan de Nueva York. No me interesa, Judith; ni tus padres ni tus amigos. Soy así, *si soy así qué voy a hacer* —letra de tango—. Sufres, muchacha de treinta y ocho años contra mis veintinueve. Temes quizá que me vaya, que en esta soledad

espantosa en que viven ustedes gringos desaparezca lo concreto de mi cuerpo, verga dura y riñones. Leo los personales del *City Paper*, los sigo leyendo, y deduzco que si quisiera podría pasarme la vida de piel en piel, aprovecharme de la decrepitud de una sociedad enferma, del desamor y el desafecto. Juego con Judith al bruto estibador. Ya ni le hablo de poesía, ni de la música nueva que voy conociendo, fines de los ochenta, del punk y el new wave, de las afinidades y las diferencias entre las corrientes musicales modernas. Le hablo del precio de los tomates, le menciono a Carla, le cuento que mi amigo, gordo y casi cojo Rosselle Houston, canta viejísimas canciones del sur mientras carga una pesada caja de madera con raíces de apio para cocina gourmet.

Pero en las sábanas estamos bien. Me gusta ponerla de pecho y penetrarla mientras le lamo los hombros. Fuerza el cuello para besarme. Los vecinos ya asisten a la función semanal. Duermo, y cuando duermo en su casa ella está en vigilia, atenta a mi deseo de sí, o de jugo de naranja, o de té con rosquillas dulces. Dice que tuvo un amante mejicano, y que yo le recordaba a él, y que aún no entendía el dramatismo fatalista de nosotros latinos. Cállate y la acuesto. Bromeando jadea y su voz como de perra en celo despierta mi pasión primaria y terminamos enlazados. Vuelvo a dormir.

Brillaba la luna de Washington DC y pienso que amé esa ciudad. Amaba lo incógnito de mi presencia en su urbe, la absoluta libertad de hacer lo que quisiera: un concierto de Rubén Blades, una exhibición de Munch, un café florentino a orillas del Rock Creek Park, linguinis con salsa de mariscos en Enzo Trattoria.

Brillaba la luna en DC y pienso que amo la ciudad. Si calculo en años, mitad y mitad, Bolivia y los Estados Unidos. Primero Cochabamba, luego Washington. Viví en Alexandria, Arlington, Rockville, pero trabajé y habité la

capital. Los fines de semana los pasaba en el mall, los museos smithsonianos y admiraba el paso de las innúmeras mujeres. De allí, luego de frenar mis sueños con arte, solo completamente, en una muestra de Lee Miller, ante un Signac. Tren subterráneo, algunas cuadras a pie, y Judith me espera esperanzada, creía que al acercarme me quedaba, mas únicamente quería por unas horas el acogimiento de su cuerpo caliente, sus pechos latiendo en mi espalda, el instante de socialización que impedía me convirtiese en monstruo, en el anacoreta de Brandywine, sojuzgado por los espectros de Dostoyevski, por los de Joy Division.

55

¿Qué quieres, Carlos? Son las tres de la mañana. Más tarde continuaremos con la novela.

¿Qué es tan importante?

Soñé por varias horas soñé con Gloria. La encontré en un callejón. Había crecido, ya era grande antes pero ahora aún más. Me contó una historia que su marido chino, en Francia, la obligaba a tomar calcio, etc. Que no lo necesitaba, ya se había desarrollado, pero ahora era giganta y llevaba más de una cabeza a un grupo de soldados que apareció.

Luego me acompañó a su casa que tenía dos puertas, las dos dañadas. Dijo que arriba vivían inquilinos, que sus padres fallecieron, el esposo chino le escribe de Europa.

Me sorprendió que me hablara. Hola, Carlos. No lo hubiese imaginado. Gloria, cómo estás —creo que mis ojos le llegaban al pecho—. Antes era alta, hoy estaba exagerada. Sin embargo en su casa disminuyó. Las horas fueron apaciguando el crecimiento, volvió a ser quien fue, la hermosa mujer de aretes. Invitamos familia, amigos, a una reunión

de memoria. El último en irse fue mi sobrino Omar, que me besó con cariño y me dijo que olvidara.

El tiempo ha pasado, Omar, demasiado rápido. No hice cosas que debí, y la mayoría de lo hecho fue indebido. Hoy me siento viejo, he despertado cuando Gloria y yo quedamos solos en su casa. Lindos recuerdos. El portal de su dormitorio donde entraríamos a amarnos vacilaba como nebulosa galáctica.

Me siento como Pablo Neruda y quiero escribirte versos tristes, porque la tristeza me invade, la vida me avasalla, el fracaso ronda el pensamiento como mies inmunda. Pude lograr mucho y no logré nada, unos cuantos versos tristes, un cuerpo agitado de pasión que se fundió como hálito de infierno. Llevo las manos vacías. Ni siquiera he de amarte, aunque cargo una dulzura extraña esta noche, parecida a la felicidad, que se sobrepone a mi angustia. Sé en este instante que la llama se extinguirá pronto. Vivo con intensidad estas horas de tu recuerdo que me regala la noche. No deseo detenerlas, no se quedarán, pero sentí nostalgia de tu voz, hola, Carlos, y por más que aguarde el instante en que tu cuerpo y el mío se acuesten no sucederá, nunca hemos de yacer juntos ya *como dos hermanitos*. El tiempo terminó, la vida pasa, el despertador suena, la esposa descubre su blanco hombro italiano que toco y acaricio. El automóvil se enciende solo, hierve el agua mágicamente en la caldera. La vida sigue, no pasa, y hacemos lo que podemos y no hay que mirar atrás. El camino está lleno de sal, la sal impide que crezcan las hierbas, la sal es la mujer de Lot, lágrimas de sal.

Gloria te vas, ha sido bueno verte, dos urbes distintas nos acogen a veces, las más nos acechan. El umbral de tu casa se difumina, ya estoy despierto. La moto de Omar ha corrido en el viento de la ventana. El hombro de la esposa brilla como alabastro, las niñas irán a la escuela.

Nostalgia, Carlos, se llama nostalgia y melancolía, pero es un asunto intrascendente para el relato de tu existencia. Concéntrate en lugares concretos de tu cerebro. No divagues por el infinito campo de la memoria, no busques en vano a Mogok, el valle de los rubíes. No existe. Birmania no existe. No hay brillo en las joyas, es tiempo de trabajo.

Volvamos a Judith, a su exhibicionismo inadecuado. Inadecuado por qué, aún tenía los senos firmes, sus piernas morenas, la tozudez de Ruth, la ambición de Sara. Me gustaba que se mostrara, nos mostrara, aullara como loba medieval en este bosque de cemento. Era primigenia, no primaria, y, tal vez al darse cuenta de que yo simplemente pasaba y tomaba, arreciase en su ardor de preservar su juventud. Leo en la web que le va bien, tiene un altísimo cargo en organismos internacionales. Entonces lo que pesaba, la validez, estaba en los testículos, en la sangre mía que se quedaba en ella por el resto del día, en mis dientes marcados en las tetas, en mis dedos ajustados a su espalda para evitar que se cayese (sentada en mí, en delgada silla de madera negra).

Casi amanece, el árbol del patio comienza a rojear. Octubre, la cumbre del otoño. El aire fresco, hasta frío, los hombros alabastros de la esposa que ni siente que la traiciono en verso, como si pensar y entristecerse fuese traicionar, como si la constancia del fracaso fuese algo de que preciarse.

En Adams Morgan, amanecer del domingo, bajo las gradas del edificio de Judith. Sabes, camino liberado, adoro el sexo pero esta tranquilidad de callejas muertas, el sol extendido por los muros y los tarros metálicos de basura, un bus atareado en vano porque ni lleva pasajeros, son mejor que el sexo. Doblo a la izquierda, una avenida en bajada me llevará exactamente hasta Dupont Circle. Allí hay un café donde algo dulce recompensará mi soledad consciente. De pronto entra Córdoba en el recuerdo, sus amaneceres oscuros frente

a la estación de tren. Brilla la terminal de buses, son luces que jamás se apagan. En un quiosco de la placita pido chocolate con facturas. Argentina, Estados Unidos, diez años de distancia entre ambas, un mismo hombre que apremia su taza, saborea el dulce de leche. Solitario, ha dejado acostada a la mujer.

El hombro de la esposa ya no es de alabastro, es de marfil. Las tonalidades de la luz se mueven. Suena el despertador.

El silencio deja lugar a un rumor leve que crece. La ciudad despierta. En el living de Judith se estiran sus animales de barro del Amazonas.

56

Hay guerra en Afganistán.

Guerra en Irak. Hambre en Sudán.

Ada Falcón canta *Corazón de oro*, vals, y tengo el corazón de oro —me pregunto—. El corazón de oro —te pregunto—. No contestas porque no estás, ninguna de ustedes está. Hay dos computadores encendidos, el perrito duerme abrazado con su almohada peluda. Se ha nublado. Dos tortugas tropicales pasean por el patio de casa.

Ada Falcón canta *El cantar de los gitanos*. Pienso en Panaït Istrati, en los gitanos que se alejan con sus carromatos, hacia el "otro lado", donde habitan los muertos. No hay otra raza que visite ambos mundos. Los gitanos que conocí desaparecieron en la niñez. Les temíamos; decían las viejas, jamás mi madre, que robaban chicos, que los secuestraban para venderlos en circos, para deformarlos y lucrar con su desdicha. Parecía que Víctor Hugo escribía la lejana infancia de Bolivia. Quizá.

57

Al despertar no tenía manos. Era el escritor y el trabajador sin manos. No las sentía, ni podía apoyarme en ellas. Tenía que usar los antebrazos, el codo, para poder levantarme, ir al baño y cocinar los puños en agua caliente hasta que sintiera la quemazón. Meses pasaron, tengo artritis, papá, mamá, hermanos, me la agarré en el puto invierno con las manos mojadas, destrozadas por los sueltos alambres de las cajas de madera.

En la cama, luego de la tiniebla del amor, ellas huérfanas de mis dedos y mis palmas, huérfanas del buen día que dan las manos en las nalgas. Pobres ellas cuando el amante cae del colchón y por poco gatea a recuperar sus extremidades en el agua caliente. Qué pasa, no lo comprenden, no lo harían jamás con sus carnes universitarias. Sucede, Judith, le digo y me emperro, que estas manos trabajan desde las once de la noche hasta las once de la mañana, seis días por semana, y que es viento, hielo, humedad, sequía, calor, frío, fierros, astillas, espinos, brazos de cangrejos, bolsas pesadas que te aplastan los dedos. Yo no me bato el pito sentado en un sillón, ni me reúno día a día, hora a hora a hablar huevadas con un hato de cabrones. Este es el dolor del trabajo, la parálisis del trabajo. Apenas me seco las manos, alisto mis cosas y me largo. No estoy para agradecer culos, los culos me los gano con mis manos, y no acepto jurisdicción intelectual sobre mí. Difiere del tiempo en que fui estudiante, en que con ademanes revolucionarios los coños caían como frutas maduras en el pendón de mi cuerpo. No es más. Aquí estoy solo y nadie me regala nada y si he de devorar devoro, y matar mato y el mutismo de mi rostro refleja un cansancio moral. Sin embargo estoy feliz. Hay algo nuevo en este dramatismo laboral, aprendo.

cincuenta y ocho

Aunque en apariencia el trabajo era igual todos los días no había rutina. Las frutas se pudrían, las verduras necesitaban intercambiarse a diario. Todas las mañanas llegaban camiones y el producto nuevo debía ser puesto en la parte de atrás de los refrigeradores. Se tenía que sacar lo viejo, transformar los cuartos una y otra vez. Los productos más vendidos eran siempre las naranjas: valentia, sunkist; los limones sunkist, las paltas (avocados), la papa Idaho y la Russett; los tres tipos de lechuga según el orden de salida: iceberg, green leaf, romaine, los hongos de segunda clase, el pepino, el apio, el broccoli.

A mi cargo estaba el refrigerador número seis, con los productos de lujo, casi todos en cajitas mínimas: pensamientos, hongos enoki, portobello, shiitake, calabacines enanos, brotes de alfalfa y de frijol. ¿Tenemos jicamas, Carlos? demandaba Steve, que para acelerar la salida de los camiones entregaba órdenes a los cargadores. La jícama es un tubérculo centroamericano con sabor de fruta. Grandes y deformes, muy susceptibles al clima, se deshacían en un par de días. Vendíamos chayotes, cotizados en la cocina de México y al sur.

Baby coliflores, broccolis, carotes, boston lettuce, baby bok choy parecían verduras de Alasitas. Venían en mínimos containers y se vendían a precio de oro. Me llevaba uno o dos en los bolsillos para cocinar. Cuando me casé, a mi mujer le encantaban los baby corns, maíz enano, muy utilizado en la cocina oriental, y nunca nos faltaban en casa, gratis.

Había una larga fila de camiones blancos, con las compuertas abiertas y una larga fila de trabajadores negros con sus carritos verdes de mano. Si la carga estaba lenta se apoyaban en la larga pared. Todo era largo allí. En verano había

algarabía, y poleras y camisas de manga corta. En invierno esa fila de hombres era un grupo de sombras que trataba de protegerse de la nieve y el hielo que el viento traía por los corredores. Joe Day se sentaba en su consabida silla, al lado del calentador, e iniciaba la lista de pedidos. A medida que se llenaban los camiones se iba despidiendo a la gente, para cortarles las horas; al final quedábamos dos: Chris Brown y yo, con nuestros quehaceres obligados. Luego salía en mi itinerario de rutina, hasta Union Station. En Hardee's comía una hamburguesa con hongos y queso suizo, invariablemente. Miraba las mujeres pasar, apresuradas, elegantes, persiguiendo una vida que posiblemente no existe. Quería dormir y cabeceaba en el metro hasta llegar a la especie de colina donde se hallaba la estación de Tenleytown. Caminar abajo, tres cuadras, tal vez cuatro o cinco. Saludar a Harry, siempre en la sala con su togolés al lado, en su aburridísima vida de lisiado.

Mi dormitorio oscuro, acogedor. Una ducha abajo y a dormir. Los leones de Edward Hicks velan mi sueño, los tengo allí, en la cabecera, en lugar de cristos lamentosos, de marías llorosas, boscos o vicentes de paul con sus rostros de bondad que abjorro. Los leones tienen grandes ojos y descansan al lado de ovejas. En apariencia hay armonía pero sé que los gatos salvajes se mantienen así porque para ellos estos corderos de dios serán comida cuando falte. Sucede lo mismo con los hombres y leí en algún lado que la antropofagia es el acercamiento más leal a lo que somos.

Si no que lo digan los soldados escoceses de Basora, los polacos de Bagdad, los canadienses de Kandahar, los españoles de Kabul. Matar se ha hecho, y siempre se hizo, la labor menos fatídica y más simple para el hombre.

Contemplo una foto de Carlos Flores entonces: Tenleytown, 1990. Ahí me acababa de dejar Judith. Por qué no

me permites entrar a tu casa, pregunta. El dueño es así y asá y obvio la posibilidad de confrontarme con él. No es cierto, Carlos Flores no acepta la usurpación de su caverna. Mi destino lo construyo en esta oscuridad estrecha, donde aparte de mí viven Raymond Radiguet y Jimi Hendrix. Me encantaría, Judith, pero si fuera mi casa... La foto se tira en la acera, otoño del 89, principios del 90. 170 libras de peso, la espalda y los brazos duros de trabajador, los dedos acostumbrados a medir automáticamente los cantalupes o los honey dew y los pechos de ti el fin de semana cuando entre asado y desayuno hay cuerpos que se enfrascan en la supervivencia de la carne.

Los vecinos ya colocan luces de Navidad, series de estrellitas azules en los troncos. De noche, al partir hacia el trabajo, titilan mientras las campanitas que cuelgan de los porches suenan tin tin tin tin. Aparte solo silencio y sombra

FIFTYNINE

El negocio de los Kerry era productivamente millonario. Mas la vida giraba alrededor de los narcóticos. Money, produce, sex, todo era un preámbulo para el instante de la droga. Allí un privilegiado grupo de trabajadores negros no era más menesteroso, se convertían en proveedores y en amigos de los Kerry. El universo se destapaba, asomaba la vida como era, reduciendo la existencia a una palabra: marihuana, aunque había crack y a veces hachís. El tiempo se detenía. Eran risas ahora, ojos vacuos, miradas tontas y sonrisas de imbécil. Nada problemático, todo divertido. Las veces que participé sentí perder el tiempo, lo reduje con cerveza, los obligué a beber, a hallar un sustituto a su aburrimiento. Compré hamburguesas, dos docenas para el grupo que se

drogaba en colectivo, al otro lado del lote-parqueo de los Kerry. Eran estos irlandonorteamericanos emblemáticos representantes de una cultura viciada por la droga y la falta de afecto. No había intención en ninguno de ellos de acabar el trabajo e ir a casa, besar a los hijos, amar a la esposa, tostar una carne y hervir un choclo, sentarse en el baño y leer a Ernesto Cardenal, o a Thoreau si fuese ellos, o a Bukowski o a Miller. Lo que Henry Miller despreció de ellos era esto mismo, una vida sin circunstancias, suscrita a un esquema predestinado de ocio y frialdad. Pensé por qué Karen se fue con un estibador y no con los encorbatados, por qué con un moreno y no con los carne de pollo. La abracé y, aunque me atenazara la tragedia que nos persigue según Judith, ella sentía mi cuerpo crecer detrás del zipper, incontrolable, sanguíneo, sangriento, caribe, caníbal.

Las horas posteriores al trabajo, fuera ya del intenso color de las bananas, intenté fugarme del asunto.

Caminas el dock, Carlos. Qué pasó, pisón. En los pequeños automóviles usados que compran, los salvadoreños también se drogan. La mota (marihuana) es extensa entre ellos. De acuerdo, el mercado es duro, el trabajo peor, los sueldos miserables. Sin embargo lo miraba Carlos con otros ojos. La lujuria del conocimiento de cientos de frutos y de verduras lo abrumaba, en cada uno de esos productos se escondía una historia, geografía, antropología, relatos de hombres y mujeres, descubridores y descubrimientos, nativos, campesinos, cultivadores y sembradores. Al salir de allí, además, crecía DC con sus innúmeras fantasías: El Mahabharata de Peter Brook. En la azul presencia de Vishnú otras fuentes rejuvenecían el cansancio. Había libros, películas, mujeres bellas esperaban con los brazos abiertos. Demando tu vida, no puedes desperdiciarla semejaban decir.

La tienda de discos compactos del piso superior de

Union Station era estrecha y no nutrida. Pero hallé música de la Nicaragua revolucionaria. Un ejemplo simple y sencillo de alegría. La premura por oírlo en el mínimo tocadiscos que compré por doscientos en Rockville, no impidió que saliese por la puerta principal de la estación y me sentara en un banco regado de sol otoñal, frente al Capitolio que se encuentra en aquella salida.

Mi amigo Big Mike vivía cerca, en el inicio del barrio negro. Aquella vez no pero siempre fui. Su cuñada era una negra delgada y simpática que reía con soltura. Nos gustábamos y hablamos en las escaleras de la casa victoriana en que vivían, esas que parecen cada una igual a la otra, de dos o tres pisos, con vivos colores que presentan un hermoso espectáculo, con la dejadez de sus jardines que muestra que los dueños no han de gastar en banalidades jardineriles, que el dinero que se gana es para comer.

¿Cómo te llamabas? No me acuerdo y me da pena porque escucho tu risa entre los árboles añejos de tu barrio, cuando compartíamos un can de Bull o de Red Bull, licores malteados, no los energy drinks que son ahora. Bull azul y Bull rojo, en ese orden de nivel alcohólico. En 1994 volví. Vi a Big Mike y de lejos, de la sala oscura y churrigeresca de las abuelas afroamericanas, te escuché reír de nuevo.

JUDITH 2

¿Por qué no prosperó nuestra relación? Porque yo despertaba a un ambiente riquísimo y no quise comprometer mi independencia. Eludí tus fiestas de Christmas y de New Year, me escabullí de tus parientes y amigos.

Cierta vez, en descargo mío, accedí un sábado en la noche a que trajeras a un editor griego. Le hablaste de mí,

y ahí, y le diste copias de poemas míos. Nihil, de allí no salió nada pero bebimos como locos. Los dos gringos, él y tú, nerviosos prepararon unos joints de yerba. Aquello, igual que con los Kerry, y lo que todavía se ve en cada lado, era su vida. Esa basura era la escasa transgresión de ustedes de las fórmulas sociales, esa su revolución, unas fumadas que no consideré más que humo. Ustedes dos, inclinados en la brasa que se hace chica y chica, sosteniéndola con las uñas, con una pinza de cejas. Y la risa, se sentían que habían engañado al tío Sam, que eran libres. Yo vaciaba vaso tras vaso de cerveza y obligaba al griego a tomar.

Se acabó la cerveza ¿qué más tienes, Judith? (la cerveza la traje yo). No hay. Me levanto y abro la despensa: una botella de Wild Turkey, bourbon. La hacemos bolsa entre el griego y yo, la destapamos, la violamos, fue nuestra y enloquecimos. El editor no podía pararse más y decidió Judith que lo lleváramos a casa, unas cuadras por ahí. Al pasar frente a la legación polaca, me puse a patear su puerta, dos de la mañana de domingo. Muera Polonia y putas Polonia. No lo sentía así, pero quería ejercitar mi energía en algo, la mescolanza letal del bourbon y la cerveza.

Lo abandonamos en su puerta.

Dijo Judith que vomité los pisos de su casa, que me dio a tomar Pepto Bismol, un líquido rosado que supuestamente aliviaría mi estómago. Lo dijo a las cuatro de la mañana cuando desperté solo en su cama y la busqué y la hallé dormida en el sofá. Levanté la frazada, me desnudé, y el bourbon la hizo mía, la cerveza desquició su cuerpo, el sudor la incendió. La amé en un estado físico lamentable y me dormí a su lado.

Ya de día, reviso mis bolsillos para llamar un taxi. No has visto, tenía un billete de veinte. No, no. Qué raro, acá estaba, en el lado derecho, era el cambio de la tienda. Pagué con cincuenta y me devolvieron $20. No, no. Luego de las

primeras molestias porque quería ir a descansar en mi oscura cama, ella apareció con un billete. Aquí están, los tomé porque sacaste el Wild Turkey sin mi permiso. Me cobras, entonces me cobras. Es lo justo, si lo bebiste lo pagas.

Desde ese instante no fue más. Su dulce espalda hebrea se destinó a otros deberes, no dejaría yo mi vida en una mujer que me cobraba la fiesta. Veinte no significaban nada, podía sacar billetes de cualquier máquina en la calle. El Wild Turkey la mató. Tú eres sexualmente especial, Carlos, para mí, medio tonto, y nos entendemos a medias, tú en español, yo en inglés y portugués, pero sexualmente bello, disfruto, tengo orgasmos. Mi otro amante, profesor de Georgetown me aburre, eyacula al instante, sus músculos permanecen flácidos mientras los tuyos se tensan. Contigo quiero casarme. Ya es tiempo. Sí, sí, nos casaremos, y en el taxi, judía puta, cobrarme como si yo le cobrara el pájaro...

Meses después, ya casado, me llama y nos encontramos en el mismo Dupont Circle. Me duele el estómago, Judith. Yo pensé que podíamos, el departamento no es lejos, te deseo, perdóname. Me duele el estómago, Judith.

El Wild Turkey la mató.

SESENTA Y UNO

Los bolivianos de Virginia no eran especiales. No habían abandonado las taras nacionales. Mezquindad y envidia llegaron con los aviones, los camiones, con la inmigración. El hecho de la distancia podría haber aliviado esos males y no era así. Unos contra otros, el imperio de la cofradía que debió haber sido se convertía en adulterio, hermanos engañando a hermanos, la ostentación como regla. Recuerdo, a tiempo de la primera invasión a Irak, la tormenta del

desierto la llamaron, pasé por el Kantuta's, así escrito, y me decidí por una salteña. Adentro estaban con una cerveza dos bolivianos mayores que yo, que tenían su prestigio fácil de borrachera y machismo, trasladado desde Cochabamba y acentuado en la miseria espiritual que los rodeaba en Virginia. Estos individuos a quienes conocía de vista y no saludé, se desesperaron por hacer un show ante mí, un espectáculo de los que ya sentaron sus bases en la nueva región y tienen impunidad para comportarse como quieran con los nuevos. Uno de ellos agarró el teléfono y se puso a hablar con alguien. Yo no le prestaba atención, no lo miraba, pero escuchaba todo. En un momento el tipo le dijo a su interlocutor que "nosotros los que somos ciudadanos deberíamos presentarnos voluntarios a la guerra", "que teníamos derecho, no como estos llamas". Ese insulso e inmundo racismo que debió haber desaparecido en la hermandad del sufrimiento, en el acceso mayor a la información y la diversidad, no prescribía de manera alguna. Lo mantenían, lo mantuvieron y sin duda lo mantienen los compatriotas que habitan Estados Unidos. Obviamente el llama era yo, porque no había tenido el decoro de saludarlos y decirles "hermanito". Me importaba un carajo su "ciudadanía"; yo, aun siendo ilegal como era, me sentía a gusto, como lo hice en París o en Madrid, y no tenía ideas de ser menos que ninguno, ni anglosajón ni "llama". Vi que los blancoides, los menos mestizos, los mestizos, los menos indios, los mezclados, los cambas, los urbanos, trataban como mierda a sus paisanos del campo, a los cuyo idioma principal era quechua, o aymara, y que ganaban tanto o más que ellos, que ahorraban harto y constante. Entre bolivianos entonces había humanos y llamas y la línea divisoria entre animal y hombre era sutil, se adecuaba al instante. La clase social, que en buena parte se esfumaba en lo democrático al respecto que tiene el país este, se había

venido con mañas y sonajas. La lujuria, la fanfarria, la alharaca los siguió en su viaje, así llegaran por Miami en avión o corrieran en los pastizales de Tijuana y desiertos de Arizona. Olvidaban que la necesidad del dinero nos había igualado a todos, que en Norteamérica uno no era el hijo del doctor tal o del jardinero, que éramos labors, peones al servicio de la economía local, y que asalariados en que nos convertimos debimos haber sido iguales.

La rutina era la misma: nacional. Se desvivían los inmigrantes de Cochabamba y del resto del país por imitar a los gringos o, en su caso, a los negros. Algo que los juntara con la realidad que vivían. De allí aparecieron las gorras de beisbol volcadas, los aretes, los tatuajes, los shorts que llegaban debajo de las rodillas, el saco de terno con zapatillas de tenis, y detalles similares, retóricos, rimbombantes. Se copiaba aquello, de cultura o subcultura, trivial. No se seguían las sendas de las artes o la ciencia. Jamás vi un boliviano en las exhibiciones de Smithsonian, a excepción de Raúl Bulocq que era argentino.

Llegado el sábado el partido de fútbol era infaltable; después del fútbol la borrachera; de la borrachera a "continuar" en el Cecilia's, en cualquier lado, a mirar en televisión los partidos de fútbol americano y alardear acerca de sus extrañas peculiaridades en cuanto al arbitraje. No me interesa le dije a uno, capataz de Sacaba. Jugaban los 49 de San Francisco contra los Bengals de otro lado. No me interesa y jamás me interesará. El capataz entremezclaba español con inglés. Yo estaba recién llegado y era necesario ponerme en mi lugar. Nada de solidaridad, de afecto hacia el que viene de donde viniste. He visto bolivianos en cierta posición decir en inglés a salvadoreños que no había trabajo, y a hacerse los tontos como si no entendiesen castellano. Claro, es que aún queda ese dejo discriminativo de que nosotros "no somos

mexicanos", para diferenciarnos ante los gringos, los amos a los que se lame el culo. No somos salvadoreños tampoco, y menos cubanos. Y cuando viajamos de vuelta al pago hablamos entre nosotros en inglés, con nuestros hijos en inglés. No somos bolivianos entonces. No somos nada.

sesenta y dos

El mayor insulto es "indio". La parafernalia copiada, el idioma prestado, la vestimenta ridícula, no son más que sendas para alejarse del epíteto atroz: "indio". De manera alguna hay que permitir que se nos achaque ello. Jamás hemos sido indios. Nunca. Nosotros teníamos indias de empleadas, ni servimos el desayuno ni nos hicimos la cama. No hablamos quechua, somos algo más blancos, un centímetro más altos, no apellidamos ni Huanca ni Mamani, ni Colque. Nuestros antepasados vinieron de España, mejor si de Inglaterra o de Francia. Mi dios hay que preciar lo poco de rubio que se halle en uno, esa será la constancia de nuestra diferencia. Me miro los brazos, no apellido Colque ni Chipani, cierto, no soy tan petiso ni tan negro, cierto. Me miro los brazos sin pelo, los pies peludos, y digo que estos antebrazos son cien por ciento andinos, no queda otra, aunque los oculte con camisa de treinta dólares. Mis pies lo opuesto, blancos y vellosos. ¿Soy dos? Tres o cuatro más bien, o cinco o seis y me halaga. En mí hay sustancia, mixtura, conocimiento; soy el crisol de la vida y de la raza y soy indio como soy blanco y no hay hijo de puta que me haga creer que me insulta cuando suelta un "indio", indio tu culo, cabrón malparido, lambiscón, energúmeno hijo de mala leche. Y un golpe, puñetazo en nariz y tabique roto. Por lo menos con la nariz como le queda no parecerá más inca, solo boxeador.

Extraño pueblo el nuestro, en apariencia tan nacionalista y tan chaqueteador cuando no debe.

63

Pasa lo mismo con cada inmigrante, creo. He oído historias semejantes entre los norteños de Chihuahua y los chaparros de Oaxaca, entre los sinaloenses y los chiapanecos. Lo escuché entre coreanos y chinos.

Los kurdos arrasaron con los armenios para complacer a los turcos. Ahora los turcos arrasan con los kurdos y todos claman desventaja, se olvidan de la historia. Amo la idea de un Kurdistán, conocí kurdos en París, comunistas kurdos. Parece que entre ellos también sucede, que hay niveles y distanciamientos, unos mejores que otros —piensan— unos arriba los demás abajo.

Es inherente al ser humano.

Ochenta muertos hoy en Bagdad, en un coche-bomba. Cheney ya ni aparece en televisión. Bush está canoso. Su crimen también le robó algo a él, lo ha desmitificado y sin duda lo matará.

Los bonzos protestan en Myanmar. Los militares continúan poderosos. Son cuarenta años del asesinato de Guevara, los milicos lo asesinaron, pero a pesar de que el presidente Morales tiene una foto de Che en palacio, los militares son mimados, corrompidos, comprados, adulados...

64

Uvas chilenas sin pepa, rosadas y blancas; dos cajas de avocados californianos, tres cajas de espárragos comunes, dos

delgados uno grueso, y una más de espárragos blancos para el Sheraton Washington. Además de las consabidas papas, bolsas de cebolla según el detalle: dos amarillas, una roja, una blanca y una de cebollas Vidalia del estado de Georgia, dulces y aplanadas. Aumenta una de diez libras de shallots y una libra de cebolla perla. Escarola, en caja de dos docenas, chicory (achicoria) también y de Bélgica los endives y los repollitos de Bruselas.

En un sartén, principios de diciembre, en absoluta soledad, tuesto repollitos bruseleños cuarteados con trozos de puerco adobados en comino y pimienta negra. Sal a gusto, una cerveza Harp, de Irlanda, un plato sobre las rodillas, abrigado, en el patio, donde penetra el sol, y almuerzo con mis manías y mi sapiencia de frutas, verduras, legumbres...

65

A veces nos reunimos con Ronald y Fernando, a cocinar. Me avisa Fernando que preparará un plato de cerdo como guiso, una amalgama de culturas para chuparse los dedos. Me da su lista por teléfono el día antes y preparo un cajón de frescos productos. Han invitado a Mirella, a alguien más. Fernando sale desde Virginia en camioneta a buscarnos —estoy acompañado— hasta la frontera con Maryland, extremo de Tacoma Park. Allí reúno las botellas de Mackeson tres equis, cerveza stout que sobró de una noche de amor. Antes de que llegue Fernando digo a mi acompañante muéstrame el sexo y ella abre sus piernas y miro una campiña de otoño todavía agitada. Me inclino, amanece sobre Tacoma Park y no extraño Bolivia, no recuerdo a mis padres, los amigos muertos, los vivos ni recuerdo porque el otoño que esta mujer consigo carga me arrebata, me sucumbe la vista de su espalda mientras por

la ventana dora el sol. Los viejos tejados del barrio tornasolan, camaleonan; en la iglesia cerca los pastores negros comienzan el gospel. Hay palmas y mujeres de hermosa voz aguda. Le toco los hombros, descubre tu rostro, tu nariz que ejerce un magnético furor para mis labios. Tu pelo y tus pecas. Por la ventana se pinta el día de rojo, casi las montañas de Tapacarí, las de Viloma bajando y no, me equivoco, es la mañana de Tacoma Park que se despierta en el bocinazo de Fernando.

Ya trae unas botellas para el camino, que es casi una hora hasta los Hamlets de Alexandria donde tendremos el party. Le metemos a la cerveza, hace frío, un intenso carmesí cubre los árboles y anuncia el próximo invierno. Las hojas parecen sangre que lloran las ramas. Cuando le digo muéstrame tu sexo un hálito de maliciosa ingenuidad se perpetúa en el cuarto, en las frazadas por el piso, la ventana abierta por donde la vecina no nos ve aunque paseemos desnudos, a pesar de tus pezones como los lápices rojos que comprábamos de niños en la librería La Juventud, un azul, uno rojo, para hacer las tareas y marcar títulos y subtítulos.

FERNANDO

Fue poeta, amador y borrachín. Y así murió. Fernando, el de las lecciones washingtonianas, el hermoso departamento cerca del jardín zoológico, y la taberna Oxford donde bebíamos y nos enamorábamos de una vida que era rica y plena, que hundía la nostalgia de los valles y salares tan lejos, donde armado de un charango el indio trascendía las cuestas, en sus labios y sus cuerdas un kaluyo triste como mal agüero, bello como morir.

Las meseras eran sueño de lujuria, de cabellos rubios estremecidos y esparcidos, de vientres blancos y pubis tenue.

Tiempo de striptease, de odaliscas superfluas y hermosas más que cualquier biblia, moviendo caderas y piernas enfundadas en altos tacones, casi una droga cuando bailaban alrededor de tu rostro y por un par de billetes de a dólar representaban lo más íntimo de sí, abierto, cantante, sabio y destrozado sexo multicolor, y blancas las piernas, blancas nalgas, blanco alrededor mientras los cerros de Viloma eran rojos, marrón oscuro entre púrpuras la cordillera del Tunari, negra, extremadamente negra la serpiente negra que era el nombre del río de desperdicios que salía de Cochabamba. Y estas piernas blancas y algunas con una entrepierna que parecía un mundo sórdido, atractivo como nada.

Fernando allí. O entre botellas de Grolsch, cerca del mall de Ballston, hablando con el iraní que ejerce de dueño sobre la mariconería de Reza Pahlavi o de los mosaicos de Isfahan.

Ha muerto mi amigo Fernando, que conoció los avatares de vivir bajo los puentes y fue el mejor capitán de mozos que cualquier bar-restaurante boliviano tuvo en Virginia. Sabía de pastas, de marinaras y camarones y distinguía una cerveza buena de una mala lo que no es vergüenza. Y que amó a las cercanas y amaba a la que se quedó en la tierra, en los eucaliptales del sur, más que a ninguna.

67

Tres guerras hubo, Carlos, mientras estuviste. Te equivocas, hay guerra todavía. ¿Y firmaste, a tiempo de ciudadanizarte en los Estados Unidos, algún compromiso al respecto? Claro, te obligan, eres voluntario para carne de cañón, apenas se ve amenazado el tío Sam. Pero firmé y sentí que el funcionario de inmigración se agraciaba conmigo. Este es como Juan Gabriel, pensé, solo que sin su talento. El único canto

que sacaría de su boca, aparte de la absurdidad de su cháchara legal, sería una mamada. Sin embargo me callé la opinión, rubriqué lo que pedían, no me obligaron, eso no porque fui rotundo en mi negativa de agarrar banderitas de mi nueva "patria". La patria es un papel, nada más, según Joan Manuel Serrat. Y papeles hay muchos, hasta papel higiénico. Los otros, los nuevos norteamericanos, entre mejicanos, rusos, indios y pakistaníes no daban más de espíritu de fiesta, era el idilio de la historia para ellos; un bosnio lloraba, ojalá mis padres vieran este logro. Miro mi reloj, a qué hora terminará esta cagada. Me abraza un japonés, ahora somos compatriotas, la patria la lleva mi mujer entre las piernas compañero, aclaro brutalmente, y se aleja meciendo la cabeza en intento de saludo. Sayonara, cabrón, sayonara tu banderita de papel que pondrás en tu mesa de noche y creerás que eres tú el invasor de Okinawa y no que te invaden a ti para hacer de tu culo flor de loto.

Tres guerras y todavía atruenan los cañones. Mil doscientos dólares al día pagan para trabajar de seguridad en Mesopotamia.

Mister Bush veta un programa de salud para los niños de Norteamérica. El programa costaría lo que una semana de guerra en el Oriente Medio. Un mariscal denuncia la infatuación de los precios de los alimentos para los soldados. Es historia vieja. En botellitas de agua para beber se gasta como un millón de dólares diarios. Cuánto de allí recibe Cheney...

Los niños son material deleznable, se los puede obviar. En Irak hay que vender armas que fabrican los amigos del presidente. No importa si mueren, incluso de este lado, millares. Business. Hay que tener claridad para el business. Objetividad.

Amigo japonés, querido sayonara que te alejas aterrado de mi presencia con tu banderita nueva, déjame en paz.

Pero esto de la ciudadanía es historia nueva. Y te digo, tú que te obsesionaste por contar mi historia, que la memoria ya me falla, no ves estos bigotes blancos y un cierto cojeo en mí. Crees que no me costó la vida. Crees que me hicieron un favor.

Y ahora que lo veo, Carlos Flores con chaleco negro, unos zapatos marrones, agujereado el izquierdo, camisa amarilla a cuadros de manga corta, un jean negro marca Hustler de diez dólares en Walmart, que evidentemente cojea. Y es más, no solamente cojea sino que parece inclinado a un costado, como si algo le pesara, tal vez la vida. O estará tratando de engañarme, empedernido tartufo, para que no sepa si lo que me ha contado es cierto o simple invención de una mente febril.

Este hombre, tal como lo describo, modesto y encanecido, es el mismo que hacía marchar a la corte de negros del mercado de DC igual a reclutas novilleros. El mismo que vi apoyado en un paredón de la calle H, botella de cisco sabor frambuesa en mano, mientras Marion Barry eleva el signo de la victoria sobre el puente que divide coloridos de incoloros ¿?

¿Y las muchachas? Carla tan joven, entre la odisea de los tomates, Judith cuyo papelerío de grados y publicaciones perecía ante el furor animal del deseo, Karen de ojos oscuros de la noche, Chris como una sábana sobre la sábana, de blanca que era. O las muchachas negras, la que cierra la puerta del comedor donde almuerza la familia y recibe por un billete de 20 al latino urgido de compañía porque soledad la tiene toda. O un coito eventual en el automóvil de Chris Brown, con una afroamericana desconocida que iba de compras. ¿Veinte? Por qué no, pero no tengo preservativo.

Jugarse la vida, qué otra cosa queda, qué otra cosa hay.

68

Cerveza. Ronald, Fernando, yo. El bar iranio.

Cruzamos la avenida, hacia el mall. Ballston de noche.
Me gustaba entrar por JC Penney, en la esquina, atravesarlo,
bajar al sector de comidas donde meses después trabajaría
con Fernando.

Un taxi apenas frena casi atropellándonos. Le hundo la
puerta de una patada. El chofer, árabe, baja y lloriquea. Ronald me dice: desaparece en el metro, justo allí. Al bajar por
las escaleras mecánicas veo a mis amigos abofeteando al llo-
roso árabe: "be a man, don't cry".

Las peleas. Lo dije, Arlington parecía Cochabamba. Los
enemigos se cruzaban contigo. Veía a Cabezón con su traje
de obrero de construcción: cinto, martillos, reglas, montone-
ra de herramientas. Así iba a pasear por Ballston, creyéndo-
se bello con sus botas manchadas de yeso. Llevaría, como
siempre, algunas carnes asadas en los bolsillos, que robó en
el part time.

En el Kantutas, esta vez no con salteñas pero con bebida, comienza una pelea con algunos mexicanos. Fue a
raíz de mi amor por Pancho Villa que pareció disgustar-
les. No aceptaban la idea de un extraño de un pueblo tan
lejano como el mío dándoles lecturas sobre el gran guerrillero. Y creo que eran de Chihuahua pero me atacaron.
Golpeé a uno en la cara con fuerza tal que la sangre saltó
a mi camisa. Su cuerpo cayó sobre una mesa destrozán-
dola. La dueña del boliche, paisana mía, salió corriendo
con cuchillo dispuesta a despenarme y recibió un golpe
que la mandó encima del norteño. Otra vez a huir hacia el
tren subterráneo, cubierto de sangre. Los gringos abando-
naban el vagón y no me atrapó la policía porque el viaje
fue relámpago. Nunca dormí mejor con el puño marcado

por el tabique roto del supuesto soldado de la revolución mexicana.

Historias de machos, ya oigo la crítica, pero cuento lo que se vivía entonces. Las cosas cambiaron. Viajé, tuve hijas. Me senté a leer amansado por las horas.

69

Paseaba por DC. Las mujeres que describí se esfumaron. A mi casa de Tenleytown asomó la calma.

Caminé por el zoológico, miré el panda gigante que era el orgullo de lugar.

Reflexioné y melancolicé las horas en la taberna Oxford. Fernando y Julito ya no vivían allí. El retrato de Marylin, en la pared alta de la esquina permanecía. Hacía mucho que no encontraba a Waldo ni Carmen. Desde que me trasladé a Maryland, Virginia se hizo vaga. Mi tren iba al norte, por Bethesda, Rockville. Incluso ya en Tenleytown, el espacio se circunscribió al centro y al norte. Luego más aún, hacia Silver Springs, con alto en Tacoma.

Los personajes se convirtieron en personas. Rara vez nos comunicamos. Mirella es oficial del condado de Fairfax; Ronald es padre y quizá ya ciudadano; Fernando murió como vivió, que la muerte es la última expresión de bohemia; Julio salió del exilio hacia el destierro: amasa pan, como aprendió en Estados Unidos, en los amaneceres sugerentes de Cochabamba. Seiscientos panes por día.

Waldo es propietario. Carmen sigue en el apartamentito de North Monroe, cargado de fantasmas alegres de cuando fuimos jóvenes.

¿Y ellas, Carlos? Ellas se desvanecen, son frágiles, gráciles sombras de lo que fue.

ÚLTIMO

Pongo mi aviso en City Paper: escritor latinoamericano busca acompañante, favor de adjuntar foto porque el hecho de que esté solo no significa que no tenga paladar. Aclaración válida, prosigo: me gusta el cine y la música, y los museos y los parques; favor de adjuntar foto.

Recibo mucha correspondencia. Una abogada de inmigración, cuya fotografía era más bien densa, echa las cartas sobre la mesa y propone un arreglo pueril de papeles. No me conoce; no le contesto.

Alguien me escribe sobre Sor Juana, Borges y García Márquez, en español. Cita en el DC Space, un bar del centro, a una cuadra de Chinatown.

Guinness. Cine con Philipe Noiret.

Calle E de noche. Cierra el alba. Un anuncio de periódico diseña caminos nuevos. En el futuro están Bolivia, mis artículos de escritor, el retorno a Estados Unidos.

Desde el avión los tejados de los depósitos de Miami, varios años después. Mi hija Emily en mis faldas; mi hija Alicia en la conciencia. Me casé.

FIN

Claudio Ferrufino-Coqueugniot
1998-2008

Claudio Ferrufino-Coqueugniot

Novelista, columnista boliviano nacido en Cochabamba, 1960. Comenzó a publicar en prensa desde 1984, más de 30 años de escritura. 4 novelas y casi una veintena de compilaciones están siendo publicadas en la Obra Completa a cargo de Editorial 3600, La Paz, Bolivia.

Cultor del texto breve, tanto literario como periodístico, ha sabido conjugar ambos géneros en un estilo muy personal. Se inició con la poesía, que abandonó bien pronto para dedicarse a la prosa. En novela, obtuvo una mención de Casa de las Américas con *El señor don Rómulo,* en el año 2002, concurso que ganó con El exilio voluntario en el 2009. Fue después jurado de Casa de las Américas y obtuvo el Premio Nacional de Novela de Bolivia, auspiciado por Alfaguara, el 2011.

Ferrufino-Coqueugniot es un apasionado de la música, la pintura, el cine y la fotografía, artes que enriquecen su obra prosística. Sugiere el autor que mucho en sus libros fue pensado más para imágenes de filme que para la letra impresa. De prosa no convencional, ha ido creando un estilo distintivo en la literatura boliviana. Muchos de los autores jóvenes del país lo reconocen como fuente de inspiración. Tiene desde hace mucho ya un sitial privilegiado en las letras de su país.

OTRAS PUBLICACIONES DE
ARS COMMUNIS EDITORIAL

El Monstruo Mundo
AZUCENA HERNÁNDEZ

Pertenenecia
Narradores sudamericanos en Estados Unidos

Play
LUIS ALEJANDRO ORDÓÑEZ

La fatalidad de la gallina
MARTHA CECILIA RIVERA

TRASFONDOS
Antología de narrativa en español
del medio oeste norteamericano

Rojo sobre blanco y otros relatos
FERNANDO OLSZANSKI

WWW.ARSCOMMUN.COM